MW01535488

DUMAS

Robin des Bois

Présentation, notes, dossier et cahier photos par
STÉPHANE DESPRÉS,
professeur de lettres

Flammarion

De Dumas
dans la collection «Étonnants Classiques»

Le Comte de Monte-Cristo
Pauline

© Éditions Flammarion, 2013.
ISBN : 978-2-0812-4975-2
ISSN : 1269-8822

SOMMAIRE

Robin des Bois

PREMIÈRE PARTIE : LE PRINCE DES VOLEURS

DEUXIÈME PARTIE : ROBIN HOOD LE PROSCRIT

C omme tous les personnages de légende, Robin des Bois bénéficie d'une notoriété quasi universelle. Tout le monde connaît (ou croit connaître) ce rebelle anglais, archer hors pair vivant en proscrit[1] à l'abri de la forêt de Sherwood, aux côtés de ses fidèles compagnons, le colosse Petit-Jean et le moine Tuck. Bandit de grand chemin, à la tête d'une bande de joyeux comparses, il rançonne les nobles, les riches marchands et les moines opulents. Héros justicier, il défie l'autorité du féroce shérif de Nottingham, et distribue généreusement aux pauvres ce qu'il a (brutalement) confisqué aux riches. Aristocrate privé de ses biens et de ses titres, il fait allégeance[2] au roi Richard Cœur de Lion et retrouve ses manières de gentleman pour les yeux de la jolie lady Marianne.

Mais au-delà de ces quelques traits célèbres, un certain mystère entoure la personnalité du héros anglo-saxon. Par exemple, que savons-nous de ses origines, de son enfance, de ses parents ? Généralement, dans les récits qui relatent les hauts

---

1. *Vivant en proscrit* : vivant à la façon d'un proscrit, c'est-à-dire d'un homme ayant subi le bannissement et la confiscation de ses biens (mesures souvent assorties de la peine de mort).
2. *Fait allégeance* : prête un serment de fidélité et de soumission.

faits de Robin des Bois, ce dernier a déjà atteint l'âge adulte. De même, les circonstances de sa mort sont souvent ignorées : sacrifiant à l'attrait que constitue une *happy-end*[1] pour le public, les écrivains et les cinéastes qui s'emparent du personnage ne développent pas ses aventures au-delà de sa victoire sur ses ennemis et de son proche mariage avec Marianne.

Dans son *Robin des Bois*, Alexandre Dumas remédie à ces lacunes et porte à la connaissance du public français une histoire complète du héros médiéval, lui donnant l'ampleur d'une véritable épopée[2].

Alexandre Dumas

Avec cette version, plus que le personnage, c'est l'œuvre elle-même qui s'auréole de mystère. Publié après la mort de Dumas[3], le récit est très largement inspiré du roman de l'écrivain et illustrateur anglais Pierce Egan le Jeune (1814-1880) : *Robin Hood and Little John or the Merry Men of Sherwood Forest*.

En outre, Alexandre Dumas n'écrivait pas seul et avait régulièrement recours aux services d'un nègre[4] (notamment dans la personne d'Auguste Maquet[5]). Dans le cas de *Robin des Bois*,

---

1. *Happy-end* : fin heureuse (le dénouement de l'histoire est favorable au héros).
2. *Épopée* : long poème ou récit en prose où la légende se mêle à l'histoire et dont le but est de célébrer un héros ou un grand fait.
3. *Le Prince des voleurs* et *Robin Hood le proscrit* furent intégrés aux *Œuvres complètes* de Dumas, publiées par les éditions Lévy en 1872 et 1873.
4. *Nègre* : personne qui ébauche ou écrit entièrement les ouvrages signés par un autre.
5. *Auguste Maquet* (1813-1886), collaborateur de Dumas, a participé à l'écriture de plusieurs de ses chefs-d'œuvre.

certains ont attribué l'œuvre à sa collaboratrice et maîtresse Marie de Fernand. Par ailleurs, cette version de la légende de Robin n'a pas marqué les esprits autant que les autres chefs-d'œuvre de Dumas. Néanmoins, elle en porte les caractéristiques, notamment dans le rythme effréné que le récit impose à la lecture, dans l'exaltation d'une morale de l'action et dans la quête de justice qui anime son héros.

À ce titre, Robin des Bois mérite de figurer en bonne place parmi les «trente-sept mille deux cent soixante-sept personnages[1]» auxquels Alexandre Dumas a donné vie et qui on fait de lui un génie unanimement reconnu de la littérature populaire.

Un homme d'énergie et de passion

Le père de Dumas (Thomas Alexandre, fils d'un marquis et d'une esclave noire) meurt en 1806, alors qu'Alexandre n'a que quatre ans. Il laisse sa veuve sans ressources, la contraignant à tenir un débit de tabac à Villers-Cotterêts (en Picardie) pour subvenir à l'entretien et à l'éducation de ses enfants, Alexandre et Aimée Alexandrine.

L'instruction du jeune garçon est confiée à des précepteurs parmi lesquels l'abbé Grégoire, ami de la famille. Aux cours de latin et leçons de musique, l'enfant préfère l'exercice physique et le maniement des armes : il se passionne notamment pour la chasse. Afin de se consacrer plus à loisir à cette occupation, il accepte à quinze ans une charge de troisième clerc[2] chez un

---

1. D'après l'académicien Alain Decaux, dans un discours prononcé lors du transfert de la dépouille d'Alexandre Dumas au Panthéon, en 2002.
2. *Troisième clerc* : employé stagiaire se préparant aux fonctions de notaire, d'avoué, d'huissier.

notaire. Il profite alors des courses qu'on l'envoie faire dans la campagne pour chasser le petit gibier au fusil ou au collet[1] !

Dans le même temps, s'affirme son goût pour la littérature, notamment pour les grands écrivains romantiques[2] allemands, comme Goethe (1749-1832) et Schiller (1759-1805), qui insufflent des idées neuves aux jeunes gens de sa génération.

En 1823, il quitte Villers-Cotterêts pour Paris et se lance dans l'écriture. La fréquentation des salons littéraires lui permet de faire connaître ses talents et de bénéficier de la protection de personnages influents. C'est au genre théâtral que cet admirateur de William Shakespeare (1564-1616), le plus grand dramaturge anglais, doit ses premiers succès, notamment à la pièce *Henri III et sa cour* jouée à la Comédie-Française le 11 février 1829. Il s'attire alors l'attention et l'amitié de Victor Hugo (1802-1885), chef de file du mouvement romantique français.

Après ces débuts réussis au théâtre, Dumas s'essaie au genre du roman d'aventures. Sur fond d'événements historiques, ces récits fleuves se développent sous forme de cycles ou encore de feuilletons, publiés par épisodes dans la presse, comme c'était souvent le cas à l'époque : *Les Trois Mousquetaires* (1844), suivis de *Vingt ans après* (1845) et du *Vicomte de Bragelonne* (1848-1850), assoient la popularité de Dumas, et l'immense succès du *Comte de Monte-Cristo* (1844-1845) lui apporte la fortune.

Porté par une énergie sans limites, il prend une part active aux bouleversements politiques de son siècle, notamment par

---

1. *Collet* : nœud coulant utilisé pour chasser certains animaux en les attrapant par le cou.
2. *Romantiques* : affiliés au romantisme, courant littéraire et artistique auquel appartiennent la plupart des grands écrivains européens de la première moitié du XIXe siècle, caractérisé par l'expression des sentiments intimes et une conscience désenchantée cherchant refuge dans le voyage et le rêve.

son engagement républicain lors de la révolution de 1848 qui aboutit à l'instauration de la IIe République, mettant fin à la monarchie de Juillet (laquelle, en 1830, avait placé Louis-Philippe d'Orléans sur le trône).

À l'image de l'existence des personnages de ses romans, la vie de Dumas est marquée par de nombreux revers de fortune (comme les échecs successifs qu'il connut en tant que publiciste[1] et qui le conduisirent au bord de la ruine), agrémentée de conquêtes amoureuses multiples, et ponctuée de voyages fréquents jusqu'à sa mort, en 1870. Dans un éloge posthume[2], Victor Hugo recourt à la métaphore architecturale pour souligner l'ampleur monumentale de l'œuvre de son ami et pair : « Toutes les émotions les plus pathétiques[3] du drame, toutes les ironies et toutes les profondeurs de la comédie, toutes les analyses du roman, toutes les intuitions de l'histoire, sont dans l'œuvre surprenante construite par ce vaste et agile architecte[4]. »

La recette du succès

Les romans les plus célèbres de Dumas s'appuient sur une construction efficace, qui relève à la fois du roman noir[5], du roman d'aventures et du récit policier. Leur publication sous

---

1. Publiciste : journaliste. Dumas s'est lancé dans la publication de journaux comme Le Monte-Cristo (1857), journal hebdomadaire de romans, d'histoire, de voyage et de poésie.

2. Éloge posthume : discours qui célèbre Dumas après sa mort.

3. Pathétiques : qui suscitent la pitié.

4. Lettre de Victor Hugo à Alexandre Dumas fils, 15 avril 1872.

5. Roman noir : genre inspiré des romans anglais à succès de la fin du XVIIIe siècle dits « gothiques » – récits terrifiants et fantastiques « ayant pour décor des châteaux en ruine, des demeures étranges comportant des caves, des souterrains, des oubliettes, des salles de torture », dans lesquels se trament des intrigues terrifiantes (Michel Raimond, Le Roman, Armand Colin, 1989, p. 30).

forme de feuilletons dans la presse populaire leur assure une très large diffusion, et favorise le développement de récits à rebondissements, susceptibles de tenir le lecteur en haleine d'un numéro à l'autre. Pimentée par des intrigues amoureuses et des mystères en tout genre, l'action se nourrit de complots, de meurtres et de coups de théâtre. Les forces antagonistes du bien et du mal y sont incarnées par des personnages archétypiques[1] détenteurs des vertus ou des vices qui permettent de les reconnaître comme adjuvants[2] ou opposants du héros. Ce dernier, qu'il s'agisse d'Edmond Dantès[3], de d'Artagnan ou de Robin des Bois, revêt souvent l'apparence d'un homme hors du commun qui s'attire la sympathie du lecteur par sa générosité, sa grandeur d'âme, sa résistance à l'adversité, éventuellement ses qualités athlétiques, et, souvent aussi, par l'injustice criante dont il est victime.

Connaissance de la dualité de l'âme humaine, expérience des retournements ironiques de l'histoire et conscience douloureuse de l'arbitraire du destin sont sans doute à l'origine de la volonté d'Alexandre Dumas de faire triompher dans ses œuvres les valeurs de l'homme vertueux, comme pour réparer les injustices du monde réel.

Toutefois, certains contemporains de l'auteur ont critiqué la facilité apparente de ce genre de « recette » à succès, dénonçant le volume « industriel » de la production romanesque de Dumas, à l'image d'Eugène de Mirecourt[4] qui s'en indigne dans un

---

1. *Archétypiques* : qui correspondent à des types, ancrés dans l'inconscient collectif (voir dossier, p. 238).

2. *Adjuvants* : qui apportent leur aide.

3. *Edmond Dantès* : héros du *Comte de Monte-Cristo*, roman de Dumas publié en feuilletons à partir de 1844.

4. *Eugène de Mirecourt*, de son vrai nom Charles Jean-Baptiste Jacquot (1812-1880), était un journaliste et écrivain français.

pamphlet au titre polémique[1], *Fabrique de romans. Maison Alexandre Dumas et Cie* (1845) : «Monsieur Dumas à lui seul envahit tout le domaine de la publication[2].»

Ces attaques venimeuses, dans lesquelles il entre souvent une part de jalousie, ne reflètent pas le goût du public de l'époque, qui apprécie, lui, le récit d'aventures et reconnaît en Dumas le maître du genre.

Le récit d'aventures

Le foisonnement du genre romanesque au XIXᵉ siècle a conduit les spécialistes à classer les œuvres au sein de sous-catégories aussi nombreuses qu'artificielles : roman de voyage, roman noir, roman d'aventures, roman policier, roman historique, roman fantastique, roman picaresque[3], etc.

Mais quelle est la définition du roman à cette époque ? D'après le grand lexicographe Émile Littré[4], auteur du célèbre *Dictionnaire de la langue française*, il s'agit d'une «histoire feinte[5], écrite en prose, où l'auteur cherche à exciter l'intérêt par la peinture des passions, des mœurs, ou par la singularité des

---

1. *Polémique* : qui suppose une attitude critique vive et agressive.
2. Eugène de Mirecourt, *Fabrique de romans. Maison Alexandre Dumas et Cie*, Les marchands de nouveautés, 1845, p. 50.
3. *Roman picaresque* : genre littéraire né en Espagne au XVIᵉ siècle ; il met en scène des héros issus du peuple qui cherchent à faire fortune par tous les moyens et à travers toutes sortes d'aventures.
4. *Émile Littré* (1801-1881) est un lexicographe et philosophe français. Son *Dictionnaire de la langue française*, paru dans la seconde moitié du XIXᵉ siècle, est reconnu comme une œuvre de référence.
5. *Feinte* : ici, fictive, inventée.

aventures ». Sans doute plus que d'autres, les romans de Dumas illustrent cette définition.

Mais aux récits d'aventures se mêle une dimension historique. Tout en manifestant à l'égard des faits authentiques une certaine désinvolture, le père des *Trois Mousquetaires* se sert de l'histoire comme d'un cadre, d'un décor lui permettant de doter son action d'une « couleur locale », d'une dimension pittoresque chère aux romantiques.

Dans ce but, il se documente sur une période donnée ; il procède à des lectures nombreuses qui lui permettent de s'imprégner de l'ambiance d'une époque : chroniques[1], livres d'histoire, correspondances sont le terreau où surgit un détail anodin en lui-même mais doué d'un grand pouvoir évocateur pour l'auteur. C'est ainsi que se rejoignent sous sa plume récit d'aventures et dimension historique.

Aussi, à la suite du critique Michel Raimond, peut-on affirmer au sujet des œuvres de Dumas : « Le roman d'aventures est souvent situé dans une période du passé plus ou moins reculée, et il devient le roman historique[2]. »

Robin des Bois

Un personnage d'inspiration anglo-saxonne

S'il emprunte à Shakespeare le souffle et la violence épiques[3] de son théâtre, Dumas s'inspire de l'écrivain écossais

---

1. *Chroniques* : récits, anecdotes relatifs à une époque.
2. Michel Raimond, *Le Roman, op. cit.*, p. 35.
3. *Épiques* : qui appartiennent au genre de l'épopée (voir note 2, p. 6).

Walter Scott (1771-1832) pour ses récits. En 1863, à titre d'hommage, il réalise une traduction du plus grand succès de cet auteur : *Ivanhoé*. Dans cette œuvre publiée en 1819, Robin des Bois n'a pas encore acquis ses titres de noblesse et n'occupe qu'un rôle secondaire. C'est pourtant l'immense succès de ce roman qui contribuera à faire de Robin un personnage mondialement connu.

De retour de la croisade menée par le roi Richard Cœur de Lion en Palestine, le gentleman saxon Wilfried d'Ivanhoé doit affronter les seigneurs normands, partisans de Jean sans Terre. Ce dernier conspire pour s'emparer du trône d'Angleterre et a confisqué les biens de Wilfried pour les offrir à l'un de ses alliés. À l'occasion d'un tournoi, Ivanhoé affronte et défait successivement tous les champions normands et se lie d'amitié avec un certain Locksley : «un yeoman[1], robuste et bien taillé, portant un costume de drap vert de Lincoln, ayant douze flèches passées dans sa ceinture, un baudrier et une plaque d'argent, et tenant dans sa main un arc de six pieds de haut...» – Robin des Bois! Le brillant archer ne dévoile sa véritable identité que pour se faire reconnaître du roi Richard :

> «Que votre majesté ne me nomme plus Locksley [...]. Je suis Robin Hood de la forêt de Sherwood.
> – Ah, s'écria Richard, le roi des outlaws, le prince des bons compagnons! Qui n'a pas entendu ton nom! Il est parvenu jusqu'en Palestine[2].»

En faisant de Robin un homme de condition populaire, un «yeoman», Walter Scott reste fidèle aux plus anciens récits

---

1. *Yeoman* : mot anglais qui, au Moyen Âge, désignait les petits propriétaires d'origine non noble.
2. Walter Scott, *Ivanhoé*, Le Livre de poche, 2010, p. 211.

évoquant les aventures du héros : des ballades médiévales qui fleurirent en Angleterre et connurent un immense succès à partir du XIIIe siècle.

Les ballades médiévales :
Robin lyrique, Robin comique

Imprimées au XVIe siècle à partir de manuscrits datant de 1450 pour les plus anciens, les ballades consacrées à Robin des Bois sont des chansons en vers dont la création et les premières interprétations sont dues aux trouvères et aux jongleurs[1] de la fin du XIIIe siècle.

Là encore, Robin apparaît comme «un brave yeoman, un de ces chasseurs tenant le milieu entre l'homme de guerre et le paysan, archers durant la guerre, braconniers durant la paix, s'attachant quelquefois à un chevalier et lui servant d'escorte[2]». Toujours suivi du fidèle Petit-Jean, Robin est à la tête d'une troupe de joyeux compagnons vivant dans la forêt de Sherwood pour échapper aux soldats du shérif de Nottingham. Le motif de leur bannissement n'est pas clairement expliqué, mais les autorités les considèrent comme des *outlaws* (hors-la-loi, en anglais), alors qu'eux-mêmes se voient plutôt comme des déshérités, victimes d'un pouvoir royal abusif qui les a privés de leurs biens et les a jetés dans l'errance et la proscription. Néanmoins, les premières ballades – *Robin et le Moine* (v. 1450), *A Lyttel Geste of*

---

1. Au Moyen Âge, les **trouvères** sont les poètes du nord de la France, s'exprimant en langue d'oïl (Chrétien de Troyes est l'un des plus célèbres) ; les **troubadours** sont les poètes du sud de la France, s'exprimant en langue d'oc ; les **jongleurs** sont des artistes qui se produisent dans les châteaux, lors des tournois et des fêtes publiques.
2. Louis Étienne, «Littérature populaire de la Grande-Bretagne. Les ballades du cycle de Robin Hood», *La Revue des Deux Mondes*, 1er octobre 1854.

Robyn Hode (1500) – ne donnent pas dans le misérabilisme : pourtant pathétique, la situation de ces hommes y prend l'allure d'une fête permanente. Le merveilleux médiéval s'y décèle sous la forme d'une représentation idéalisée des hommes et du monde. La forêt de Sherwood constitue une sorte d'utopie[1] riante dans laquelle les proscrits rebâtissent une société plus « juste », où les valeurs déclinantes de la chevalerie retrouvent tout leur éclat : le goût de la prouesse physique s'y exprime à travers les défis que se lancent les compagnons, mais aussi à la chasse et dans les batailles qu'ils livrent contre les autorités ; par leur opulence, leurs banquets n'ont rien à envier à ceux des riches seigneurs et sont l'occasion d'affirmer l'égalité de rang de ceux qui y participent ; la dévotion et la courtoisie[2] s'expriment dans le culte rendu à la Vierge et dans le refus de s'attaquer à toute compagnie où se trouverait une femme ! La violence n'y est jamais exercée gratuitement : c'est toujours pour se défendre ou pour punir l'auteur d'une trahison que Robin frappe mortellement ses adversaires.

En outre, ces ballades sont souvent habitées par le registre burlesque[3] grossier de la farce et des fabliaux[4] de l'époque. Robin des Bois y apparaît aux prises avec toutes sortes de personnages représentant un corps de métier (*Robin et le Potier*, *Robin et le Boucher*, *Robin et le Tanneur*). Dans ces récits, l'intention comique l'emporte sur la tonalité lyrique. Certaines scènes plaisantes ont souvent été reprises dans des adaptations ultérieures, notamment celles dans lesquelles le héros est mis hors d'état de nuire à coups de bâton par un adversaire qui finit par

---

1. *Utopie* : ici, lieu irréel, reconstitué par l'imagination de l'auteur.
2. *Courtoisie* : attitude conforme à l'esprit de la chevalerie du Moyen Âge, notamment à l'égard d'une dame.
3. *Burlesque* : qui tourne au comique des actions ou des personnages héroïques.
4. *Fabliaux* : petits récits en vers du Moyen Âge, à la fois moraux et amusants.

rejoindre la bande de Robin, puisqu'il a fait la preuve de sa vaillance.

Le respect des valeurs chevaleresques et courtoises attachées au personnage de Robin a mené certains critiques à voir dans les ballades rien moins qu'une continuation populaire et parfois parodique[1] des romans du cycle du roi Arthur qui connaissent un grand succès à partir du XIIe siècle. Comme pour Arthur, la question de l'origine historique de Robin est sujet de controverse entre les historiens. Aujourd'hui encore, certains travaillent à retrouver les traces d'un homme qui aurait pu être « le vrai Robin ».

Aux origines de la légende, un personnage historique ?

L'histoire de Robin prend place dans l'Angleterre de la fin du XIIe siècle, une époque marquée par les luttes d'influence entre seigneurs et par le jeu des allégeances entre suzerains et vassaux.

Presque un siècle après la chute des rois saxons à la suite de la conquête de l'Angleterre par Guillaume II, dit « le Conquérant » (1027-1087), duc de Normandie, environ cinq mille chevaliers normands se partagent tous les postes importants. Un shérif (sorte de vicomte) est nommé dans chaque *shire* (« comté ») chargé de percevoir l'impôt, de présider la Cour de justice et de représenter le pouvoir central. Pour les petits seigneurs dépossédés de leurs biens au profit de plus puissants, pour les paysans accablés d'impôts et les chasseurs confrontés à des lois très strictes, nombreuses sont les raisons d'enfreindre les règles et, par conséquent, d'être bannis.

---

1. *Parodique* : qui relève de la parodie, imitation plaisante d'une œuvre sérieuse.

Dans les *Chroniques du peuple écossais* de l'abbé Bower, achevées en 1447[1], on lit ainsi : « En cette année [1266] encore, les barons dépossédés d'Angleterre exercèrent de grands brigandages. Robert Hood vi[t] alors comme un *outlaw* dans les bois et les forêts les plus épaisses[2]. »

Cet ancrage historique ainsi que l'apparition du nom de Robert Hood ou Hode dans certains documents administratifs ou judiciaires de l'époque médiévale sont à l'origine de la thèse de l'existence d'un Robin historique.

Dans les mêmes *Chroniques du peuple écossais*, mais quelques années plus tôt, John Fordun, chanoine[3] d'Aberdeen, écrit : « Parmi ceux qui furent dépossédés et bannis, on vit s'élever et se rendre menaçants ces fameux brigands Robert Hood et Littill John que le bas peuple célèbre avec tant d'admiration dans des comédies et des tragédies, et dont il aime à entendre répéter les chansons par les jongleurs et les ménestrels plutôt que tout autre roman[4]. »

Ces chroniqueurs écossais, comme les ballades qui rapportent les aventures de Robin (ou Robert), situent le personnage sous le règne de Henri III, soit entre 1216 et 1272.

À l'instar d'Anthony Munday, auteur de *La Chute, la mort de Robert, comte de Huntingdon* (1598-1601), les auteurs des siècles suivants font de Robin un contemporain de Richard Cœur de Lion (1157-1199) et lui attribuent un titre de noblesse

---

1. Récit de l'histoire de l'Écosse commencé par John Fordun (chanoine d'Aberdeen, mort en 1384), les *Chroniques du peuple écossais* (ou *Chronica gentis Scotorum*) furent continuées par l'abbé d'Incholm, Walter Bower (1385-1449).

2. Walter Bower, *Chroniques du peuple écossais*, 1447, cité dans Louis Étienne, « Littérature populaire de la Grande-Bretagne. Les ballades du cycle de Robin Hood », art. cité, p. 96.

3. *Chanoine* : homme d'Église, prêtre.

4. John Fordun, *Chroniques du peuple écossais*, 1377, cité dans Augustin Thierry, *L'Histoire de la Conquête de l'Angleterre*, 1839 (voir chronologie, p. 25).

souvent repris après eux : comte de Huntingdon. Les premières lignes de notre texte sont fidèles à cet ancrage :

> C'était sous le règne de Henri II[1] et en l'an de grâce 1162 : deux voyageurs, aux vêtements souillés par une longue route et aux traits exténués par une longue fatigue, traversaient un soir les sentiers étroits de la forêt de Sherwood, dans le comté de Nottingham (p. 35).

En 1189 (Robin a vingt-sept ans, dans notre version), Richard succède à Henri II Plantagenêt, mais il se soucie peu de l'Angleterre et s'empresse de partir en croisade. Durant son absence, son frère Jean intrigue pour conquérir le pouvoir. L'histoire conserve de lui le souvenir d'un souverain honni[2] dont le règne a été marqué par des conflits permanents avec les barons anglais désireux de retrouver les pouvoirs qui leur ont été confisqués par les rois successifs. Chez les auteurs du XIXᵉ siècle, il est courant de voir en Robin un représentant du peuple saxon dépossédé par les Normands lors de l'invasion menée par Guillaume le Conquérant au milieu du XIᵉ siècle[3]. On avance alors qu'un des ressorts qui animent le héros et ses compagnons serait l'animosité qui persiste un siècle plus tard entre un peuple vainqueur et un autre vaincu.

On peut s'étonner qu'un homme ayant eu un tel succès, à travers les récits qui chantaient ses exploits, n'ait pas été davantage évoqué par les historiens anglais. Dans la préface du recueil de ballades qu'il publie en 1912[4], Louis Rhead avance cette

---

1. *Henri II Plantagenêt* (1133-1189) : roi d'Angleterre de 1154 à sa mort, duc de Normandie de 1150 à sa mort.

2. *Honni* : détesté.

3. Voir chronologie, p. 22.

4. Louis Rhead, *Bold Robin Hood and His Outlaw Band*, New York, Harper and Brothers, 1912.

explication : « C'est probablement son aversion assumée pour les gens d'Église qui fut la cause de ce que les moines refusèrent de rendre hommage à ses vertus. Or, à cette époque lointaine, les moines étaient les seuls à écrire l'histoire[1]. »

Quoi qu'il en soit, et que Robert Hood ait existé ou non, la littérature a très largement compensé cette lacune en hissant Robin au rang de héros légendaire, les auteurs proposant au fil des siècles leur(s) propre(s) version(s) de l'histoire de Robin des Bois.

Chez Dumas, une vision romantique et idéalisée du Moyen Âge

La présente version de *Robin des Bois* témoigne de l'influence de l'esthétique romantique qui se déploie en Europe dans la première moitié du XIXe siècle et manifeste une prédilection pour les récits de l'époque médiévale. Les écrivains et les peintres se plaisent à en réinventer les décors, et à donner leur propre interprétation des mœurs courtoises et chevaleresques[2].

Ainsi, le Robin de Dumas est un noble cœur, son enfance a pour décor les profondeurs embaumées d'une forêt de Sherwood baignant dans la lumière suave d'un mois de juin toujours recommencé :

Le ciel était pur ; le soleil levant illuminait ces grandes solitudes ; la bise passant à travers les taillis entraînait dans l'atmosphère les senteurs âcres et pénétrantes du feuillage des chênes et les mille parfums des fleurs sauvages ; sur les mousses, sur les herbes, les gouttes de rosée brillaient comme des semis de diamants ; aux coins des futaies chantaient et voltigeaient les oiseaux ; les daims bra-

---

1. *Ibid.* (nous traduisons).
2. Voir dossier, p. 251.

maient dans les fourrés ; partout enfin la nature s'éveillait, et les derniers brouillards de la nuit fuyaient au loin (p. 44).

Dans cet environnement, entouré des soins de parents adoptifs simples et aimants, Robin développe un caractère bon, une grande franchise teintée de naïveté rustique. À certains égards, il rappelle Perceval, le chevalier du *Conte du graal* de Chrétien de Troyes (v. 1180), que sa mère élève dans la forêt pour le tenir à l'écart des tentations et des dangers du monde extérieur.

Mais alors que le ressort de la quête de Perceval est épique (le spectacle fascinant de chevaliers en armes), celui des aventures de Robin est lyrique (la rencontre fortuite avec la jolie Marianne, dont la beauté lui ravit instantanément le cœur) :

> La jeune femme, qui s'était jusqu'alors tenue à l'écart, se rapprocha de son cavalier, et Robin vit resplendir l'éclat de deux grands yeux noirs sous le capuchon de soie qui préservait sa tête de la fraîcheur du matin ; il remarqua aussi sa divine beauté, et la dévora du regard en s'inclinant poliment devant elle (p. 56).

Nous voici au seuil de notre histoire.

Animé d'une bravoure sans faille, vainqueur de tous les combats contre l'autoritarisme et la cruauté, se ralliant toujours à la cause des victimes, étranger à l'amour de l'argent, d'une égale dignité dans la victoire et dans la défaite, Robin offre au jeune lecteur du XXIᵉ siècle le portrait enthousiasmant d'un héros positif, sans malice ni vanité, et faisant du goût de l'aventure le moyen de toutes les réussites.

CHRONOLOGIE

1066 1936
1066 1936

■ **Repères historiques et culturels**
■ **La légende de Robin des Bois**

Repères historiques et culturels

1066	Bataille de Hastings : victoire de Guillaume le Conquérant, duc de Normandie, sur Harold Godwinson, le dernier roi saxon. Conquête de l'Angleterre par les Normands.
1066-1154	Règnes successifs des descendants de Guillaume (dont Henri Ier, quatrième fils de Guillaume).
v. 1098	*La Chanson de Roland*, chanson de geste[1].
1137	Geoffroy de Monmouth écrit une *Histoire des rois de Bretagne*, à l'origine de la légende du roi Arthur.
1154-1189	Règne de Henri II Plantagenêt.
1170-1175	*Le Roman de Renart*.
1170-1180	Thomas d'Angleterre et Béroul donnent leur version de la légende de Tristan et Iseut.
1176-1185	Chrétien de Troyes, *Romans de la Table ronde*.
1189-1199	Règne de Richard Ier, dit Richard Cœur de Lion, fils de Henri II et d'Aliénor d'Aquitaine.
1190-1192	Richard prend part à la troisième croisade. Son frère Jean, surnommé Jean sans Terre, s'empare de la régence.
1194	Richard revient de la troisième croisade. Il pardonne à son frère sa tentative d'usurpation et le désigne comme son héritier.
1199-1216	Mort de Richard. Règne de Jean sans Terre.
1216-1272	Règne de Henri III.

---

1. *Geste* : récit chanté, en vers, qui évoque les aventures héroïques d'un personnage légendaire.

La légende de Robin des Bois

1162 [Naissance du héros et adoption par le couple Head[1].]

1177 [Robin a quinze ans. Il rencontre Marianne. À cette époque se noue la rivalité avec le baron Fitz-Alwine.]

1187 [Robin a vingt-cinq ans. Proscrit par le roi Henri II, à la suite d'une plainte de Fitz-Alwine, il vit depuis cinq ans avec ses compagnons dans la forêt de Sherwood. Il épouse Marianne. Mort du baron Fitz-Alwine.]

1194 [Richard Cœur de Lion rentre de croisade. Robin a trente-deux ans. Il se met au service du roi et l'accueille dans la forêt de Sherwood.]

Vers 1200 [Sous la régence de Jean sans Terre, mort de Marianne.]

XIIIe siècle Le nom de Robert Hood apparaît dans de nombreuses archives ou chroniques judiciaires anglaises.

---

1. Entre crochets figurent les éléments de la vie de Robin telle qu'elle est racontée par Dumas.

Repères historiques et culturels

1220-1230	Guillaume de Lorris, *Le Roman de la Rose*.
1261-1265	Révolte des barons anglais contre Henri III, menée par Simon de Monfort. La révolte est matée par l'armée du roi.
1298	Marco Polo, *Le Livre des Merveilles du monde*.
1337	Déclenchement de la guerre de Cent Ans. Elle durera en fait jusqu'en 1453.
Début du XVᵉ siècle	*Sir Gawain and the Green Knight* (*Sire Gauvain et le Chevalier vert*), roman de chevalerie. Cuvelier, *Chanson de Du Guesclin*. Geoffrey Chaucer, *Canterbury Tales* (*Les Contes de Canterbury*).
v. 1450	Gutenberg invente l'imprimerie typographique.
1516	Ludovico Ariosto, dit l'Arioste, *Roland furieux*.

La légende de Robin des Bois

1217 [Mort de Robin, à l'âge de cinquante-cinq ans.]

1276 Adam de la Halle, *Le Jeu de la feuillée*.

1284 Adam de la Halle, *Le Jeu de Robin et Marion*.

XIVe siècle Le personnage de Robin des Bois connaît un succès grandissant dans les ballades, répandues oralement par les récits des trouvères et des jongleurs.

1360 William Langland, *Piers Plowman's Vision* (*Pierre le laboureur*).

1377-1384 John Fordun, chanoine d'Aberdeen, rédige ses *Chronica Gentis Scotorum* (*Chroniques du peuple écossais*).

1450 Plus de soixante versions manuscrites de ballades traitant de Robin des Bois, parmi lesquelles *Robin des Bois et le Potier*, *Robin des Bois et le Moine*, *Robin des Bois et Guy de Gisborne*.

1500 Wynkyn de Worde rédige *A Lytell Geste of Robyn Hode* (*La Geste de Robin des Bois*), constituée de plusieurs ballades rassemblées et adaptées pour former un récit long.

Repères historiques et culturels

1588-
1592 William Shakespeare, *Henri VI*, *Richard III*,
drames historiques.

1642- Guerre civile en Angleterre. Victoire d'Oliver Cromwell
1660 qui instaure un régime peu favorable aux libertés
civiles et artistiques.

1689 *Bill of Rights* : déclaration anglaise limitant l'autorité
du roi au profit du Parlement.

1764 Horace Walpole, *Le Château d'Otrante*, roman
gothique.

1794- Ann Radcliffe, *Les Mystères d'Udolphe*, *L'Italien*,
1797 romans gothiques.

1814 Walter Scott, *Waverley*, roman historique.
Intérêt des auteurs romantiques pour les récits
médiévaux.

La légende de Robin des Bois

1521   Dans son *Historia Majoris Brittaniæ*, John Major
est le premier historien à situer les aventures de Robin
sous le règne de Richard Cœur de Lion.

1598-
1601   Anthony Munday, *The Downfall, the Death of Robert
Earl of Huntingdon* (*La Chute, la mort de Robert,
comte de Huntingdon*), drame. Munday semble être le
premier auteur à faire de Robin des Bois un noble :
le comte de Huntingdon. Il situe l'action en 1190,
alors que le roi Richard est à la croisade, et met en
scène le bandit au grand cœur, la forêt de Sherwood,
les compagnons de Robin – Will l'Écarlate, Petit-Jean,
frère Tuck –, le méchant shérif de Nottingham
et le mauvais Jean sans Terre, et enfin Marianne.

1641   Ben Jonson, *The Sad Shepherd* (*Le Triste Berger*).

1795   *Robin Hood, a Collection of All the Ancient Poems,
Songs and Ballads, Now Extant, Relative to that
Celebrated Outlaw* (*Robin Hood, une collection de tous
les anciens poèmes, chansons et ballades*) : première
anthologie de textes anciens sur Robin des Bois,
rassemblés par Joseph Ritson.

Repères historiques et culturels

1837-1901	Règne de Victoria.
1848	Naissance du mouvement artistique dit «préraphaélite» à l'initiative des artistes anglais John Everett Millais, William Holman Hunt et Dante Gabriel Rossetti, puis William Morris et Edward Burne-Jones. Alexandre Dumas, *Le Vicomte de Bragelonne*.
1850	Charles Dickens, *David Copperfield*.
1870	Mort d'Alexandre Dumas.

La légende de Robin des Bois

1819 Walter Scott, *Ivanhoé*. Robin y apparaît sous le nom
de Locksley, qui sera repris de nombreuses fois
par la suite (jusqu'en 2010 dans le film de Ridley Scott).

1822 Thomas Love Peacock, *Maid Marian*.

1838 Pierce Egan the Younger, *Robin Hood and Little John or
the Merry Men of Sherwood Forest* (*Robin Hood et Petit-
Jean, ou les Joyeux Hommes de la forêt de Sherwood*),
feuilleton journalistique.

1839 Augustin Thierry, *Histoire de la conquête
de l'Angleterre par les Normands*. Cet historien
a cherché à démontrer l'existence de Robin
comme personnage historique.

1847 Southey, *Robin Hood*, poème inachevé.

1850 Mathew Gutch, *The Robin Hood Garlands and Ballads,
with the Tale of the Lyttle Geste* (*Les Guirlandes
et Ballades de Robin Hood*), anthologie.

1852 Joseph Hunter, *The Great Hero of the Ancient
Minstrelsy of England, Robin Hood*. Hunter identifie
le héros populaire avec un contemporain d'Édouard II,
qui assista le comte de Lancastre dans son insurrection
de 1322.

1854 *Les Ballades du cycle de Robin Hood*, étude de Louis
Étienne parue dans *La Revue des Deux Mondes*.

1872-
1873 Alexandre Dumas, *Le Prince des voleurs* et *Robin Hood
le proscrit*.

Repères historiques et culturels

1881   Robert Louis Stevenson, *L'Île au trésor.*

1885   Mort de Victor Hugo.

1886   Pierre Loti, *Pêcheur d'Islande.*

1895   28 décembre : naissance du cinéma (première
projection publique donnée par les frères Lumière
au Salon indien du Grand Café de Paris).

1897   Jubilé de la reine Victoria, qui fête ses soixante ans
de règne.

1914   Début de la Première Guerre mondiale.

La légende de Robin des Bois

1882-1898 Francis James Child, *The English and Scottish Popular Ballads* (*Les Ballades populaires anglaises et écossaises*), anthologie.

1883 Howard Pyle, *The Merry Adventures of Robin Hood of Great Renown in Nottinghamshire* (*Les Joyeuses Aventures de Robin des Bois, de grande renommée dans le comté de Notthingham*), littérature enfantine.

1890 Reginald de Koven, *Robin Hood*, opérette.

XXᵉ siècle Le cinéma s'empare de la légende de Robin des Bois (voir dossier, p. 248).

1908 Première apparition de Robin à l'écran, dans le film du réalisateur anglais Percy Stow (*Robin Hood and His Merry Men*).

1912 Louis Rhead, *Bold Robin Hood, and His Outlaw Band, their Famous Exploits in Sherwood Forest* (*Robin Hood et sa bande de hors-la-loi, leurs célèbres exploits dans la forêt de Sherwood*), illustré par l'auteur.

1936 Ted McCall et Charles Snelgrove, *Robin Hood and Company* (*Robin des Bois et Cie*), bande dessinée parue dans *The Toronto Telegram* (Canada).

NOTE SUR L'ÉDITION : le présent volume de *Robin des Bois* est une édition par extraits. La numérotation des chapitres du texte intégral a été respectée. Les passages supprimés sont signalés par des crochets et les résumés présentés dans un caractère différent. Pour faciliter le repérage du lecteur au fil du texte, des titres ont été ajoutés aux chapitres, et un répertoire des personnages (situé en fin de volume, p. 227) permet de retrouver rapidement l'identité des protagonistes cités.

Les principes qui ont présidé au choix des extraits sont les suivants :
– conserver l'histoire dans toute son extension, de la naissance du héros à sa mort, ce qui constitue une spécificité du texte de Dumas ;
– choisir pour le récit deux axes narratifs qui sous-tendent l'ensemble de l'action et lui confèrent une cohérence : l'antagonisme qui oppose Robin au shérif de Nottingham et l'histoire d'amour qui se noue entre Robin et Marianne ;
– enfin, permettre aux lecteurs de retrouver les personnages et les scènes emblématiques de la légende de Robin des Bois.

Robin des Bois

ÉCOSSE

York

PAYS de GALLES

ANGLETERRE

Londres

vers York

× MANSFELDWOOHAUS

× MANSFELD

Forêt de Sherwood

× NOTTINGHAM

vers Londres

NOTTINGHAMSHIRE

PREMIÈRE PARTIE

LE PRINCE DES VOLEURS

I. [L'adoption de Robin par Gilbert et Marguerite Head]

C'était sous le règne de Henri II[1] et en l'an de grâce[2] 1162 :
deux voyageurs, aux vêtements souillés par une longue route et
aux traits exténués par une longue fatigue, traversaient un soir
les sentiers étroits de la forêt de Sherwood, dans le comté de
5 Nottingham.

L'air était froid ; les arbres, sur lesquels commençait à
poindre la faible verdure de mars, frissonnaient au souffle des
dernières bises de l'hiver, et un sombre brouillard s'épanchait sur
la contrée à mesure que les rayonnements du soleil couchant
10 s'éteignaient dans les nuages empourprés[3] de l'horizon. Bientôt
le ciel devint obscur, et des rafales passant sur la forêt présa-
gèrent une nuit orageuse.

«Ritson, dit le plus âgé des voyageurs en s'enveloppant dans
son manteau, le vent redouble de violence ; ne craignez-vous pas

---

1. Henri II : voir présentation, p. 18.
2. An de grâce : année. Au Moyen Âge, on utilisait cette expression pour désigner
chaque année du calendrier chrétien.
3. Empourprés : qui ont pris une couleur rouge.

15 que l'orage nous surprenne avant notre arrivée, et sommes-nous
bien sur la bonne route?

– Nous allons droit au but, milord[1], répondit Ritson, et, si
ma mémoire n'est pas en défaut, nous frapperons avant une
heure à la porte du garde forestier.»

20 Les deux inconnus marchèrent en silence pendant trois
quarts d'heure, et le voyageur que son compagnon gratifiait de[2]
milord s'écria impatienté :

«Arriverons-nous bientôt?

– Dans dix minutes, milord.

25 – Bien, mais ce garde forestier, cet homme que tu appelles
Head, est-il digne de ma confiance?

– Parfaitement digne, milord : Head, mon beau-frère, est un
homme rude, franc et honnête; il écoutera avec respect l'admirable histoire inventée par Votre Seigneurie, et il y croira; il ne
30 sait pas ce que c'est que le mensonge, il ne connaît même pas la
méfiance. Tenez, milord, s'écria joyeusement Ritson, interrompant l'éloge[3] du garde, regardez là-bas cette lumière dont les
reflets colorent les arbres, eh bien! elle s'échappe de la maison
de Gilbert Head. Que de fois dans ma jeunesse l'ai-je saluée avec
35 bonheur, cette étoile du foyer, quand le soir nous revenions fatigués de la chasse!»

Et Ritson demeura immobile, rêveur et les yeux fixés avec
attendrissement sur la lumière vacillante qui lui rappelait les souvenirs du passé.

40 «L'enfant dort-il? demanda le gentilhomme, fort peu touché
de l'émotion de son serviteur.

– Oui, milord, répondit Ritson, dont la figure reprit aussitôt
une expression de complète indifférence, il dort profondément;

---

1. *Milord* : monseigneur. Il s'agit donc d'un gentilhomme (noble).
2. *Gratifiait de* : qualifiait de, appelait.
3. *Éloge* : propos flatteur, louange.

et, sur mon âme! je ne comprends pas que Votre Seigneurie se
45 donne tant de peine pour conserver la vie d'un petit être si nui-
sible à vos intérêts. Pourquoi, si vous voulez vous débarrasser à
jamais de cet enfant, ne pas lui enfoncer deux pouces d'acier
dans le cœur? Je suis à vos ordres, parlez. Promettez-moi pour
récompense d'écrire mon nom sur votre testament, et notre jeune
50 dormeur ne se réveillera plus.

– Tais-toi, reprit brusquement le gentilhomme, je ne désire
pas la mort de cette innocente créature. Je puis craindre d'être
découvert dans l'avenir, mais je préfère les angoisses de la crainte
aux remords d'un crime. Du reste, j'ai lieu d'espérer et même de
55 croire que le mystère qui enveloppe la naissance de cet enfant ne
sera jamais dévoilé. Si le contraire arrivait, ce ne pourrait être que
ton ouvrage, Ritson, et je te jure que tous les instants de ma vie
seront employés à une rigoureuse surveillance de tes faits et
gestes. Élevé comme un paysan, cet enfant ne souffrira pas de la
60 médiocrité de sa condition; il s'y créera un bonheur en rapport
avec ses goûts et ses habitudes, et ne regrettera jamais le nom et
la fortune qu'il perd aujourd'hui sans les connaître.

– Que votre volonté soit faite, milord! répliqua froidement
Ritson; mais en vérité la vie d'un si petit enfant ne vaut pas les
65 fatigues d'un voyage de Huntingdonshire à Nottinghamshire.»

Enfin les voyageurs mirent pied à terre devant une jolie maisonnette cachée comme un nid d'oiseau dans un massif de la forêt.

«Holà! voisin Head, cria Ritson d'une voix joyeuse et retentissante, holà! ouvrez vite; la pluie tombe dru, et d'ici je vois
70 flamboyer votre âtre[1]. Ouvrez, bonhomme, c'est un parent qui
vous demande l'hospitalité.»

Les chiens grondèrent dans l'intérieur du logis, et le prudent
garde répondit d'abord:

---

1. *Âtre* : partie de la cheminée où l'on fait le feu.

«Qui frappe ?
75   – Un ami.
      – Quel ami ?
      – Roland Ritson, ton frère. Ouvre donc, bon Gilbert.
      – Toi, Roland Ritson, de Mansfeld ?
      – Oui, oui, moi-même, le frère de Marguerite. Allons, ouvri-
80 ras-tu ? ajouta Ritson impatienté ; nous causerons à table.»
      La porte s'ouvrit enfin, et les voyageurs entrèrent.
      Gilbert Head serra cordialement[1] la main de son beau-frère,
et dit au gentilhomme en le saluant avec politesse :
      «Soyez le bienvenu, messire chevalier, et ne m'accusez pas
85 d'avoir enfreint les lois de l'hospitalité si, pendant quelques
instants, j'ai tenu ma porte fermée entre vous et mon foyer. L'isolement de cette demeure et le vagabondage des outlaws[2] dans la
forêt me commandent la prudence, car il ne suffit pas d'être
vaillant et fort pour échapper au danger. Agréez donc mes
90 excuses, noble étranger, et regardez ma maison comme la vôtre.
Asseyez-vous au feu et séchez vos vêtements, on va s'occuper de
vos montures. Holà ! Lincoln ! s'écria Gilbert entrouvrant la
porte d'une chambre voisine, conduis les chevaux de ces voyageurs sous le hangar, puisque notre écurie est trop petite pour les
95 recevoir, et qu'il ne leur manque rien : du foin plein le râtelier[3],
et de la paille jusqu'au ventre.»
      Un robuste paysan vêtu en forestier parut aussitôt, traversa la
salle, et sortit sans même jeter un curieux regard sur les nouveaux venus ; puis une jolie femme, de trente ans à peine, vint
100 offrir ses deux mains et son front aux baisers de Ritson.

---

1. *Cordialement* : amicalement.
2. *Outlaws* : littéralement «hors-la-loi», en anglais ; ici, il s'agit de bandits qui
trouvent refuge dans la forêt et s'en prennent aux voyageurs.
3. *Râtelier* : sorte d'échelle, placée horizontalement dans l'écurie, destinée à recevoir le foin distribué aux animaux comme nourriture.

«Chère Marguerite! chère sœur! s'écriait celui-ci, redoublant ses caresses et la contemplant avec une naïve admiration mêlée de surprise; mais tu n'es pas changée, mais ton front est aussi pur, tes yeux aussi brillants, tes lèvres et tes joues aussi roses et 105 aussi fraîches que lorsque notre bon Gilbert te faisait la cour.

– C'est que je suis heureuse, répondit Marguerite lançant à son mari un tendre regard.

– Vous pouvez dire : nous sommes heureux, Maggie, ajouta l'honnête forestier. Grâce à votre heureux caractère, il n'y a 110 encore eu ni bouderie ni querelle dans notre ménage. Mais assez causé sur ce chapitre, et pensons à nos hôtes… ça! l'ami beau-frère, ôtez votre manteau, et vous, messire chevalier, débarrassez-vous de cette pluie qui ruisselle sur vos habits comme une rosée du matin sur les feuilles. Nous souperons ensuite. Vite, Maggie, 115 un fagot[1], deux fagots dans l'âtre, sur la table les meilleurs plats et dans les lits les draps les plus blancs; vite.»

Tandis que l'alerte jeune femme obéissait à son mari, Ritson rejetait son manteau en arrière et découvrait un bel enfant enveloppé dans une mante de cachemire[2] bleu. Ronde, fraîche et vermeille[3], 120 la figure de cet enfant, âgé de quinze mois à peine, annonçait une santé parfaite et une robuste constitution.

Quand Ritson eut arrangé soigneusement les plis froissés du bonnet de ce baby, il plaça sa jolie petite tête sous un rayon de lumière qui en faisait ressortir toute la beauté et appela douce-125 ment sa sœur.

Marguerite accourut.

«Maggie, lui dit-il, j'ai un cadeau à te faire, et tu ne m'accuseras pas de revenir vers toi les mains vides après huit ans d'absence… Tiens, regarde ce que je t'apporte.

---

1. *Fagot* : assemblage de petites branches.
2. *Mante de cachemire* : manteau à capuchon, tissé avec une laine douce et légère.
3. *Vermeille* : rouge éclatant.

– Sainte Marie! s'écria la jeune femme les mains jointes, sainte Marie, un enfant! Mais, Roland, est-il à toi ce beau petit ange? Gilbert, Gilbert, viens donc voir un amour d'enfant!

– Un enfant! un enfant entre les mains de Ritson!» Et, loin de s'enthousiasmer comme sa femme, Gilbert lança un coup
135 d'œil sévère sur son parent. «Frère, dit le garde forestier d'un ton grave, êtes-vous donc devenu nourrisseur de marmots depuis qu'on vous a réformé comme soldat[1]? Elle est assez bizarre, mon garçon, la fantaisie qui vous prend de courir la campagne avec un enfant sous votre manteau! Que signifie tout cela? pour-
140 quoi venez-vous ici? quelle est l'histoire de ce poupon? Voyons, parlez, soyez franc, je veux tout savoir.

– Cet enfant ne m'appartient pas, brave Gilbert; c'est un orphelin, et le gentilhomme que voici est son protecteur. Sa Seigneurie connaît la famille de cet ange et vous dira pourquoi nous
145 venons ici. En attendant, bonne Maggie, charge-toi de ce précieux fardeau qui pèse sur mon bras depuis deux jours… c'est-à-dire deux heures. Je suis déjà las[2] de mon rôle de nourrice.»

Marguerite s'empara vivement du petit dormeur, le transporta dans sa chambre, le déposa sur son lit, lui couvrit les mains
150 et le cou de baisers, l'enveloppa chaudement dans son beau mantelet[3] de fête, et rejoignit ses hôtes.

Le souper se passa joyeusement, et, à la fin du repas, le gentilhomme dit au garde :

«L'intérêt que votre charmante femme témoigne à cet enfant me
155 décide à vous faire une proposition relative à son bien-être futur. Mais d'abord permettez-moi de vous instruire de certaines particularités qui se rattachent à la famille, à la naissance et à la situation

---

1. *Depuis qu'on vous a réformé comme soldat* : depuis que vous avez quitté l'armée.

2. *Las* : lassé, fatigué.

3. *Mantelet* : cape de femme, en tissu léger, à capuchon.

actuelle de ce pauvre orphelin dont je suis l'unique protecteur. Son
père, ancien compagnon d'armes de ma jeunesse, passée au milieu
160 des camps, fut mon meilleur et mon plus intime ami. Au commencement du règne de notre glorieux souverain Henri II, nous séjour-
nâmes ensemble en France, tantôt en Normandie, tantôt en
Aquitaine, tantôt en Poitou, et, après une séparation de quelques
années, nous nous retrouvâmes dans le pays de Galles[1]. Mon ami,
165 avant de quitter la France, était devenu éperdument[2] amoureux
d'une jeune fille, l'avait épousée et conduite en Angleterre auprès
de sa famille à lui. Malheureusement cette famille, fière et
orgueilleuse branche d'une maison princière et imbue[3] de sots pré-
jugés, refusa d'admettre dans son sein la jeune femme, qui était
170 pauvre et n'avait d'autre noblesse que celle des sentiments. Cette
injure la frappa au cœur, et elle mourut huit jours après avoir mis
au monde l'enfant que nous voulons confier à vos bons soins, et qui
n'a plus de père, car mon pauvre ami tombait blessé à mort dans un
combat en Normandie, voilà bientôt dix mois. Les dernières pen-
175 sées de mon ami mourant furent pour son fils ; il me manda[4] près
de lui, me donna à la hâte le nom et l'adresse de la nourrice de
l'enfant, et me fit jurer au nom de notre vieille amitié de devenir
l'appui, le protecteur de cet orphelin. Je jurai et je tiendrai mon serment, mais ma mission est bien difficile à remplir, maître Gilbert ;
180 je suis encore soldat, je passe ma vie dans les garnisons[5] ou sur les
champs de bataille, et je ne puis veiller moi-même sur cette frêle[6]
créature. D'un autre côté, je n'ai ni parents ni amis aux mains des-
quels je puisse sans crainte remettre ce précieux dépôt. Je ne savais

---

1. *Pays de Galles* : région occidentale de l'Angleterre.
2. *Éperdument* : passionnément, excessivement.
3. *Imbue* : pleine.
4. *Il me manda* : il me fit venir.
5. *Garnisons* : campements de soldats.
6. *Frêle* : fragile.

donc plus à quel saint me vouer[1] quand l'idée me vint de consulter
185 votre beau-frère Roland Ritson : il pensa de suite à vous ; il me dit
que, marié depuis huit ans à une adorable et vertueuse femme, vous
n'aviez pas encore le bonheur d'être père, et que sans doute, il vous
serait agréable, moyennant salaire, bien entendu, d'accueillir sous
votre toit un pauvre orphelin, le fils d'un brave soldat. Si Dieu
190 accorde vie et santé à cet enfant, il sera le compagnon de ma
vieillesse ; je lui raconterai l'histoire triste et glorieuse de l'auteur de
ses jours, et je lui enseignerai à marcher d'un pas ferme dans les
mêmes sentiers où nous marchâmes, son vaillant père et moi. En
attendant, vous élèverez l'enfant comme s'il était le vôtre, et vous
195 ne l'élèverez pas gratuitement, je vous le jure. Répondez, maître
Gilbert : acceptez-vous ma proposition ? »

Le gentilhomme attendit avec anxiété la réponse du forestier,
qui avant de s'engager interrogeait sa femme du regard ; mais la
jolie Margaret détournait la tête, et, le col penché vers la porte
200 de la chambre voisine, elle essayait en souriant d'écouter l'imperceptible murmure de la respiration de l'enfant.

Ritson, qui analysait furtivement du coin de l'œil l'expression
de la physionomie[2] des deux époux, comprit que sa sœur était
disposée à garder l'enfant, malgré les hésitations de Gilbert [...].
205 On transigea[3] enfin et on convint, d'après la proposition de
Marguerite, que l'argent reçu chaque année en payement de la
pension de l'enfant serait placé en lieu sûr, pour être remis à
l'orphelin à l'époque de sa majorité.

Cette affaire réglée à la satisfaction de tous, on se sépara
210 pour dormir.

---

1. *Je ne savais donc plus à quel saint me vouer* : je ne savais plus à qui
m'adresser, je ne savais que faire.
2. *Physionomie* : apparence, traits du visage.
3. *On transigea* : on trouva un accord.

[Le lendemain, Gilbert découvre que Ritson et le gentilhomme sont partis en empruntant ses chevaux et en lui laissant les leurs. Avec sa femme, il s'interroge sur les raisons de ce départ précipité. Marguerite a son idée...]

[...] « Eh! ne sais-tu pas que, depuis la mort de ta pauvre sœur Annette, sa fiancée, Ritson évite la contrée? L'aspect de notre bonheur en ménage aura réveillé ses chagrins.

– Tu as raison, femme, répondit Gilbert en poussant un gros
215 soupir. Pauvre Annette!

– Le plus fâcheux de l'affaire, reprit Marguerite, c'est que nous n'avons ni le nom ni l'adresse du protecteur de cet enfant. Qui avertirons-nous s'il tombe malade? Lui-même comment l'appellerons-nous?

220 – Choisis son nom, Marguerite.

– Choisis-le toi-même, Gilbert; c'est un garçon, et cela te regarde.

– Eh bien! nous lui donnerons, si tu veux, le nom du frère que j'ai tant aimé; je ne puis penser à Annette sans me souvenir
225 de l'infortuné Robin.

– Soit, il est baptisé, et voilà notre gentil Robin!» s'écria Marguerite en couvrant de baisers la figure de l'enfant qui lui souriait déjà comme si la douce Marguerite eût été sa mère.

L'orphelin fut donc nommé Robin Head. Plus tard, et sans
230 cause connue, le mot Head se changea en Hood, et le petit étranger devint célèbre sous le nom de Robin Hood.

II. [Robin au secours d'Allan et Marianne]

Quinze ans se sont écoulés depuis cet événement ; le calme et le bonheur n'ont pas cessé de régner sous le toit du garde forestier, et l'orphelin croit toujours être le fils bien-aimé de Marguerite et de Gilbert Head.

5 Par une belle matinée de juin, un homme au retour de l'âge[1], vêtu comme un paysan aisé et monté sur un poney vigoureux, suivait la route qui conduit par la forêt de Sherwood au joli village de Mansfeldwoohaus.

Le ciel était pur ; le soleil levant illuminait ces grandes soli-
10 tudes ; la bise passant à travers les taillis entraînait dans l'atmosphère les senteurs âcres[2] et pénétrantes du feuillage des chênes et les mille parfums des fleurs sauvages ; sur les mousses, sur les herbes, les gouttes de rosée brillaient comme des semis[3] de diamants ; aux coins des futaies[4] chantaient et voltigeaient les
15 oiseaux ; les daims bramaient dans les fourrés ; partout enfin la nature s'éveillait, et les derniers brouillards de la nuit fuyaient au loin.

La physionomie de notre voyageur s'épanouissait sous l'influence d'un si beau jour ; sa poitrine se dilatait, il respirait à
20 pleins poumons, et d'une voix forte et sonore il jetait aux échos les refrains d'un vieil hymne saxon, d'un hymne à la mort des tyrans.

Soudain une flèche passa en sifflant à son oreille et alla se planter dans la branche d'un chêne au bord de la route.

---

1. *Au retour de l'âge* : d'âge mûr.
2. *Âcres* : irritantes.
3. *Semis* : plantations.
4. *Futaies* : groupements d'arbres anciens, très élevés. Le mot vient de *fût*, qui désigne le tronc de l'arbre.

25 Le paysan, plus surpris qu'effrayé, sauta en bas de son cheval, se cacha derrière un arbre, banda son arc et se tint sur la défensive. Mais il eut beau surveiller le sentier dans toute sa longueur, scruter du regard les taillis environnants et prêter l'oreille aux moindres bruits de la forêt, il ne vit rien, n'entendit rien et ne sut 30 que penser de cette attaque imprévue. [...]

Tout en réfléchissant sur sa position, notre homme se disait :

«Le danger n'est pas imminent[1], puisque l'instinct de mon cheval ne le pressent pas. Au contraire, il demeure là tranquille comme dans son écurie, et allonge le col vers la feuillée comme 35 vers son râtelier. Mais s'il reste ici, il indiquera à celui qui me poursuit l'endroit où je me cache. Holà! poney, au trot!»

Ce commandement fut donné par un coup de sifflet en sourdine, et le docile animal, habitué depuis longtemps à cette manœuvre de chasseur qui veut s'isoler en embuscade, dressa ses 40 oreilles, roula de grands yeux flamboyants vers l'arbre qui protégeait son maître, lui répondit par un petit hennissement et s'éloigna au trot. Vainement, pendant un grand quart d'heure, le paysan attendit, l'œil au guet, une nouvelle attaque.

«Voyons, dit-il, puisque la patience n'aboutit à rien, essayons 45 de la ruse.»

Et, calculant, d'après la direction du pennage de la flèche[2], l'endroit où son ennemi pouvait stationner, il décocha un trait[3] de ce côté avec l'espoir d'effrayer le malfaiteur ou de le provoquer à force de mouvement. Le trait fendit l'espace, alla s'implan-50 ter dans l'écorce d'un arbre, et personne ne répondit à cette provocation. Un second trait réussira peut-être? Ce second trait partit, mais il fut arrêté dans son vol. Une flèche, lancée par un

---

1. *Imminent* : proche, sur le point de se produire.

2. *Pennage de la flèche* : partie postérieure de la flèche, souvent garnie d'une plume.

3. *Un trait* : une flèche.

arc invisible, le rencontra presque à angle droit au-dessus du sentier, et le fit tomber en pirouettant sur le sol. Ce coup avait été si
55 rapide, si inattendu, il annonçait tant d'adresse et une si grande
habileté de la main et de l'œil, que le paysan émerveillé, oublieux
de tout danger, bondit de sa cachette.

« Quel coup ! quel merveilleux coup ! » s'écria-t-il en gamba-
dant sur la lisière des fourrés pour y découvrir le mystérieux
60 archer. [...]

« Oh ! c'est Robin, l'effronté Robin Hood [...]. Viens ici,
garçon. Quoi ? tu oses tirer à l'arc sur ton père ? Par saint Dunstan[1], j'ai cru que les outlaws en voulaient à ma peau ! Oh ! le
méchant enfant qui prend pour but ma tête grisonnante ! » [...]

65 [L]e jeune homme souriait au vieillard et tenait respectueusement à la main son bonnet vert, orné d'une plume de héron. Une
masse de cheveux noirs légèrement bouclés couronnait un front
plus blanc que l'ivoire et largement développé. Les paupières,
repliées sur elles-mêmes, laissaient jaillir au-dehors les fulgu-
70 rances[2] de deux prunelles d'un bleu sombre, dont l'éclat se
veloutait sous la frange des longs cils qui projetaient leur ombre
jusque sur les pommettes rosées des joues. Son regard nageait
dans un fluide transparent comme un émail[3] liquide ; les pensées, les croyances, les sentiments d'une adolescence candide[4]
75 s'y reflétaient comme dans un miroir ; l'expression des traits du
visage de Robin annonçait le courage et l'énergie ; son exquise
beauté n'avait rien d'efféminé, et son sourire était presque le sourire d'un homme maître de lui-même, lorsque ses lèvres, margées[5] de corail et réunies par une courbe gracieuse à son nez

---

1. *Saint Dunstan* (909-988) avait été archevêque de Canterbury et conseiller du
roi d'Angleterre Edred.
2. *Fulgurances* : éclats de lumière.
3. *Émail* : vernis décoratif.
4. *Candide* : naïve.
5. *Margées* : bordées.

80 droit et fin, aux narines mobiles et transparentes, s'entrouvraient
sur une dentition éburnéenne[1].

Le hâle avait bruni cette noble physionomie, mais la blancheur satinée de la carnation[2] reparaissait à la naissance du col
et au-dessus des poignets.

85 Un bonnet avec plume de héron pour aigrette[3], un pourpoint
de drap vert de Lincoln[4] serré à la taille, des hauts-de-chausses[5]
en peau de daim, une paire de *unhege sceo* (brodequins[6] saxons)
attachés au-dessus des chevilles par de fortes courroies, un baudrier[7] clouté d'acier brillant et supportant un carquois[8] garni de
90 flèches, le petit cor[9] et le couteau de chasse à la ceinture, et l'arc
en main, telles étaient les pièces de l'habillement et de l'équipe-
ment de Robin Hood, et leur ensemble plein d'originalité était
loin de nuire à la beauté de l'adolescent.

«Et si tu m'avais transpercé le crâne au lieu de me chatouiller
95 l'oreille? dit le bon vieillard [...] d'un ton de sévérité affectée.
Méfiez-vous de ce chatouillement-là, sir Robin, il tuerait plus
souvent qu'il ne ferait rire.

– Pardonnez-moi, bon père. Je n'avais nullement l'intention
de vous blesser.

100 – Je le crois parbleu bien! cher enfant, mais cela pouvait arriver; un changement dans l'allure de mon cheval, un pas à gauche

---

1. *Éburnéenne* : qui a la blancheur de l'ivoire.
2. *Carnation* : teint, coloration de la peau.
3. *Aigrette* : ornement fait d'un bouquet de plumes.
4. *Pourpoint de drap vert de Lincoln* : vêtement masculin couvrant le buste
jusqu'au-dessous de la ceinture; ici tissé en drap vert (couleur produite au Moyen
Âge par les teinturiers de la ville de Lincoln).
5. *Hauts-de-chausses* : ancêtres du pantalon, qui couvraient les jambes jusqu'aux mollets.
6. *Brodequins* : chaussures montant au-dessus de la cheville.
7. *Baudrier* : ceinture de cuir ou d'étoffe portée en écharpe et soutenant une arme.
8. *Carquois* : étui à flèches.
9. *Cor* : sorte de trompe utilisée pour la chasse.

ou à droite de la ligne que je suivais, un mouvement de ma tête, un tremblement de ta main, une erreur de ton coup d'œil, un rien enfin, et le jeu que tu jouais était mortel.

105   — Mais ma main n'a pas tremblé, et mon coup d'œil est toujours sûr. Ne me faites donc pas de reproches, bon père, et pardonnez-moi mon espièglerie.

— Je te la pardonne de grand cœur ; mais, ainsi que le dit Ésope[1], dont le chapelain t'apprit les fables, est-ce un divertisse-
110 ment pour un homme que le jeu qui peut tuer un autre homme ?

— C'est vrai, répondit Robin d'un ton plein de repentir[2]. Je vous en conjure[3], oubliez mon étourderie, ma faute, veux-je dire, c'est l'orgueil qui me l'a fait commettre.

— L'orgueil ?

115   — Oui, l'orgueil ; ne m'avez-vous pas dit hier soir, à la veillée, que je n'étais pas encore assez bon archer pour effleurer le poil de l'oreille d'un chevreuil afin de l'effrayer sans le blesser ? et… j'ai voulu vous prouver le contraire.

— Jolie manière d'exercer son talent ! Mais brisons là[4], mon
120 garçon ; je te pardonne, c'est entendu, et je ne te garde pas rancune, seulement je t'engage à ne jamais me traiter comme un cerf.

— Ne crains rien, père, s'écria l'enfant avec tendresse, ne crains rien ; aussi espiègle, aussi étourdi, aussi grand joueur de
125 tours que je puisse être, je n'oublierai jamais le respect et l'affection que tu mérites, et, pour la possession de la forêt de Sherwood tout entière, je ne voudrais pas faire tomber un cheveu de ta tête. »

_____

1. *Ésope* : fabuliste grec (VIIe-VIe siècle av. J.-C.).
2. *Repentir* : regret.
3. *Conjure* : supplie.
4. *Brisons là* : mettons fin à ce sujet de conversation.

Le vieillard saisit affectueusement la main que lui tendait le
130 jeune homme, et la pressa en disant :

«Dieu bénisse ton excellent cœur et te donne la sagesse!»
Puis il ajouta avec un naïf sentiment d'orgueil qu'il avait sans
doute réprimé jusqu'alors afin de morigéner[1] l'imprudent
archer : «Et dire que c'est mon élève! Oui, c'est moi, Gilbert
135 Head, qui le premier lui ai appris à bander un arc et à décocher
une flèche! L'élève est digne du maître, et, s'il continue, il n'y
aura pas de plus adroit tireur dans tout le comté, dans toute
l'Angleterre même.

– Que mon bras droit perde sa force, et que pas une de mes
140 flèches n'atteigne le but si jamais j'oublie votre amour, mon
père!

– Enfant, tu sais déjà que je ne suis ton père que par le cœur.

– Oh! ne me parlez pas des droits qui vous manquent sur
moi, car si la nature vous les a refusés, vous les avez acquis par
145 une sollicitude[2], par un dévouement de quinze années.

– Parlons-en, au contraire, dit Gilbert, reprenant sa route à
pied et traînant par la bride le poney qu'un vigoureux coup de
sifflet avait rappelé à l'ordre, un secret pressentiment m'avertit
que des malheurs prochains nous menacent.

150 – Quelle folle idée, mon père!

– Tu es déjà grand, tu es fort, tu es rempli d'énergie, grâce
à Dieu; mais l'avenir qui s'ouvre devant toi n'est plus celui que
j'entrevoyais lorsque petit et faible enfant, tantôt boudeur, tantôt
joyeux, tu grandissais sur les genoux de Marguerite.

155 – Qu'importe! je ne fais qu'un vœu, c'est que l'avenir ressemble au passé et au présent.

– Nous vieillirions désormais sans regret si le mystère qui
couvre ta naissance se dévoilait.

---

1. Morigéner : gronder, réprimander.
2. Sollicitude : attention soucieuse et affectueuse.

– Vous n'avez donc jamais revu le brave soldat qui m'a confié
160 à vos soins?

– Je ne l'ai jamais revu, et je n'ai reçu qu'une fois de ses
nouvelles.

– Peut-être est-il mort à la guerre?

– Peut-être. Un an après ton arrivée chez moi, je reçus par un
165 messager inconnu un sac d'argent et un parchemin scellé de cire,
mais dont le cachet[1] n'avait pas d'armes[2]. Je donnai ce parchemin à mon confesseur, qui l'ouvrit et m'en révéla le contenu que
voici, mot pour mot: "Gilbert Head, j'ai placé depuis douze
mois un enfant sous ta protection, et j'ai pris vis-à-vis de toi
170 l'engagement de te payer pour ta peine une rente[3] annuelle; je
te l'envoie; je quitte l'Angleterre et j'ignore l'époque de mon
retour. En conséquence, j'ai pris des arrangements pour que tu
touches tous les ans la somme due. Tu n'auras donc à l'époque
des échéances[4] qu'à te présenter dans le cabinet du shérif de Not-
175 tingham, et tu seras payé. Élève le garçon comme s'il était ton
propre fils, à mon retour, je viendrai te le réclamer." Pas de signa-
ture, pas de date; et d'où venait ce message? je l'ignore. Le messager partit sans vouloir satisfaire ma curiosité. Je t'ai souvent
répété ce que le gentilhomme inconnu nous avait raconté à
180 propos de ta naissance et de la mort de tes parents. Je ne sais
donc rien de plus sur ton origine, et le shérif qui me paye ta pension répond invariablement, lorsque je l'interroge, qu'il ne
connaît ni le nom ni la demeure de celui qui lui a donné mandat
de[5] me compter tant de guinées[6] par an. Si maintenant ton

---

1. *Cachet*: marque apposée dans la cire.

2. *Armes*: ici, symbole qui permet de reconnaître l'expéditeur, armoiries.

3. *Rente*: ici, au sens de pension, revenu.

4. *Échéances*: dates auxquelles le paiement doit être effectué.

5. *Qui lui a donné mandat de*: qui l'a chargé de.

6. *Guinées*: anciennes pièces d'or anglaises. Une guinée équivalait à peu près à
une livre sterling.

protecteur te rappelait à lui, ma douce Marguerite et moi nous nous consolerions de ton départ en pensant que tu retrouves des richesses et des honneurs qui t'appartiennent par droit de naissance; mais si nous devons mourir avant que le gentilhomme inconnu reparaisse, un grand chagrin empoisonnera notre dernière heure.

– Quel grand chagrin, père?

– Le chagrin de te savoir seul et abandonné à toi-même, et livré à tes passions au moment de devenir homme.

– Ma mère et vous avez encore de longs jours à vivre.

– Dieu le sait!

– Dieu le permettra.

– Que sa volonté soit faite! En tout cas, si une mort prochaine nous sépare, sache, mon enfant, que tu es notre seul héritier; la chaumière où tu as grandi est tienne, les défrichements qui l'entourent sont ta propriété, et, avec l'argent de ta pension, accumulé depuis quinze années, tu n'auras pas à redouter la misère et tu pourras être heureux si tu es sage. Le malheur t'a frappé dès ta naissance, et tes parents adoptifs se sont efforcés de réparer ce malheur; tu penseras souvent à eux, ils n'ambitionnent pas d'autre récompense.»

L'adolescent s'attendrissait; de grosses larmes commençaient à sourdre[1] entre ses paupières : mais il contint son émotion pour ne pas augmenter celle du vieillard, détourna la tête, essuya ses yeux d'un revers de main, et s'écria d'un ton de voix presque joyeux :

«Ne touchez plus jamais à un aussi triste sujet, mon père; la pensée d'une séparation, quelque éloignée qu'elle soit, me rend faible comme une femme, et la faiblesse ne convient pas à un homme (il se croyait déjà homme). Sans nul doute je saurai un

---

1. Sourdre : jaillir.

215 jour qui je suis, mais ne le saurais-je pas que cette ignorance ne
m'empêcherait jamais de dormir tranquille ni de me réveiller
gaiement. Parbleu ! si j'ignore mon véritable nom, noble ou roturier[1], je n'ignore pas ce que je veux être… le plus habile archer
qui ait jamais tiré une flèche sur les daims de la forêt de
220 Sherwood.

 – Et vous l'êtes déjà, sir Robin, répliqua Gilbert avec fierté ;
ne suis-je pas votre instituteur ? En route, Gip, mon gentil poney,
ajouta le vieillard en remontant en selle, il faut que je me hâte
d'aller à Mansfeldwoohaus et de revenir, sans quoi Maggie ferait
225 une mine plus longue que la plus longue de mes flèches. En attendant, cher enfant, exerce ton adresse, et elle ne tardera pas à égaler
celle de Gilbert Head dans ses plus beaux jours… Au revoir. »

 Robin s'amusa pendant quelques instants à déchiqueter à
coups de flèches les feuilles qu'il choisissait de l'œil à la cime des
230 plus grands arbres ; puis, las de ce jeu, il s'étendit sur l'herbe à
l'ombre d'une clairière, et récapitula une à une dans sa pensée
les paroles qu'il venait d'échanger avec son père adoptif.

 […] [i]l aperçut à quelques toises[2] de distance un homme
accroupi derrière un tertre[3] dominant la route ; ainsi caché, cet
235 homme pouvait voir sans être vu tout ce qui passerait sur la
route, et, l'œil au guet, la flèche en corde, il attendait.

 Certes il ressemblait par ses vêtements à un honnête forestier,
connaissant de longue main[4] les allures du gibier et se donnant le
loisir d'une paisible chasse à l'affût[5]. Mais s'il eût été réellement

---

1. *Roturier* : de basse condition sociale, qui n'appartient pas à la noblesse.
2. *Toises* : anciennes unités de mesure. Une toise équivalait à peu près à deux
mètres.
3. *Tertre* : petite élévation de terre, butte.
4. *De longue main* : depuis longtemps.
5. *Chasse à l'affût* : chasse qui consiste à rester caché en silence en attendant
qu'une proie passe à proximité.

240 chasseur, et chasseur de daims surtout, il n'eût pas hésité à suivre en toute hâte la piste de l'animal. Pourquoi cette embuscade alors? Peut-être était-ce un meurtrier à l'affût des voyageurs?

Robin pressentit un crime, et, espérant y mettre obstacle, il
245 se cacha derrière un bouquet de hêtres et surveilla attentivement les mouvements de l'inconnu. Celui-ci, toujours accroupi derrière le tertre, tournait le dos à Robin, et par conséquent se trouvait placé entre lui et le sentier.

Tout à coup le brigand ou le chasseur décocha une flèche
250 dans la direction du sentier, et se releva à moitié comme pour bondir vers le but visé; mais il s'arrêta, proféra un jurement énergique, et se remit à l'affût avec une flèche à son arc.

Cette nouvelle flèche fut suivie comme la première d'un odieux blasphème[1].

255 «À qui donc en veut-il? se demandait Robin. Essaye-t-il de donner à un de ses amis un coup de peigne comme celui que j'ai donné ce matin au vieux Gilbert? Le jeu n'est pas des plus faciles. Mais je ne vois rien là-bas du côté où il vise; il voit cependant quelque chose, lui, puisqu'il prépare une troisième flèche.»

260 Robin allait quitter sa cachette pour faire connaissance avec le tireur inconnu et maladroit, lorsqu'en écartant sans dessein[2] quelques branches d'un hêtre il aperçut, arrêtés au bout du sentier et à l'endroit où le chemin de Mansfeldwoohaus forme un coude, un gentleman[3] et une jeune dame qui semblaient éprou-
265 ver beaucoup d'inquiétude et se demander s'il fallait tourner bride[4], ou braver le danger. Les chevaux s'ébrouaient, et le

---

1. **Odieux blasphème** : ici, détestable juron.
2. **Sans dessein** : sans intention, sans le faire exprès.
3. **Gentleman** : ici, au sens de *gentilhomme*, c'est-à-dire d'homme appartenant à la noblesse.
4. **Tourner bride** : faire demi-tour.

gentleman promenait ses regards de tous côtés pour découvrir l'ennemi et lui tenir tête, puis il s'efforçait en même temps de calmer les terreurs de sa compagne.

270 Soudain la jeune femme poussa un cri d'angoisse et tomba presque évanouie : une flèche venait de s'implanter dans le pommeau de sa selle.

Plus de doute, l'homme en embuscade était un lâche assassin.

275 Saisi d'une généreuse indignation, Robin choisit dans son carquois une flèche des plus aiguës, banda son arc et visa. La main gauche de l'assassin demeura clouée sur le bois de l'arc qui menaçait de nouveau le cavalier et sa compagne.

Rugissant de colère et de douleur, le bandit détourna la tête 280 et chercha à découvrir d'où venait cette attaque imprévue; mais la taille svelte[1] de notre jeune archer le cachait derrière le tronc du hêtre, et les nuances de son pourpoint se confondaient avec celles du feuillage.

Robin aurait pu tuer le bandit, il se contenta de l'effrayer 285 après l'avoir puni, et lui décocha une nouvelle flèche qui emporta son bonnet à vingt pas.

Saisi de vertige et d'épouvante, le blessé se redressa, et, soutenant de sa main solide sa main ensanglantée, hurla, trépigna, tournoya pendant quelques instants sur lui-même, promena des 290 yeux hagards[2] sur les taillis environnants, et s'enfuit en criant :

«C'est le démon! le démon! le démon!»

Robin salua le départ du bandit par un rire joyeux, sacrifia une dernière flèche qui, après l'avoir éperonné[3] pendant sa course, devait l'empêcher de longtemps de s'asseoir en repos.

---

1. *Svelte* : mince, fine.
2. *Hagards* : égarés, effrayés.
3. *Éperonné* : piqué.

295 Le danger passé, Robin sortit de sa cachette et vint s'adosser
nonchalamment au tronc d'un chêne sur le bord du sentier ; il se
préparait ainsi à souhaiter la bienvenue aux voyageurs ; mais à
peine ceux-ci, qui s'avançaient au trot, l'eurent-il aperçu que la
jeune femme poussa un grand cri et que le cavalier s'élança vers
300 lui l'épée à la main.

« Holà ! messire chevalier, s'écria Robin, retiens ton bras et
modère ta fureur. Les flèches lancées vers vous ne sortaient pas
de mon carquois.

– Te voilà donc, misérable ! te voilà donc ! répéta le cavalier
305 en proie à la plus violente colère.

– Je ne suis pas un assassin, bien au contraire, c'est moi qui
vous ai sauvé la vie.

– L'assassin, où est-il alors ? Parle, ou je te fends la tête.

– Écoutez et vous le saurez, répondit froidement Robin.
310 Quant à me fendre la tête, n'y songez pas, et permettez-moi de
vous faire observer, messire, que cette flèche, dont la pointe est
dirigée sur vous, traversera votre cœur avant que votre épée
n'effleure ma peau. Tenez-vous donc pour averti, et écoutez en
paix : je dirai la vérité. » [...]

[Robin raconte alors ce qu'il a vu et comment il a réagi. Le voyageur
ne doute plus de sa sincérité.]

315 « Dis-moi qui tu es, et conduis-nous, je te prie, dans un lieu où
nos montures puissent se repaître et se reposer, ajouta le cavalier.

– Avec plaisir ; suivez-moi.

– Mais d'abord accepte ma bourse, en attendant que Dieu
te récompense.

320 – Gardez votre or, messire chevalier ; l'or m'est inutile, je n'ai
pas besoin d'or. Je me nomme Robin Hood, et je demeure avec
mon père et ma mère à deux milles d'ici, sur la lisière de la forêt ;

venez, vous trouverez dans notre maisonnette une cordiale hospitalité. »

325 La jeune femme, qui s'était jusqu'alors tenue à l'écart, se rap-
procha de son cavalier, et Robin vit resplendir l'éclat de deux
grands yeux noirs sous le capuchon de soie qui préservait sa tête
de la fraîcheur du matin ; il remarqua aussi sa divine beauté, et
la dévora du regard en s'inclinant poliment devant elle.

330 «Devons-nous croire à la parole de ce jeune homme?»
demanda la dame à son cavalier.

Robin releva fièrement la tête, et, sans donner au chevalier le
temps de répondre, il s'écria :

«Il n'y aurait plus alors de bonne foi sur la terre.»

335 Les deux étrangers sourirent ; ils ne doutaient plus.

III. [Robin adore Marianne en silence]

La petite caravane marcha d'abord silencieusement ; le cavalier et la jeune fille pensaient encore au danger qu'ils avaient
couru, et tout un monde d'idées nouvelles surgissait dans la tête
de notre jeune archer : il admirait pour la première fois la beauté
5 d'une femme.

Fier par instinct de race[1] autant que par caractère, il ne voulait pas paraître inférieur à ceux qui lui devaient la vie, et affectait
en les guidant des manières orgueilleuses et pleines de rudesse :
il devinait que ces personnages modestement vêtus et voyageant
10 sans équipage appartenaient à la noblesse, mais il se croyait leur

---

1. *Race* : ici, au sens de lignée, c'est-à-dire l'ensemble des générations successives
d'une même famille. Robin a hérité la fierté de ses origines nobles.

égal dans la forêt de Sherwood, et même leur supérieur devant les embûches des assassins.

La plus grande ambition de Robin était de paraître habile archer et forestier audacieux; il méritait le premier titre, mais on lui refusait le second, que démentaient d'ailleurs ses formes juvéniles.

À tous ces avantages naturels, Robin joignait encore le charme d'une voix mélodieuse : il le savait et chantait partout où il lui plaisait de chanter, il lui plut donc de donner aux voyageurs une idée de son talent, et il entonna allégrement une joyeuse ballade; mais dès les premiers mots une émotion extraordinaire paralysa sa voix, et ses lèvres se fermèrent en tremblant; il essaya de nouveau, et redevint muet en poussant un gros soupir; il essaya encore, même soupir, même émotion.

Le naïf enfant éprouvait déjà les timidités de l'amour; il adorait sans le savoir l'image de la belle inconnue qui chevauchait derrière lui, et il oubliait ses chansons en rêvant à ses yeux noirs.

Il finit cependant par comprendre les causes de son trouble, et s'écria en retrouvant son sang-froid :

«Patience, je la verrai bientôt sans son capuchon.» […]

«Vos Seigneuries n'ont qu'à suivre le droit chemin et après cette futaie elles apercevront la maison de mon père. Salut! je prends les devants pour vous annoncer à ma mère […].»

Cela dit, Robin disparut en courant.

«C'est un noble enfant, n'est-ce pas, Marianne? dit le chevalier à sa compagne; un charmant garçon, et le plus joli forestier anglais que j'aie jamais vu.

– Il est bien jeune encore, répondit l'étrangère.

– Et peut-être plus jeune encore que ne l'annoncent sa taille élancée et la vigueur de ses membres. Vous ne sauriez croire, Marianne, combien la vie en plein air favorise le développement de nos forces et entretient la santé; il n'en est pas ainsi dans l'atmosphère étouffante des villes, ajouta le cavalier en soupirant.

– Je crois, messire Allan Clare, répliqua la jeune dame avec
45 un fin sourire, que vos soupirs s'adressent beaucoup moins aux arbres verts de la forêt de Sherwood qu'à leur charmante feuda-taire[1], la noble fille du baron de Nottingham.

– Vous avez raison, Marianne, ma sœur chérie, et, je l'avoue, je préférerais, si le choix dépendait de ma volonté, passer mes
50 jours à rôder dans ces forêts, ayant pour demeure la chaumière d'un yeoman[2] et Christabel pour femme, plutôt que de m'asseoir sur un trône.

– Frère, l'idée est belle, mais un peu romanesque. Êtes-vous certain d'ailleurs que Christabel consente à échanger sa vie prin-
55 cière contre la mesquine[3] existence dont vous parlez ? Ah ! cher Allan, ne vous bercez pas de folles espérances ; je doute fort que le baron vous accorde jamais la main de sa fille. »

Le front du jeune homme se rembrunit[4] ; mais il chassa aussi-tôt ce nuage de tristesse, et dit à sa sœur d'un ton calme :
60 « Je croyais vous avoir entendue parler avec enthousiasme des agréments de la vie champêtre.

– C'est vrai, Allan, je le confesse, j'ai parfois des goûts étranges ; mais je ne pense pas que Christabel en ait de semblables.

65 – Si Christabel m'aime véritablement, elle se plaira dans ma demeure, quelle qu'elle soit. Ah ! vous pressentez le refus du baron ? Mais si je voulais, je n'aurais qu'à dire un mot, un seul, et le fier, l'irascible[5] Fitz-Alwine agréerait ma demande sous

---

1. Feudataire : propriétaire, possesseur d'un fief (domaine).
2. Yeoman : voir note 1, p. 13.
3. Mesquine : dépourvue de grandeur, pauvre.
4. Se rembrunit : prit un air sombre, contrarié (sens figuré).
5. Irascible : irritable.

peine d'être proscrit[1] et de voir son château de Nottingham
70 réduit en poussière.

– Chut! voici la chaumière, dit Marianne interrompant son
frère. La mère du jeune homme nous attend à la porte. Vraiment,
l'extérieur de cette femme est des plus agréables.

– Son enfant possède le même avantage, répondit le jeune
75 homme en souriant.

– Oh! ce n'est plus un enfant», murmura Marianne, et une
subite rougeur envahit sa figure.

Mais quand la jeune fille eut mis pied à terre à l'aide de son
frère, quand son capuchon, rejeté en arrière, eut découvert ses
80 traits, la rougeur avait fait place à une légère teinte rosée. Robin,
qui se tenait près de sa mère, admirait avec une radieuse surprise
la première femme qui eût fait battre son cœur, et l'émotion du
jeune archer était si vive, si franche, si vraie, qu'il s'écria sans
avoir la conscience de ses paroles :

85 «Ah! j'étais bien sûr que de si beaux yeux ne pouvaient éclai-
rer qu'une belle figure!»

Marguerite, étonnée de la hardiesse de son fils, se tourna vers
lui et l'interpella d'une voix presque grondeuse. Allan se prit à
rire, et la belle Marianne devint aussi rouge que l'effronté Robin,
90 qui, pour cacher son embarras et sa honte, se jeta au cou de sa
mère; mais le naïf espiègle eut soin d'épier d'un regard de côté la
physionomie de Marianne, et il n'y vit point de colère; au
contraire, un bienveillant sourire, que la jeune fille croyait dérober
au coupable, illuminait ses traits, et le coupable, assuré d'obtenir
95 sa grâce, se hasarda à lever timidement les yeux sur son idole.

[Alors que les voyageurs s'installent dans la chaumière, Gilbert
Head arrive en compagnie d'un homme blessé auquel il a porté

---

1. *Proscrit* : voir présentation, p. 5.

secours. Robin reconnaît le bandit qui vient d'attenter à la vie d'Allan et Marianne et en informe Gilbert discrètement. Celui-ci installe le blessé dans une chambre à l'étage.]

Le soir de ce même jour, la maison du garde forestier était pleine d'animation : Gilbert, Marguerite, Lincoln et Robin, Robin surtout, se ressentaient vivement du changement et du trouble provoqués dans leur paisible existence par l'arrivée de
100 ces nouveaux hôtes. Le maître du logis surveillait attentivement le blessé, la ménagère préparait le repas ; Lincoln, tout en s'occupant de ses chevaux, faisait bonne garde et ouvrait l'œil sur les environs ; Robin seul était oisif, mais son cœur travaillait. La vue de la belle Marianne éveillait en lui des sensations jusqu'alors
105 inconnues, et il demeurait immobile, plongé dans une muette admiration ; il rougissait, il pâlissait, il frissonnait quand la jeune fille marchait, parlait ou laissait errer ses regards autour d'elle.

Jamais aux fêtes de Mansfeldwoohaus il n'avait vu beauté pareille ; il dansait, il riait, il causait avec les filles de Mansfeld-
110 woohaus, et déjà même il avait murmuré aux oreilles de quelques-unes de banales paroles d'amour, mais dès le lendemain, il les oubliait en chassant dans la forêt ; aujourd'hui il serait mort de peur plutôt que d'oser dire un mot à la noble amazone[1] qui lui devait la vie, et il sentait qu'il ne l'oublierait jamais.
115 Il cessait d'être enfant.

Pendant que Robin, assis dans un coin de la salle, adorait Marianne en silence, Allan complimentait Gilbert sur le courage et l'adresse du jeune archer, et félicitait le vieillard d'être le père d'un tel fils ; mais Gilbert, qui espérait toujours recevoir au
120 moment où il s'y attendait le moins des renseignements sur

---

1. *Amazone* : ici, cavalière (par allusion à l'habit d'amazone que portent les femmes pour monter à cheval).

l'origine de Robin, ne manquait jamais d'avouer que le jeune garçon n'était pas son fils, et racontait comment et à quelle époque un inconnu lui avait apporté cet enfant.

Allan apprit donc avec étonnement que Robin n'était point
125 fils de Gilbert, et ce dernier ayant ajouté que le protecteur inconnu de l'orphelin était venu probablement de Huntingdon, puisque le shérif de cet endroit payait chaque année la pension de l'enfant, le jeune homme répondit :

«Huntingdon est notre lieu de naissance, et nous l'avons
130 quitté il y a quelques jours à peine. L'histoire de Robin, brave forestier, pourrait être vraie, mais j'en doute. Aucun gentilhomme de Huntingdon n'est mort en Normandie à l'époque de la naissance de cet enfant, et je n'ai pas ouï[1] dire qu'un membre des nobles familles du comté se soit jamais mésallié[2] avec une
135 Française roturière et pauvre. Ensuite, pour quel motif aurait-on transporté cet enfant aussi loin de Huntingdon ? Dans l'intérêt de son bien-être, dites-vous, de l'avis de Ritson, votre parent, qui avait pensé à vous et s'était rendu garant de votre humanité[3]. Ne serait-ce pas plutôt parce que l'on avait intérêt à cacher la nais-
140 sance de ce petit être et qu'on voulait l'abandonner, n'osant pas le faire périr ? Ce qui confirmerait mes soupçons, c'est que depuis lors vous n'avez plus revu votre beau-frère. À mon retour à Huntingdon, je prendrai de minutieuses informations, et je m'efforcerai de découvrir la famille de Robin ; ma sœur et moi
145 nous lui devons la vie, fasse le ciel que nous puissions réussir et lui payer ainsi la dette sacrée d'une éternelle reconnaissance !»

Peu à peu les caresses d'Allan et les douces et familières paroles de Marianne rendirent à Robin sa gaieté et son sang-

---

1. Ouï : entendu (le verbe «ouïr» est une forme ancienne d'«entendre»).
2. Mésallié : marié avec une personne de rang social inférieur.
3. S'était rendu garant de votre humanité : avait témoigné en faveur de votre bienveillance.

froid habituels, et bientôt la joie la plus vraie, la plus franche, la
150 plus cordiale régna dans la maison du garde.

[Le soir venu, Allan annonce à ses nouveaux compagnons son désir
de reprendre la route pour Nottingham. Il est convenu que Robin le
guidera dès le lendemain à travers la forêt de Sherwood, tandis que
Marianne restera au côté du couple Head. La joyeuse soirée est subitement interrompue par l'arrivée de deux voyageurs. Se présentant
comme deux moines égarés, ils insistent pour entrer. Après
quelques hésitations, Gilbert Head leur ouvre sa porte.]

IV. [Les bandits attaquent la maison de Gilbert Head]

La porte tournait à peine sur ses gonds qu'un homme calé en
quelque sorte sur elle pour l'empêcher de se refermer apparais-
sait et franchissait le seuil instantanément. Cet homme, jeune,
robuste, et d'une taille colossale, portait une longue robe noire
5 à capuchon et à larges manches ; une corde lui servait de ceinture ; un immense chapelet pendait à son côté, et sa main
s'appuyait sur un gros et noueux bâton de cornouiller[1].

Un vieillard vêtu de la même manière suivait humblement ce
beau moine.

10 Après les salutations d'usage, on se réunit à table avec les
nouveaux venus, et la joie ainsi que la confiance reparurent. […]

« Bon et brave forestier, reçois mes congratulations ; la table
est admirablement bien servie ! s'écria le grand moine en

---

1. *Cornouiller* : petit arbre au bois dur.

dévorant une tranche de venaison[1]. Si je n'ai pas attendu ton
15 invitation pour venir souper avec toi, c'est que mon appétit, aussi
aigu que la lame d'un poignard, s'y opposait.»

Vraiment les paroles et les manières de ce personnage sans
gêne étaient plutôt celles d'un soudard[2] que d'un homme
d'église. Mais en ce temps-là les moines avaient les coudées
20 franches[3] ; ils étaient nombreux, et la piété sincère ainsi que les
vertus du plus grand nombre attiraient les respects du peuple sur
l'espèce entière.

«Bon forestier, que la bénédiction de la très sainte Vierge
répande sur ta maison le bonheur et la paix!» dit le vieux moine
25 en rompant un premier morceau de pain, tandis que son confrère
dévorait à belles dents et absorbait verre d'ale[4] sur verre d'ale.

[...]

«Brave chien», ajouta le religieux en se penchant pour caresser de la main le vieux Lance, qui se trouvait par hasard couché
30 à ses pieds ; noble animal!

Mais Lance, refusant de répondre aux caresses du moine, se
dressa sur ses pattes, allongea le col et flaira l'espace et gronda
sourdement.

«Là! là! qui vous inquiète, mon bon Lance?» demanda Gil-
35 bert en flattant l'animal.

Le chien, comme pour répondre, s'élança d'un bond vers la
porte, et là, sans aboyer, il flaira de nouveau, écouta, tourna la
tête vers son maître, et sembla demander avec des yeux enflammés de colère que la porte lui fût ouverte.

40 «Robin, donne-moi mon bâton et prends le tien, dit Gilbert
à voix basse.

---

1. *Venaison* : chair de grand gibier.
2. *Soudard* : soldat brutal.
3. *Avaient les coudées franches* : étaient libres de faire ce qu'ils voulaient.
4. *Ale* : bière anglaise.

– Et moi, dit de même le jeune moine, j'ai un bras de fer, une poigne d'acier et un bâton de cornouiller au bout : tout cela est à votre service en cas d'attaque.

45 – Merci, répondit le garde forestier ; je croyais que la règle de ton ordre te défendait d'employer tes forces à un tel usage ?

– Mais avant tout la règle de mon ordre me commande de prêter secours et assistance à mes semblables.

– Patience, mes enfants, dit le vieux moine ; n'attaquez pas 50 les premiers.

– On suivra votre conseil, mon père ; nous allons d'abord...»

Mais Gilbert fut soudain interrompu dans l'explication de son plan de défense par un cri de terreur poussé par Marguerite. La pauvre femme venait d'entrevoir au haut de l'escalier le 55 blessé, qu'on croyait mourant dans son lit, et, muette d'épouvante, elle tendait les bras vers cette sinistre apparition. Les regards des convives se dirigèrent aussitôt du même côté, mais déjà l'escalier était vide.

«Allons, chère Maggie, dit Gilbert avant de continuer son 60 plan de défense, ne tremble pas ainsi ; le pauvre homme de là-haut n'a pas quitté son lit, il est trop faible, et je le crois plus à plaindre qu'à redouter, car si on l'attaquait, il ne pourrait se défendre, tu es la dupe d'une illusion, Maggie.»

En parlant ainsi, le brave forestier dissimulait ses craintes, car 65 lui seul avec Robin connaissait le véritable caractère du blessé. Sans nul doute ce bandit était de connivence avec ceux du dehors ; mais il fallait, tout en veillant sur lui, ne pas montrer qu'on redoutait sa présence dans la maison, sinon les femmes auraient perdu la tête ; il jeta donc un coup d'œil significatif à 70 Robin, et celui-ci, sans que personne s'en aperçût et sans faire plus de bruit qu'un chat dans ses rondes nocturnes, grimpa sur la dernière marche de l'escalier.

La porte de la chambre était entrebâillée, les reflets des lumières de la salle pénétraient dans l'appartement, et du pre-
75 mier coup d'œil Robin put voir le blessé, qui, au lieu de garder le lit, se tenait penché à moitié corps sur l'appui de la fenêtre ouverte, et causait à voix basse avec un personnage du dehors. Notre héros, rampant sur le plancher, se glissa jusqu'aux pieds du bandit et prêta l'oreille à ce dialogue.

80 «La jeune dame et le cavalier sont ici, disait le blessé, je viens de les voir.

– Est-ce bien possible? s'écria l'interlocuteur.

– Oui, j'allais régler leur compte ce matin, quand le diable a pris leur défense; une flèche partie de je ne sais où a mutilé ma
85 main, et ils m'ont échappé.

– Enfer et damnation!

– Le hasard a voulu qu'égarés de leur route ils se réfugiassent pour la nuit chez le même brave homme qui m'a ramassé baigné dans mon sang.

90 – Tant mieux, ils ne nous échapperont plus maintenant.

– Combien êtes-vous, mes garçons?

– Sept.

– Ils ne sont que quatre.

– Mais le plus difficile est d'entrer, car la porte me paraît soli-
95 dement verrouillée, et j'entends gronder une meute de chiens.

– Ne nous occupons pas de la porte; mieux vaut qu'elle reste fermée pendant la bagarre, sans quoi la belle et son frère pour-raient nous échapper encore.

– Que comptez-vous faire alors?

100 – Eh! parbleu! vous aider à entrer par la fenêtre. J'ai toujours une main à mon service, la droite, et je vais attacher à cette barre d'appui mes draps de lit et mes couvertures. Allons, préparez-vous à monter à l'échelle.

– Vraiment!» s'écria tout à coup Robin; et, saisissant le
105 bandit par les jambes, il essaya de le culbuter au-dehors.

L'indignation, la colère, le désir ardent de conjurer les dangers qui menaçaient la vie de ses parents et la liberté de la belle Marianne, centuplèrent[1] les forces de cet enfant. Le bandit se raidit en vain contre une impulsion si brusquement donnée; il
110 dut y obéir, et, perdant l'équilibre, disparut dans l'espace pour tomber, non pas sur la terre nue, mais dans le réservoir plein d'eau qui se trouvait sous la fenêtre.

Les hommes du dehors, surpris par la chute inopinée[2] de leur compère, s'enfuirent dans la forêt, et Robin descendit raconter
115 l'aventure. On en rit d'abord, mais la réflexion vint après le rire; Gilbert affirma que les malfaiteurs, revenus de leur stupéfaction, attaqueraient de nouveau la maison; on se prépara donc de nouveau à les repousser, et le vieux moine, le père Eldred, proposa d'invoquer par une prière générale la protection du Très-Haut.

120 Le jeune moine, dont l'appétit s'était enfin émoussé[3], n'y mit pas d'obstacle; au contraire, il entonna d'une voix de stentor[4] le psaume *Exaudi nos*[5]. Mais Gilbert lui imposa silence, et, les convives s'étant agenouillés, le père Eldred prononça à voix basse une fervente oraison[6].

125 La prière durait encore quand des gémissements entremêlés de coups de sifflet saccadés s'élevèrent du côté du réservoir; la victime de Robin appelait les fuyards à son secours; les fuyards, honteux d'avoir lâché pied, se rapprochèrent sans bruit, aidèrent

---

1. *Centuplèrent* : multiplièrent par cent.
2. *Inopinée* : inattendue.
3. *Émoussé* : ici, apaisé.
4. *D'une voix de stentor* : d'une voix forte (en référence à Stentor, personnage de l'*Iliade* d'Homère).
5. *Exaudi nos* : «Sauve-nous, Seigneur!» Il s'agit des premiers mots latins d'une prière de la liturgie catholique.
6. *Oraison* : prière.

le blessé à sortir du bain, le déposèrent presque mourant sous le
130 hangar, et délibérèrent sur un nouveau plan d'attaque.

«Morts ou vifs, il faut nous emparer d'Allan Clare et de sa
sœur, disait le chef de cette escouade[1] de soudards, c'est l'ordre
du baron Fitz-Alwine, et j'aimerais mieux braver le diable ou me
laisser mordre par un loup enragé plutôt que de retourner près
135 du baron les mains vides. Sans la maladresse de cet imbécile de
Taillefer, nous serions déjà rentrés au château.»

Nos lecteurs devineront que le sacripant[2] si bien traité par
Robin se nommait Taillefer. Quant au baron Fitz-Alwine, ils
feront prochainement connaissance avec lui; qu'il leur suffise
140 maintenant de savoir que ce vindicatif[3] personnage a juré la
mort d'Allan, premièrement parce que Allan aime et est aimé de
lady Christabel Fitz-Alwine sa fille; et que lady Christabel est
destinée à un riche seigneur de Londres; secondement, parce que
ce même Allan est possesseur de certains secrets politiques dont
145 la révélation entraînerait la ruine et la mort du baron. Or, en ces
temps de féodalité[4], le baron Fitz-Alwine, seigneur de Notting-
gham, avait droit de haute et basse justice sur tout le comté[5], et il
lui était facile d'employer sa maréchaussée[6] à l'exécution de ses
vengeances personnelles. Et quelle maréchaussée, grand Dieu!
150 Taillefer en faisait le plus bel ornement.

«Allons, enfants, suivez-moi, la dague au poing, et n'épar-
gnez personne si on résiste… Nous allons d'abord employer la
douceur.» Et, après avoir ainsi parlé aux sept coquins enrôlés au

---

1. *Escouade* : petite troupe de soldats.
2. *Sacripant* : vaurien.
3. *Vindicatif* : haineux.
4. *Féodalité* : organisation de la société du Moyen Âge reposant sur les relations
entre seigneurs et vassaux (voir note 5, p. 91).
5. Voir présentation, p. 16.
6. *Sa maréchaussée* : les soldats à ses ordres.

service de lord Fitz-Alwine, il frappa vigoureusement du pom-
155 meau de son épée à la porte de la maison et s'écria : «Au nom
du baron de Nottingham, notre haut et puissant seigneur, je
t'ordonne d'ouvrir et de nous livrer...» Mais les aboiements
furieux des chiens couvrirent sa voix, et on n'entendit qu'avec
peine la phrase. «Je t'ordonne de nous livrer le cavalier et la jeune
160 femme qui se cachent chez toi.»

Gilbert se tourna aussitôt vers Allan et sembla lui demander
du regard s'il était coupable.

«Coupable, moi! répondit Allan. Oh! non, je vous le jure,
brave forestier, je ne suis coupable d'aucun crime, d'aucune
165 action déshonorante et punissable, et mes seuls torts, vous les
connaissez...

– Fort bien. Vous êtes toujours mon hôte, alors, et nous vous
devons aide et protection selon l'étendue de nos moyens.

– Ouvriras-tu, satané rebelle! criait le chef des assaillants.
170 – Je n'ouvrirai pas.

– C'est ce que nous allons voir.»

[Les bandits parviennent à franchir le seuil de la chaumière. Vaincus, ils sont attachés puis abandonnés dans la forêt à l'exception de
Taillefer, l'agresseur d'Allan et de Marianne, trop gravement blessé
pour être transporté. Gilbert Head découvre que Taillefer n'est autre
que Roland Ritson, son beau-frère! Avant de mourir, Roland a des
révélations à faire à propos des origines de Robin et de la jeune
sœur de Gilbert, Annette, morte bien des années plus tôt.]

V. [La confession du bandit Ritson]

À cette orageuse soirée succéda une nuit de calme et de silence. […]

Marianne et Marguerite n'entendaient plus qu'en rêve le bruit de la bataille; Allan, Robin, Lincoln et les deux moines répa-
5 raient leurs forces dans un profond sommeil; seul Gilbert Head veillait encore.

Penché sur le lit de Ritson, toujours évanoui, il attendait plein d'anxiété que l'agonisant ouvrît les yeux et il doutait… il doutait que cet homme à la face livide[1] et décomposée, aux traits stigma-
10 tisés par[2] le vice et vieillis par la débauche[3] plutôt que par l'âge, fût le joyeux et beau Ritson d'autrefois, le frère bien-aimé de Marguerite, le fiancé de la malheureuse Annette.

Et, joignant les mains, Gilbert s'écriait :

«Permets, mon Dieu, qu'il ne meure pas encore!»
15 Dieu le permit, et quand le soleil levant inonda l'appartement de lumière, Ritson, comme s'il se réveillait du sommeil de la mort, tressaillit, poussa un long cri de repentir, et, saisissant la main de Gilbert, la porta à ses lèvres et balbutia ces mots :

«Me pardonnes-tu?
20 – Parle d'abord, répondit Gilbert qui avait hâte de recevoir des éclaircissements sur la mort de sa sœur Annette et sur la naissance de Robin; je pardonnerai ensuite.

– Je mourrai donc moins malheureux.»

Ritson allait commencer ses révélations, quand un bruit de
25 voix joyeuses retentit dans la salle du rez-de-chaussée.

«Père, dormez-vous? demanda Robin au bas de l'escalier.

---

1. *Livide* : d'une pâleur extrême.
2. *Stigmatisés par* : qui portent les traces de.
3. *Débauche* : recherche exagérée des plaisirs.

– Il est temps de partir pour Nottingham si nous voulons revenir ce soir, ajouta Allan Clare.

– Et, s'il vous plaisait, messeigneurs, s'écriait le moine hercu-
30 léen[1], je serais votre compagnon de voyage, car une bonne œuvre m'appelle au château de Nottingham.

– Allons, père, descendez qu'on vous dise adieu.»

Gilbert descendit, mais à regret; il craignait que le moribond[2] n'expirât d'un instant à l'autre, et il s'arrangea de manière
35 à remonter promptement auprès de lui et à ne plus être dérangé pendant cet entretien solennel d'où sortiraient sans doute des révélations importantes.

Il congédia donc immédiatement Robin, Allan et le moine; Marianne et Marguerite devaient les accompagner à quelque dis-
40 tance de la maison, afin de s'égayer par une promenade mati-
nale; Lincoln fut envoyé sous un prétexte quelconque à Mansfeldwoohaus, et le père Eldred profita de l'occasion pour aller visiter le village : on devait se trouver réunis à la fin de la journée.

45 «Nous sommes seuls maintenant, parle, je t'écoute», dit Gilbert en s'asseyant au chevet de Ritson.

«Je ne vous raconterai pas, frère, tous les crimes, toutes les actions monstrueuses dont je me suis rendu coupable. Ce récit serait trop long. À quoi bon d'ailleurs raconter tout cela? Vous
50 ne voulez savoir que deux choses : ce qui concerne Annette et ce qui concerne Robin, n'est-ce pas?

– Oui; mais parle-moi d'abord de Robin», répondit Gilbert, car il craignit que le moribond n'eût pas le temps de faire tous ses aveux.

---

1. Herculéen : d'une force extraordinaire, en référence à Hercule, demi-dieu de la mythologie grecque doté d'une force surhumaine (voir note 1, p. 78).
2. Moribond : homme sur le point de mourir, agonisant.

55 «Vous savez que je quittai Mansfeldwoohaus, il y a vingt-trois ans pour entrer au service de Philippe Fitzooth, baron de Beasant. Ce titre avait été donné à mon maître par le roi Henri en récompense de services rendus pendant la guerre de France[1]. Philippe Fitzooth était le fils cadet du vieux comte de Hunting-
60 don, qui mourut longtemps avant mon entrée dans cette maison, et laissa ses biens et son titre à son fils aîné Robert Fitzooth.

«Quelque temps après cet héritage, Robert perdit sa femme par suite de couches[2], et concentra toutes ses affections sur l'héritier qu'elle lui laissa; faible et souffreteux[3] enfant dont la
65 vie ne fut entretenue qu'à l'aide de soins constants et minutieux. Le comte Robert, déjà inconsolable de la mort de sa femme, et désespérant de l'avenir de son fils, se laissa dominer par le chagrin, et mourut en confiant à son frère Philippe la mission de veiller sur l'unique rejeton de sa race[4].

70 «Désormais le baron de Beasant, Philippe de Fitzooth, avait un devoir impérieux à remplir. Mais l'ambition, le désir d'acquérir de nouveaux titres nobiliaires[5] et d'hériter d'une fortune colossale lui firent oublier les recommandations de son frère, et, après quelques jours d'hésitation, il résolut de se débarrasser de
75 l'enfant; mais il dut bientôt renoncer à ce projet, le jeune Robert vivant au milieu d'un nombreux domestique[6], les laquais, les gardes, les habitants du comté lui étaient dévoués et n'eussent pas manqué de protester et même de se révolter si Philippe Fitzooth eût osé le dépouiller ouvertement de ses droits.

---

1. *Guerre de France* : allusion probable à la campagne militaire victorieuse menée par le roi Henri Ier contre son frère Robert Courteheuse, en 1106, pour reprendre à ce dernier le duché de Normandie (en France).
2. *Par suite de couches* : à la suite de son accouchement.
3. *Souffreteux* : qui a une mauvaise santé.
4. *Rejeton de sa race* : descendant de sa famille.
5. *Nobiliaires* : de noblesse.
6. *Un nombreux domestique* : un grand nombre de gens attachés à sa maison comme serviteurs.

80 «Il temporisa[1] donc en exploitant la faible constitution de l'héritier qui, selon les avis des médecins, ne tarderait pas à succomber si on lui donnait le goût de la débauche et des exercices violents.

«C'est dans ce but que Philippe Fitzooth me prit à son ser-
85 vice. Déjà le comte Robert avait atteint sa seizième année, et, d'après les infâmes calculs de son oncle, je devais le pousser à sa perte par tous les moyens possibles, les chutes, les accidents, les maladies; je devais tout tenter enfin pour qu'il mourût promptement, tout, sauf l'assassinat.

90 «Je l'avoue à ma honte, brave Gilbert, je fus un digne et zélé mandataire[2] du baron de Beasant, qui ne pouvait surveiller mon travail de corrupteur et de meurtrier, puisque le roi Henri l'avait envoyé commander un corps d'armée en France. Dieu me pardonne! j'aurais dû profiter de son absence pour déjouer cette
95 trame[3] odieuse; au contraire, je m'efforçai de gagner la récompense promise pour le jour où je lui annoncerais la mort de Robert.

«Mais Robert en grandissant était devenu fort. La fatigue n'avait plus de prise sur lui; nous avions beau courir de jour et
100 de nuit, et par tous les temps, les plaines, les forêts, les tavernes et les mauvais lieux, c'était moi souvent qui criais le premier merci[4]! Mon amour-propre en souffrait, et si le baron m'eût alors écrit un mot, un seul mot à double entente à propos de cette santé merveilleuse et invincible, je n'eusse pas hésité à faire
105 intervenir quelque poison lent pour accomplir mon œuvre.

«Ma tâche devenait donc plus rude de jour en jour, j'épuisais toutes les ressources de mon esprit sans trouver un moyen

---

1. *Temporisa* : remit à plus tard son projet, dans l'attente d'un moment plus favorable.
2. *Zélé mandataire* : serviteur dévoué.
3. *Trame* : complot.
4. *Criais* [...] *merci* : ici, réclamais un répit.

naturel d'ébranler l'étrange vigueur de mon élève; je m'épuisais moi-même et j'étais sur le point de résilier[1] mon marché avec le
110 baron de Beasant, quand je crus voir enfin quelques changements dans la physionomie et dans les allures du jeune comte; ces changements presque imperceptibles d'abord devinrent peu à peu visibles, réels, importants; il perdait sa vivacité et sa gaieté; il demeurait triste et rêveur pendant de longues heures; il s'arrê-
115 tait immobile au début d'un lancer, ou se promenait solitairement tandis que les chiens forçaient la bête[2]; il ne mangeait plus, ne buvait plus, ne dormait plus, fuyait les femmes, et me parlait à peine une ou deux fois le jour.

«Ne m'attendant à aucune confidence de sa part, je voulus
120 l'espionner pour découvrir la cause d'un si grand changement; mais l'espionnage était difficile, car il trouvait toujours des prétextes pour m'éloigner de lui.

«Un jour que nous étions en chasse, nous arrivâmes, à la poursuite d'un cerf, sur les lisières de la forêt de Huntingdon; là
125 le comte fit halte, et après un moment de repos il me dit d'un ton bref:

«"Roland, attendez-moi près de ce chêne; je reviendrai dans quelques heures.

«– Oui, seigneur", répondis-je.

130 «Et le comte s'enfonça dans un fourré. Aussitôt j'attachai mes chiens à un arbre et m'élançai à sa piste, en suivant dans les broussailles les traces de son passage; mais quelque diligence[3] que je fisse il m'échappa, et j'errai longtemps, si longtemps que je finis par m'égarer.

---

1. *Résilier* : rompre.
2. *Forçaient la bête* : poursuivaient le gibier jusqu'à ce qu'il soit à bout de force.
3. *Diligence* : soin attentif, application à faire quelque chose.

135 «Tandis que, fort désappointé[1] d'avoir manqué cette occasion de découvrir le mystère dont s'enveloppait Robert, je cherchais à retrouver l'arbre au pied duquel il m'avait ordonné de l'attendre, j'entendis à quelques pas de moi, derrière un bouquet d'arbustes, une douce voix, une voix de jeune fille... Je
140 m'arrêtai, j'écartai sans bruit quelques branches, et je vis, assis l'un près de l'autre, causant et souriant, les mains entrelacées, mon maître et une belle enfant de seize ou dix-sept ans.

«Ah! ah! pensai-je, voilà du nouveau auquel ne s'attend pas monseigneur le baron de Beasant! Robert est amoureux; cela
145 explique ses insomnies, sa tristesse, son manque d'appétit et surtout ses promenades solitaires.

«Je prêtai une oreille attentive aux paroles des deux amants, espérant surprendre quelque secret; mais je n'entendis rien autre chose que le langage usité[2] en pareille circonstance.

150 «Le jour baissait : Robert se leva, et, prenant le bras de la jeune fille, la conduisit sur la lisière de la forêt, où l'attendait un domestique avec deux chevaux; je les suivis de loin, là ils se séparèrent, et mon maître revint à grands pas où il m'avait laissé.

«J'eus le temps d'y arriver avant lui, et, quand il parut, les
155 chiens étaient détachés et je donnais du cor[3] à pleins poumons.

«"Pourquoi une telle sonnerie? demanda-t-il.

«— Le soleil est couché, seigneur comte, répondis-je, et je craignais que vous ne vous fussiez égaré dans la forêt.

«— Je n'étais point égaré, répliqua-t-il froidement. Rentrons
160 au château."

«Les entrevues de Robert et de sa bien-aimée se renouvelèrent longtemps. Pour les faciliter, Robert m'en confia le secret, et je

---

1. *Désappointé* : déçu.
2. *Usité* : couramment employé.
3. *Je donnais du cor* : je soufflais dans mon cor.

ne racontai l'affaire au baron de Beasant qu'après m'être bien renseigné sur la position de la jeune fille. Miss Laura appartenait

165 à une famille moins élevée dans la hiérarchie nobiliaire que celle de Robert, mais dont l'alliance était cependant honorable.

«Le baron me dit d'empêcher à tout prix le mariage de Robert avec cette miss Laura, il alla même jusqu'à m'ordonner de sacrifier la jeune fille.

170 «Cet ordre me parut fort cruel, fort dangereux, et surtout fort difficile à exécuter; j'aurais voulu refuser d'y obéir, mais le pouvais-je, vendu que j'étais corps et âme au baron de Beasant?

«Je ne savais plus quel parti prendre ni à quel démon demander conseil, lorsque, confiant et indiscret comme l'est tout

175 homme heureux, Robert m'apprit que, ayant voulu être aimé pour lui-même, il avait caché son rang à miss Laura.

«Miss Laura le croyait fils d'un forestier, et consentait, malgré cette basse extraction[1], à lui donner sa main.

«Robert avait loué une maisonnette dans la petite ville de

180 Loockeys, en Nottinghamshire; il devait s'y réfugier avec sa jeune femme, et, pour qu'on ne se doutât de rien, il annoncerait, en quittant le château de Huntingdon, qu'il allait passer quelques mois en Normandie près de son oncle le baron de Beasant.

«Ce plan réussit à merveille; un prêtre unit clandestinement

185 les deux amoureux; je fus l'unique témoin du mariage, et nous allâmes vivre dans la maisonnette de Loockeys.

«Là s'écoulèrent de longs jours de bonheur, en dépit des ordres pressants du baron, que je tenais au courant de tout ce qui se passait, et qui me menaçait de sa colère pour n'avoir point mis

190 obstacle à cette union… Dieu soit loué, maintenant! je n'en eus pas le pouvoir.

«Après une année de félicité sans nuages, Laura mit un fils au monde, mais la naissance de ce fils lui coûta la vie.

---

1. *Extraction* : origine sociale.

– Et ce fils, demanda anxieusement Gilbert, ce fils serait-
195 ce?...

– Oui, c'est l'enfant que nous t'avons confié voilà quinze
ans.

– Robin alors doit porter le nom de comte de Huntingdon?

– Oui, Robin est comte, Robin...»

200 Et Ritson, qui, soutenu par la fièvre du remords, avait pu
parler si longuement, sembla près de rendre le dernier soupir,
maintenant que Gilbert interrompait sa narration.

«Ah! mon fils adoptif est comte, répéta orgueilleusement le
vieux Gilbert Head, comte de Huntingdon! Achève, frère,
205 achève l'histoire de mon Robin.»

Ritson réunit tout ce qui lui restait de force et continua ainsi:

«Robert, fou de douleur, repoussa les consolations, perdit
courage et tomba sérieusement malade.

«Le baron de Beasant, mécontent de ma surveillance, m'avait
210 annoncé son prochain retour; je crus agir selon ses désirs en faisant enterrer la comtesse Laura dans un couvent du voisinage,
sans révéler sa qualité de femme du comte Robert, et je plaçai
l'enfant en nourrice chez une fermière de mes connaissances. Sur
ces entrefaites, le baron de Beasant revint en Angleterre, et, trou-
215 vant favorable à ses projets de ne pas démentir la prétendue
excursion de Robert en France, il le fit transporter au château en
annonçant qu'il était tombé malade pendant le voyage.

«Le sort favorisait le baron de Beasant, il touchait au but de
ses désirs, il se voyait déjà héritier des titres et de la fortune du
220 comte de Huntingdon: Robert allait mourir...

«Quelques instants avant de rendre le dernier soupir, cet
infortuné jeune homme manda le baron à son chevet, lui raconta
son mariage avec Laura, et lui fit jurer sur l'évangile d'élever
l'orphelin. L'oncle jura... mais le cadavre du malheureux Robert
225 n'était pas encore refroidi que le baron m'appelait dans la

chambre mortuaire, et à son tour me faisait jurer sur l'évangile de ne jamais révéler, sa vie durant, ni le mariage de Robert, ni la naissance de son fils, ni les circonstances de sa mort.

«J'avais l'âme navrée[1] ; je pleurais au souvenir de mon maître, ou plutôt de mon élève, de mon compagnon, si doux, si bon, si magnifique pour moi et pour tous ; mais il fallait obéir au baron de Beasant.

«Je jurai donc, et nous vous apportâmes l'enfant déshérité.

– Et le baron de Beasant, devenu comte de Huntingdon par usurpation[2], où est-il ? demanda Gilbert.

– Il est mort dans un naufrage sur les côtes de France, et c'est moi qui l'accompagnais alors comme je l'accompagnai quand nous vînmes ici ; c'est moi qui ai apporté en Angleterre la nouvelle de sa mort.

– Et qui donc lui a succédé ?

– Le riche abbé de Ramsey, William Fitzooth.

– Quoi ! c'est un abbé qui dépouille à son profit mon fils Robin ?

– Oui, cet abbé me prit à son service, et voilà quelques jours il me chassa injustement, à la suite d'une dispute que j'eus avec un de ses valets. Je sortis de chez lui le cœur plein de rage et jurant de me venger... Et quoique la mort me rende impuissant, je me venge, car je ne connais guère Gilbert Head s'il permet que Robin soit longtemps encore privé de son héritage.

– Non, il n'en sera pas longtemps privé, répliqua Gilbert, ou je mourrai à la peine. Quels sont ses parents du côté de sa mère ? Il est de leur intérêt que Robin soit reconnu comte d'Angleterre.

– Sir Guy de Gamwell-Hall est le père de la comtesse Laura.

---

1. *Navrée* : profondément triste.
2. *Par usurpation* : sans y avoir droit.

255   – Comment ! le vieux sir Guy de Gamwell-Hall, le même qui habite de l'autre côté de la forêt avec ses six robustes fils, les hercules[1] chasseurs de Sherwood ?

   – Oui, frère.

   – Eh bien ! avec son aide, je me fais fort de jeter hors du châ-
260 teau de Huntingdon monsieur l'abbé, quoiqu'on l'appelle le riche, le puissant abbé de Ramsey, baron de Broughton.

   – Frère, mourrai-je vengé ? demanda Ritson ouvrant à plein la bouche.

   – Sur ma parole et sur mon bras, je jure, si Dieu me prête vie,
265 que Robin sera comte de Huntingdon en dépit de tous les abbés de l'Angleterre !... et cependant il y en a un joli nombre.

   – Merci ! j'aurai du moins réparé quelques-uns de mes torts. »

L'agonie de Ritson se prolongeait, et de temps en temps, il reprenait quelques forces pour faire de nouveaux aveux. Il n'avait
270 pas tout dit encore ; était-ce honte, ou bien les approches de la mort obscurcissaient-elles sa mémoire ?

« Ah ! reprit-il après un long râle, j'oubliais une chose importante... bien importante...

   – Parle, dit Gilbert en lui soutenant la tête, parle.

275   – Ce cavalier et cette jeune dame auxquels tu as donné l'hospitalité...

   – Eh bien ?

   – Je voulais les tuer. Hier... le baron Fitz-Alwine m'avait payé pour cela, et de peur que je manquasse de les rencontrer, il avait
280 envoyé à leur poursuite ces gens, mes complices, que vous avez battus ce soir. Je ne sais pourquoi le baron en veut à la vie de ces deux personnes... mais avertis-les de ma part qu'elles se gardent bien d'approcher du château de Nottingham. »

---

1. Hercules : hommes à la stature imposante, du nom du demi-dieu grec (voir note 1, p. 70).

Gilbert frémit en pensant qu'Allan et Robin étaient partis
285 pour Nottingham, mais il était trop tard pour les avertir du
danger. [...]

[Avant de mourir, Ritson avoue encore qu'il a autrefois séduit
Annette, la sœur de Gilbert Head, et qu'il l'a mise enceinte avant de
se lasser de la jeune femme et de la tuer dans un accès de folie.]

Pendant cette longue agonie de Roland Ritson, nos trois
voyageurs pour Nottingham, Allan, Robin et le moine, le moine
au robuste appétit, au cœur vaillant et aux membres vigoureux,
290 cheminaient rapidement à travers l'immense forêt de Sherwood.
Ils causaient, riaient et chantaient ; tantôt le gros moine racontait
quelque aventure égrillarde[1], tantôt la voix argentine de Robin
entamait une ballade, tantôt Allan, par ses réflexions spirituelles,
captivait l'attention de ses compagnons de voyage. [...]

[Allan, Robin et le moine cheminent dans la forêt de Sherwood en
direction du château de Nottingham. Les compagnons font halte au
bord d'un ruisseau pour déjeuner. Sous l'effet d'un bon vin de
France, les conversations vont bon train.]

295 Le moine bavardait à tort et à travers, et déclarait aux échos
qu'il se nommait Gilles Sherbowne, qu'il appartenait à une
bonne famille de campagnards, qu'il préférait à la vie de couvent
la vie active et indépendante du forestier, et qu'il avait acheté et
payé fort cher au supérieur de son ordre le droit d'agir à sa guise
300 et de manier le bâton.

« On m'a surnommé le frère Tuck, ajoutait-il, à cause de mon
talent de bâtonniste et de l'habitude que j'ai de relever ma robe

_____

1. *Égrillarde* : hardie et enjouée.

jusqu'aux genoux[1]. Je suis bon avec les bons et méchant avec les
méchants, je donne un coup de main à mes amis et un coup de
305 bâton à mes ennemis, je chante la ballade pour rire et la chanson
à boire à qui aime à rire, à qui aime à boire, je prie avec les dévots[2],
j'entonne des *Oremus*[3] avec les bigots[4], et j'ai de joyeux contes à
raconter à ceux qui détestent les homélies[5]. Voilà, voilà le frère
Tuck! Et vous, messire Allan, dites-nous donc qui vous êtes? [...]
310 – Je suis d'origine saxonne, dit ce dernier; mon père était
l'intime ami du Premier ministre de Henri II, Thomas Becket[6],
et cette amitié causa tous ses malheurs, car il fut exilé à la mort
de ce ministre.»

Robin [...] ne s'intéressait guère aux éloges pompeux[7] que le
315 chevalier faisait de ses ancêtres et de sa famille; mais il cessa
d'être indifférent dès que le nom de Marianne fut prononcé et,
le cœur dans les oreilles, il écouta... [...] Chaque fois qu'Allan
cessait de parler de la belle Marianne, Robin trouvait le moyen
de ramener la conversation sur elle; il dut cependant permettre
320 au chevalier de parler de ses amours et de s'extasier longuement
sur les charmes de la noble Christabel, la fille du baron de
Nottingham. Le chevalier, devenu très communicatif sous
l'influence du vin de France, parla ensuite de sa haine pour le
baron.

325 «Quand les faveurs de la cour pleuvaient sur ma famille,
dit-il, le baron de Nottingham souriait à nos amours et m'appe-

---

1. «Tuck» en anglais signifie «froncer, replier un tissu».

2. *Dévots* : individus très croyants.

3. *Oremus* : «prions», en latin.

4. *Bigots* : ceux qui imitent la dévotion, chrétiens hypocrites.

5. *Homélies* : discours moralisateurs.

6. *Thomas Becket* : archevêque de Canterbury de 1162 à sa mort, en 1170.
L'amitié du père d'Allan Clare pour Thomas Becket est problématique car ce dernier a été en conflit avec le roi Henri II, qui a exercé des mesures de représailles
contre les partisans de l'archevêque.

7. *Pompeux* : solennels, exagérés.

lait son fils ; mais dès que la fortune[1] nous fut contraire, il me ferma sa porte et jura que Christabel ne serait jamais ma femme ; je jurai à mon tour de faire fléchir sa volonté et de devenir l'époux de sa fille, et depuis lors j'ai lutté sans cesse pour atteindre mon but, et je crois avoir réussi… Ce soir, oui, ce soir, il m'accordera la main de Christabel, ou il sera puni de sa forfanterie[2]. Grâce au hasard, j'ai découvert un secret dont la révélation entraînerait sa ruine et sa mort, et je vais lui dire en face : baron de Nottingham, je te propose un échange : mon silence contre ta fille. »

Allan aurait continué sur ce ton longtemps encore, et Robin, qui établissait dans son esprit des comparaisons entre Marianne et Christabel, n'avait garde de l'interrompre, lorsqu'il s'aperçut que le soleil baissait à l'horizon.

« En route, dit Allan.

– En route, frère Tuck », ajouta Robin. […]

[…] [l]a petite caravane reprit la route de Nottingham. En moins d'une heure elle atteignit la ville et gravit la colline au sommet de laquelle s'élevait le château féodal.

« On m'ouvrira la porte du castel quand je demanderai à parler au baron, dit Allan ; mais vous, mes amis, quel motif donnerez-vous pour me suivre ?

– Ne vous inquiétez pas de cela, messire, répondit le moine. Il y a au château une jeune fille dont je suis le confesseur, le père spirituel ; cette jeune fille commande quand il lui plaît les manœuvres du pont-levis[3], et, grâce à son autorité, j'ai mes entrées au château de nuit aussi bien que de jour ; faites attention à vous, beau chevalier, vous gâteriez vos affaires en agissant avec

---

1. *Fortune* : sort, destin.
2. *Forfanterie* : ici, malhonnêteté.
3. *Manœuvres du pont-levis* : soldats chargés d'actionner le pont-levis.

355 le baron aussi rudement qu'avec moi ; c'est un vrai lion que vous allez relancer jusque dans sa caverne, prenez-le par la douceur, sinon malheur à vous, mon fils.

— J'aurai à la fois de la douceur et de la fermeté.

— Dieu vous inspire ! mais nous voici arrivés, attention !» et,
360 d'une voix de stentor, le moine s'écria : «Que la bénédiction de mon vénéré patron[1], le grand saint Benoît[2], répande ses bienfaits sur toi et sur les tiens, maître Herbert Lindsay, gardien des portes du château de Nottingham ! Laisse-nous entrer ; j'accompagne deux amis : l'un désire entretenir ton maître de choses très
365 importantes ; l'autre a besoin de se rafraîchir, de se reposer, et moi, si tu le permets encore, je donnerai à ta fille les conseils spirituels que réclame l'état de son âme.

— Comment, c'est vous, joyeux et honnête Tuck, la perle des moines de l'abbaye de Linton ? répondit-on de l'intérieur avec
370 cordialité. Soyez les bienvenus, vous et vos amis, mon très cher gentleman.» […]

«Grand merci», dit le moine.

Et, suivi de Robin, il s'engagea dans un dédale de couloirs, de galeries et d'escaliers où Robin se serait égaré mille fois. Frère
375 Tuck, au contraire, possédait la connaissance exacte des lieux ; l'abbaye de Linton ne lui était pas plus familière que le château de Nottingham, et ce fut avec l'aisance et l'aplomb d'un homme content de lui-même et fier de certains droits acquis depuis longtemps qu'il frappa à la porte de l'office.
380 «Entrez», dit une voix juvénile et fraîche.

Ils entrèrent, et, à la vue du grand moine, une jolie fille de seize à dix-sept ans à peine, au lieu de s'alarmer, s'élança vive-

---

1. *Patron* : saint protecteur.

2. Frère Tuck est un membre de l'ordre religieux de Saint-Benoît (aussi appelé ordre des Bénédictins).

ment au-devant d'eux et les accueillit avec un coquet et bienveillant sourire.

385 «Ah! ah! pensa Robin, voici donc la naïve pénitente du saint moine. Par ma foi! cette belle enfant aux yeux pétillants de gaieté, aux lèvres rouges et souriantes, est la plus jolie chrétienne que j'aie jamais vue.»

Robin ne put dissimuler l'impression que produisait sur lui
390 la beauté de l'aimable fille, car lorsque la belle Maude tendit vers lui ses deux petites mains pour lui souhaiter la bienvenue, Tuck, en bon frère qu'il était alors, s'écria :

«Ne te contente pas de ces mains, mon garçon, vise aux lèvres, aux jolies lèvres vermeilles, et embrasse-les ; à bas la timi-
395 dité! La timidité, c'est une vertu des sots.

– Fi donc[1]! répliqua la jeune fille en secouant la tête d'un air moqueur, fi donc! comment osez-vous dire de pareilles choses, mon père?

– Mon père! mon père!» répéta le moine avec fatuité[2].

400 Robin suivit le conseil du moine en dépit de la faible résistance opposée par la jeune fille, et Tuck donna ensuite le baiser de grâce, puis le baiser de paix… enfin, soyons franc, et avouons que Maude traitait le frère Tuck beaucoup plus en amoureux qu'en conseiller spirituel ; avouons aussi que les allures du frère
405 étaient fort peu canoniques[3].

Robin le remarqua, et pendant qu'ils faisaient honneur aux rafraîchissements et aux vivres dont Maude avait chargé une table, il insinua d'un air candide que le moine ne ressemblait guère à un confesseur redoutable et respecté.

410 «Un peu d'affection et d'intimité entre parents n'a rien de répréhensible, dit le moine.

---

1. *Fi donc!* : interjection exprimant le dégoût.
2. *Fatuité* : prétention.
3. *Canoniques* : ici, conformes à l'attitude que l'on attend d'un prêtre.

– Ah ! vous êtes parents ? Je l'ignorais.

– À un très proche degré, mon jeune ami, très proche et très peu prohibé[1], c'est-à-dire que mon grand-père était fils d'un des neveux du cousin de la grand-tante de Maude.

– Ah ! ah ! voici un cousinage parfaitement établi. »

Maude rougissait pendant ce dialogue et semblait implorer la pitié de Robin. Les bouteilles se vidèrent, l'office retentit du choc des verres, du bruit des rires et du murmure de quelques baisers dérobés à Maude.

Au moment le plus joyeusement animé de la soirée, la porte de l'office s'ouvrit brusquement, et un sergent, accompagné de six soldats, apparut sur le seuil.

Le sergent salua courtoisement la jeune fille, et, jetant un regard sévère sur les convives, il dit :

« Êtes-vous les compagnons de l'étranger qui est venu rendre visite à notre seigneur, lord Fitz-Alwine, baron de Nottingham ?

– Oui, répondit Robin d'un ton dégagé.

– Et après ? demanda audacieusement frère Tuck.

– Suivez-moi tous deux dans la chambre de monseigneur.

– Pour quoi faire ? demanda encore Tuck.

– Je l'ignore ; j'ai des ordres, obéissez.

– Mais avant de partir buvez un coup, dit la belle Maude en présentant au soldat un verre rempli d'ale ; cela ne peut pas vous faire de mal.

– Volontiers. »

Et après avoir vidé son verre, le sergent renouvela aux convives de Maude l'ordre de le suivre.

Robin et Tuck obéirent, laissant à regret la jolie Maude seule et triste dans l'office.

---

1. Degré [...] **prohibé** : degré de parenté trop proche entre deux personnes pour autoriser leur mariage.

Après avoir traversé d'immenses galeries et une salle d'armes, le soldat arriva devant une grande porte en chêne solidement fermée, et frappa trois coups violents sur cette porte.

«Entrez, cria-t-on brusquement.

445 — Suivez-moi de près, dit le sergent à Robin et à Tuck.

— Entrez, mais entrez donc, sacripants, bandits, gibiers de potence[1]; entrez, répétait d'une voix tonnante le vieux baron. Entrez, Simon.»

Le sergent ouvrit enfin la porte.

450 «Ah! vous voilà, coquins! Où as-tu perdu ton temps depuis que je t'ai envoyé à leur recherche? dit le baron en jetant sur le chef de la petite troupe des regards foudroyants.

— S'il plaît à Votre Seigneurie, j'ai…

— Tu mens, chien! Comment oses-tu t'excuser après m'avoir 455 fait attendre pendant trois heures?

— Trois heures? Milord se trompe, il y a à peine cinq minutes qu'il m'a donné l'ordre de conduire ici ces gens.

— L'insolent esclave! il ose me donner un démenti, et à ma barbe[2] encore! Coquins, ajouta-t-il en s'adressant aux soldats 460 ébahis[3], n'obéissez pas à ce traître; enlevez-lui ses armes, saisissez-vous de lui, emportez-le dans un cachot, et s'il ose vous résister en route, jetez-le sans pitié dans les oubliettes! Alerte, obéissez!»

Les soldats s'encouragèrent mutuellement du regard et 465 s'approchèrent de leur chef pour le désarmer; le sergent, plus mort que vif, gardait le silence.

«Coquins, reprit le baron, osez-vous bien toucher à cet homme avant qu'il ait répondu aux questions que je vais lui faire?»

---

1. *Gibiers de potence* : individus méprisables, qui méritent d'être pendus.
2. *À ma barbe* : avec aplomb, les yeux dans les yeux.
3. *Ébahis* : frappés de surprise.

470   Les soldats reculèrent.

«Maintenant, scélérat[1], maintenant que je t'ai donné des preuves de ma bonté en empêchant ces brutes de te désarmer, hésiteras-tu encore à répondre et à me dire si ces deux chiens que voilà sont les compagnons de ce hardi mécréant[2] qui a osé venir
475 m'insulter en face?

– Oui, milord.

– Et comment le sais-tu, imbécile? comment l'as-tu appris? comment t'en es-tu assuré?

– Ils me l'ont avoué, milord.

480 – Tu as donc osé les interroger sans ma permission?

– Milord, ils me l'ont dit quand je leur ai commandé de me suivre devant vous.

– Ils me l'ont dit, ils me l'ont dit, répéta le baron en contrefaisant[3] la voix tremblante du pauvre soldat; belle raison! tu
485 crois donc ce que te dit le premier venu?

– Milord, je pensais…

– Silence, fripon! en voilà assez; sortez d'ici.»

Le sergent fit faire volte-face[4] à ses hommes.

«Attendez!»

490 Le sergent commanda halte.

«Non, partez, partez!»

Le sergent fit de nouveau un signe de départ.

«Et où allez-vous ainsi, misérables?»

Le sergent, pour la seconde fois, commanda halte.

495 «Mais sortez donc, vous dis-je, chiens de plomb, escargots de milice[5], sortez!»

---

1. *Scélérat* : méchant, bandit.
2. *Mécréant* : homme sans foi.
3. *Contrefaisant* : imitant.
4. *Faire volte-face* : faire demi-tour.
5. *Milice* : troupe armée.

Cette fois-ci l'escouade ne manqua pas la sortie, et elle rentrait au poste quand le vieux baron grondait encore.

Robin avait attentivement suivi les phases diverses de cette
500 intéressante conversation entre Fitz-Alwine et le sergent; il en
était ahuri et regardait avec des yeux plus étonnés qu'effrayés le
fougueux et bizarre seigneur du château de Nottingham.

Cinquante ans environ, taille moyenne, yeux petits et vifs,
nez aquilin[1], longues moustaches et sourcils épais, les traits éner-
505 giques, la face colorée et presque injectée de sang, et une étrange
expression de sauvagerie dans toutes les manières, voilà son portrait; il portait une armure écaillée[2], et un large pardessus[3] en
étoffe blanche sur lequel se détachait en rouge la croix des paladins de Terre sainte[4]. Dans cette nature éminemment[5] inflam-
510 mable, vitriolique[6] pour ainsi dire, la moindre contrariété
provoquait des explosions terribles; un regard, une parole, un
geste qui lui déplaisaient le transformaient en ennemi impla-
cable, et il ne rêvait plus alors que vengeance, vengeance à mort.

La tournure de l'interrogatoire qu'allaient subir nos deux
515 amis annonçait de nouvelles tempêtes pour la soirée, et ce fut
d'un ton sardonique[7] et avec l'ironie de la cruauté que le
baron s'écria :

«Avance à l'ordre, jeune loup de Sherwood, et toi aussi,
moine vagabond, vermine de couvent, avance! Vous me direz,
520 j'espère, sans fard et sans cautèle[8], pourquoi vous avez osé pénétrer dans mon château, et quel plan de brigandage vous a fait

---

1. *Aquilin* : en forme de bec d'aigle.
2. *Écaillée* : composée de lamelles métalliques.
3. *Pardessus* : manteau.
4. *Paladins de Terre sainte* : chevaliers qui ont participé aux croisades.
5. *Éminemment* : au plus haut point.
6. *Vitriolique* : acide, corrosive, c'est-à-dire très agressive.
7. *Sardonique* : à la fois moqueur et méchant.
8. *Sans cautèle* : sans ruse, sans rien dissimuler.

quitter, l'un ses broussailles et l'autre son bouge[1] ? Parlez et parlez franc, sinon je connais un procédé merveilleux pour arracher les paroles du gosier des muets, et, par saint Jean d'Acre[2] !
525 ce procédé, je l'emploierai sur votre peau de mécréants. »

Robin jeta sur le baron un regard de mépris et ne daigna pas lui répondre ; le moine garda le même silence et pressa convulsivement entre ses mains ce vaillant bâton, cette noble branche de cornouiller que vous connaissez déjà et sur laquelle il s'appuyait
530 toujours, soit en marchant, soit au repos, afin de se donner un certain air de vénérabilité[3].

« Ah ! vous ne répondez pas ; vous boudez, mes gentilshommes, s'écria le baron ; et je ne puis savoir à quel motif je dois l'honneur de votre visite ? Savez-vous, messeigneurs, que vous
535 êtes parfaitement bien couplés : un bâtard d'outlaw et un mendiant crasseux !

– Tu mens, baron, répondit Robin ; je ne suis pas le bâtard d'un proscrit, et le moine n'est pas un mendiant crasseux ; tu mens !

540 – Vils[4] esclaves !

– Tu mens encore ; je ne suis ni ton esclave ni celui de personne, et si ce moine allongeait le bras vers toi, ce ne serait pas pour mendier. »

Tuck caressa son bâton.

545 « Ah ! ah ! le chien des bois, il ose me braver, m'insulter ! s'écria le baron étouffant de colère. Holà ! puisqu'il a les oreilles assez longues, qu'on le cloue par les oreilles sur la grande porte du château, et qu'on lui donne cent coups de verges[5]. »

---

1. *Bouge* : logement étroit, taudis.
2. *Saint Jean d'Acre* : ville de Galilée (aujourd'hui Israël) qui fut le siège d'une longue bataille en 1191, pendant la troisième croisade.
3. *Vénérabilité* : caractère de ce qui inspire un profond respect.
4. *Vils* : méprisables.
5. *Verges* : baguettes servant à frapper.

Robin, pâle d'indignation, mais toujours plein de sang-froid, restait muet et regardait fixement le terrible Fitz-Alwine, tout en prenant une flèche dans son carquois. Le baron tressaillit, mais n'eut pas l'air de comprendre l'intention du jeune homme. Après une seconde de silence, il reprit d'un ton moins violent :

«La jeunesse excite ma commisération[1], et, en dépit de ton impertinence, je veux bien ne pas te faire jeter immédiatement dans un cachot; mais il faut que tu répondes à mes questions, et en y répondant tu dois te souvenir que si je te laisse vivre, c'est par bonté d'âme.

– Je ne suis point en votre pouvoir aussi complètement que vous le pensez, noble seigneur, répondit Robin avec un dédaigneux sang-froid, et la preuve c'est qu'à toutes vos questions je m'abstiendrai de répondre.»

Habitué à une obéissance passive et absolue de la part de ses serviteurs et des êtres plus faibles que lui, le baron stupéfait demeura bouche béante[2]; puis les pensées tumultueuses qui se heurtaient dans son cerveau se formulèrent en paroles incohérentes et en invectives[3]. «Ah! ah! reprit-il alors avec un rire strident, ah! tu n'es pas en mon pouvoir, jeune ourson mal léché? ah! tu veux garder le silence, métis de singe[4], enfant de sorcière? Mais d'un geste, d'un regard, d'un signe, je puis t'envoyer en enfer. Attends, attends, je vais t'étrangler avec ma ceinture.»

Robin, toujours impassible, avait bandé son arc et tenait une flèche prête pour le baron, quand Tuck intervint en disant d'une voix presque pateline[5] :

---

1. Commisération : indulgence.

2. Béante : grande ouverte.

3. Invectives : injures.

4. Métis de singe : né du croisement entre une femme et un singe, ce qui bien sûr n'est pas possible; le baron cherche à injurier Robin (au Moyen Âge, le singe était considéré comme un animal diabolique).

5. Pateline : mielleuse, douce par affectation.

575 «J'espère que Sa Seigneurie n'exécutera pas ses menaces?»

Les paroles du moine opérèrent une diversion; Fitz-Alwine se retourna vers lui comme un loup enragé vers une nouvelle proie.

«Enchaîne ta langue de vipère, moine du diable!» s'écria le baron en toisant Tuck de la tête aux pieds; puis il ajouta, afin de
580 rendre plus expressif son dédaigneux regard: «Voilà bien le type de ces gloutons rapaces qu'on appelle frères mendiants[1].

– Je ne suis pas tout à fait de votre avis, monseigneur, répliqua placidement maître Tuck, et vous me permettrez de vous dire, avec tout le respect qui est dû à un grand personnage, que
585 votre manière de voir, complètement fausse, dénote[2] un manque total de bon sens. Vous avez peut-être perdu l'esprit dans un violent accès de goutte, milord; peut-être encore l'avez-vous laissé au fond d'une bouteille de gin[3].»

Robin partit d'un grand éclat de rire.

590 Le baron exaspéré saisit un missel[4] et le lança à la tête du moine avec une telle force que le pauvre Tuck, violemment atteint, chancela étourdi; mais il se remit aussitôt, et, comme il n'était pas homme à recevoir un tel cadeau sans en témoigner immédiatement sa reconnaissance, il brandit son terrible bâton
595 et en assena un coup violent sur l'épaule goutteuse de Fitz-Alwine.

Le noble lord bondit, rugit, mugit comme le taureau d'un cirque à sa première blessure, et allongea le bras pour décrocher du mur sa grande épée des croisades; mais Tuck ne lui en donna
600 pas le temps, et conservant l'offensive, il administra une vigou-

---

1. *Frères mendiants* : religieux ayant fait vœu de pauvreté et vivant de la charité.
2. *Dénote* : est le signe de.
3. Le malicieux Tuck sous-entend ici que la maladie du baron est liée à l'alcoolisme : on considère en effet qu'une consommation excessive d'alcool favorise l'apparition de la goutte.
4. *Missel* : livre contenant les textes dits pendant la messe.

reuse bastonnade au très haut, très noble et très puissant seigneur de Nottingham, qui, malgré sa pesante armure et ses infirmités de goutteux, courait à toutes jambes autour de l'appartement afin d'échapper autant que possible aux atteintes du terrible bâton.

Le baron appelait au secours depuis plusieurs minutes lorsque le sergent qui avait arrêté Tuck et Robin ouvrit la porte à demi, et, la tête passée entre les deux vantaux[1], demanda flegmatiquement[2] si on avait besoin de lui.

Devenu ingambe[3] comme à vingt ans, le baron ne fit qu'un saut du coin de la chambre où l'acculait la bastonnade de Tuck au seuil de la porte que le sergent n'osait franchir sans son ordre, même pour venir à son secours.

Pauvre sergent, il méritait d'être accueilli comme un sauveur, comme un ange gardien, et la colère du maître, impuissante contre le moine, se déchargea sur lui sous forme de coups de pied et de coups de poing.

Enfin, las de battre cet être inoffensif qui n'osait regimber[4], car à cette époque tout personnage noble était pour un vassal[5] saintement inviolable, le baron reprit haleine et intima l'ordre au sergent d'appréhender au corps[6] Robin et le moine et de les jeter dans un cachot.

Le sergent, hors des griffes de son seigneur, partit comme un trait en criant : «Aux armes! aux armes!» et revint aussitôt accompagné d'une douzaine de soldats.

---

1. *Vantaux* : battants de porte.

2. *Flegmatiquement* : calmement.

3. *Ingambe* : agile, leste.

4. *Regimber* : ici, rendre les coups.

5. *Vassal* : homme libre qui a prêté un serment de fidélité à un seigneur, ce dernier lui assurant en retour sa protection et lui offrant un fief (domaine).

6. *Appréhender au corps* : arrêter en vertu de la loi.

À la vue de ce renfort, le moine saisit sur la table un crucifix d'ivoire, se plaça devant Robin qui voulait décocher quelques flèches, et s'écria :

«Au nom de la très sainte Vierge, au nom de son Fils, mort
630 pour vous, je vous ordonne de me laisser passer. Malheur et excommunication[1] à qui osera y mettre obstacle.»

Ces paroles, prononcées d'une voix tonnante, pétrifièrent les soudards, et le moine sortit sans obstacle de l'appartement.

Robin allait suivre son ami quand, sur un signe du baron, les sol-
635 dats s'élancèrent sur le jeune homme, lui enlevèrent son arc et ses flèches, et le repoussèrent dans l'intérieur de la chambre. […]

[Fitz-Alwine essaie d'obtenir de Robin des informations à propos des intentions d'Allan Clare, mais le jeune homme refuse insolemment de répondre à ses questions. Le baron le fait jeter dans un cachot.]

VI

[Maude lui rend visite et lui apprend que, ayant osé insulter Fitz-Alwine, Allan a également été fait prisonnier par ce dernier. Après avoir échangé un baiser avec lui, Maude aide Robin à s'enfuir. Ce dernier tombe bientôt sur Allan Clare. Ayant revêtu les habits de frère Tuck, lui aussi a réussi à s'échapper de sa cellule et rejoint Christabel dans la chapelle du château. Robin les observe caché derrière un pilier.]

---

1. **Excommunication** : exclusion de la communauté chrétienne.

VII. [Le hall de Gamwell]

[Pendant ce temps, lassée d'attendre le retour de son frère, Marianne décide d'aller au-devant de lui et part dans la forêt de Sherwood. À la tombée de la nuit, elle est agressée par un bandit. La jeune femme lutte jusqu'à l'épuisement et s'évanouit. Elle est heureusement secourue par un forestier qui chasse le brigand et prend soin d'elle.]

Non loin de là serpentait un ruisseau, la jeune fille fut transportée au bord ; quelques gouttes d'eau subitement projetées sur ses tempes et sur son front la ranimèrent, et ouvrant les yeux comme si elle sortait d'un long sommeil, elle s'écria :

5 «Où suis-je ?

– Dans la forêt de Sherwood», répondit naïvement le garde forestier.

Au son de cette voix qui lui était étrangère, Marianne voulut se relever et fuir encore ; mais les forces lui manquèrent, et elle
10 s'écria d'une voix plaintive et les mains jointes :

«Ne me faites pas de mal, ayez pitié de moi !

– Rassurez-vous, mademoiselle ; le misérable qui a osé vous attaquer est loin de nous, et voudrait-il recommencer qu'il aurait affaire à moi avant de toucher un pli de votre robe.»

15 Marianne, toujours tremblante, jetait des regards effarés autour d'elle, et cependant la voix qu'elle entendait résonner à son oreille lui paraissait être une voix amie.

«Voulez-vous, mademoiselle, que je vous conduise à notre hall ? Vous y recevrez bon accueil, je vous le jure. Au hall, vous
20 trouverez des jeunes filles pour vous servir et pour vous consoler, des garçons forts et vigoureux pour vous défendre, et un vieillard pour vous servir de père. Venez au hall, venez.»

Il y avait tant de cordialité et de franchise dans ces offres que Marianne se leva instinctivement et suivit sans mot dire l'honnête
25 forestier. Le grand air et le mouvement lui rendirent bientôt l'intelligence et le sang-froid ; elle considéra attentivement aux clartés de la lune la tournure de son guide, et, comme si un secret pressentiment l'avertissait que cet inconnu était un ami de Gilbert Head, elle dit :

30 «Où allons-nous, messire ? Ce chemin conduit-il à la maison de Gilbert Head ?

– Quoi ! vous connaissez Gilbert Head ? Seriez-vous sa fille, par hasard ? Vraiment, je gronderai le vieux sournois pour le silence qu'il a gardé sur la possession d'un aussi joli trésor.
35 Pardon, miss, sans vous offenser, c'est que, voyez-vous, il y a longtemps que je connais le bonhomme Head et son fils Robin Hood, et je ne les croyais pas si discrets.

– Vous êtes dans l'erreur, messire ; je ne suis point la fille de Gilbert, mais son amie, son hôte depuis hier.»

40 Et racontant tout ce qui lui était arrivé depuis son départ de la maison du forestier, Marianne termina son récit par un compliment plein d'effusion à l'adresse de son sauveur.

Ce compliment n'était pas achevé que le forestier l'interrompit en rougissant :

45 «Il ne faut pas penser à rentrer ce soir chez Gilbert ; sa demeure est trop éloignée d'ici ; mais le hall de mon oncle est à deux pas ; vous y serez en sûreté, miss, et de peur que vos hôtes ne s'inquiètent, j'irai leur porter de vos nouvelles.

– Merci mille fois, messire ; j'accepte vos offres, car je tombe
50 de fatigue.

– Pas de remerciements, miss, je ne fais que mon devoir.»

Marianne en effet tombait de fatigue, et chancelait à chaque pas ; le forestier s'en aperçut et lui offrit son bras ; mais comme

la jeune fille était plongée dans ses réflexions, elle ne l'entendit
55 pas et continua de marcher isolée.

«Miss, est-ce que vous manqueriez de confiance en moi?
demanda le jeune homme avec tristesse et en réitérant son offre;
craindriez-vous donc de vous appuyer sur ce bras qui...

– J'ai pleine confiance en vous, messire, répondit Marianne
60 en prenant aussitôt le bras de son compagnon; vous êtes incapable, n'est-ce pas, de tromper une femme?

– C'est comme vous le dites, miss, j'en suis incapable... oui,
Petit-Jean en est incapable... Allons, appuyez-vous ferme sur le
bras de Petit-Jean, qui vous porterait tout entière s'il le fallait,
65 miss, et sans plus fatiguer que ne fatigue la branche d'arbre qui
porte une tourterelle.

– Petit-Jean, Petit-Jean, murmura la jeune fille étonnée et
levant la tête pour mesurer du regard la taille colossale de son
cavalier. Petit-Jean!

70 – Oui, Petit-Jean, ainsi nommé parce qu'il a six pieds six
pouces[1] de haut, parce que ses épaules sont larges en propor-
tion, parce que d'un coup prompt[2] il assomme un bœuf, parce
que ses jambes fournissent une traite de quarante milles anglais[3]
sans s'arrêter, parce qu'il n'y a ni valseur, ni coureur, ni lutteur,
75 ni chasseur qui puisse lui faire crier merci, parce que enfin ses six
cousins, ses compagnons, les fils de sir Guy de Gamwell, sont
tous plus petits que lui; voici pourquoi, miss, celui qui a l'honneur de vous prêter l'appui de son bras est appelé Petit-Jean par

---

1. *Six pieds six pouces* : approximativement deux mètres (en unités de mesures
anglaises, un pied équivaut à peu près à trente centimètres, et un pouce à deux
centimètres et demi).

2. *Prompt* : rapide.

3. *Ses jambes fournissent une traite de quarante milles anglais* : il peut par-
courir sans s'arrêter quarante milles (soixante kilomètres environ, le mille anglais
équivalant approximativement à un kilomètre et demi).

tous ceux qui le connaissent; et le bandit qui vous a attaquée me
80 connaît bien, lui, car il s'est gardé de faire le méchant quand la
sainte Vierge qui vous protège a permis que je vous rencontrasse.
Permettez-moi, miss, d'ajouter que je suis aussi bon que robuste,
que mon nom de famille est John Baylot[1], neveu de sir Guy
de Gamwell, que je suis forestier de naissance, archer par goût,
85 garde-chasse par état[2], et que j'ai vingt-quatre ans depuis un
mois.» [...]

«Là-bas, à droite du village et de l'église, voyez-vous, [...] ce
vaste bâtiment dont les fenêtres à moitié closes laissent s'échapper de vives clartés? le voyez-vous, miss? Eh bien! c'est le hall
90 de Gamwell, la demeure de mon oncle. Dans tout le comté on
ne trouverait pas de logis plus confortable, ni dans toute l'Angleterre un coin de pays plus enchanteur. Qu'en dites-vous, miss?»

Marianne approuva par un sourire l'enthousiasme du neveu
de sir Guy de Gamwell.

95 «Hâtons le pas, miss, reprit celui-ci, la rosée de la nuit est
abondante, et je ne voudrais pas vous voir trembler de froid
quand vous avez cessé de trembler de peur.»

Bientôt une meute de chiens de garde en liberté accueillit
bruyamment Petit-Jean et sa compagne. Le jeune homme modéra
100 leurs transports[3] avec de rudes paroles d'amitié et quelques
légers coups de bâton à l'adresse des plus turbulents, et, après
avoir traversé des groupes de serviteurs étonnés qui le saluèrent
respectueusement, il pénétra dans la grande salle du hall, au
moment où toute la famille allait s'asseoir à table pour le repas
105 du soir.

«Mon bon oncle, s'écria le jeune homme en conduisant
Marianne par la main devant un fauteuil où trônait le vénérable

---

1. On trouve également Jean Naylor, à la fin du texte, p. 224.

2. *État* : métier.

3. *Transports* : vives émotions.

sir Guy de Gamwell, je vous demande l'hospitalité pour cette belle et noble demoiselle. Grâce à la Providence[1], dont je n'ai été
110 que l'indigne instrument, elle vient d'échapper aux fureurs d'un infâme outlaw.»

Marianne, fuyant dans la forêt, avait perdu le bandeau de velours qui d'ordinaire retenait ses longs cheveux, et, afin de se garantir du froid, elle avait accepté le plaid[2] de Petit-Jean, qui
115 couvrait encore sa tête et s'entrecroisait sur sa poitrine, en ne laissant voir son doux visage que par un ovale très étroit. Gênée par la draperie de cette coiffure, ou honteuse peut-être de se servir devant tous d'un objet faisant partie de la toilette d'un homme, Marianne se débarrassa vivement du plaid, et apparut
120 aux regards de la famille de Gamwell dans toute la splendeur de sa beauté.

Les six cousins de Petit-Jean admiraient Marianne bouche béante, tandis que les deux filles de sir Guy s'élançaient avec un empressement plein de grâce au-devant de la voyageuse.

125 «Bravo! disait le patriarche du hall, bravo! Petit-Jean; tu nous raconteras comment tu t'y es pris pour ne pas effaroucher cette jeune fille en l'accostant en pleine nuit au milieu de la forêt, et comment tu lui as inspiré assez de confiance pour qu'elle se décidât à te suivre sans te connaître et à nous faire l'honneur de venir
130 se reposer sous notre toit. Noble et belle demoiselle, vous me paraissez souffrante et fatiguée. Çà! prenez place ici entre ma femme et moi; un doigt de vin généreux ranimera vos forces, et mes filles vous conduiront ensuite dans un bon lit.»

On attendit que Marianne se fût retirée dans sa chambre pour
135 demander à Petit-Jean un récit détaillé des aventures de sa soirée,

---

1. *Providence* : volonté de Dieu.
2. *Plaid* : grand tissu de laine à motif écossais (tartan).

et Petit-Jean termina sa narration en annonçant qu'il allait se mettre en route pour le cottage[1] de Gilbert Head.

«Eh bien! s'écria William, le plus jeune des six Gamwell, puisque cette demoiselle est une amie du brave Gilbert et de
140 Robin mon camarade, je veux vous accompagner, cousin Petit-Jean.» [...]

VIII-IX

[Allan et Christabel sont bientôt rejoints par frère Tuck et Maude. Effrayés par la colère de Fitz-Alwine, ces deux derniers recommandent à Allan de quitter le château immédiatement et déplorent l'absence de Robin. Celui-ci se montre alors. Accompagnés de frère Tuck, les deux fugitifs reprennent le chemin de la forêt de Sherwood. Allan ne parvient pas à convaincre Christabel de s'enfuir avec eux.

William, dit Will l'Écarlate, et Petit-Jean, les deux cousins Gamwell, se rendent chez Gilbert Head, où ils retrouvent le bandit qui avait attaqué Marianne et que Petit-Jean avait fait fuir (voir p. 93) : ils le mettent définitivement hors d'état de nuire.]

X. [Le baron veut marier sa fille]

[Au château de Nottingham, le baron, furieux de la fuite de Robin, décide de déverser sa mauvaise humeur sur sa fille.]

---

1. *Cottage* : mot anglais pour désigner une maison de campagne.

Assise devant une petite table éclairée par une lampe de bronze, Christabel contemplait attentivement un petit objet placé dans le creux de sa main ; cet objet, elle le cacha au bruit de l'entrée du baron.

5 «Quelle est cette bagatelle que vous venez de soustraire si prestement[1] à mes regards ? » demanda le baron en s'asseyant dans le fauteuil le plus moelleux de l'appartement.

«Bon, voilà déjà qu'il commence, murmura Maude.

– Que dites-vous, Maude ?

10 – Je dis, monseigneur, que vous me paraissez éprouver de grandes souffrances. »

Le soupçonneux baron lança à la jeune fille un regard plein de colère.

«Répondez, ma fille : quelle est cette bagatelle ?

15 – Ce n'est pas une bagatelle, mon père.

– Ce ne peut être autre chose.

– Nos opinions alors ne sont pas les mêmes, répliqua Christabel en s'efforçant de sourire.

– Une bonne fille n'a pas d'autres opinions que celles de son 20 père. Quelle est cette bagatelle ?

– Mais je vous jure que ce n'en est pas une.

– Ma fille, reprit le baron d'une voix calme par extraordinaire[2], mais très sévère, ma fille, si l'objet que vous venez de soustraire à mes regards ne se rattache à aucune faute commise, 25 ou ne vous rappelle aucun souvenir blâmable, montrez-le-moi ; je suis votre père, et comme tel je dois veiller sur votre conduite ; si au contraire c'est une espèce de talisman[3], et si vous avez à rougir de sa possession, montrez-le-moi encore ; après mes droits

---

1. **Prestement** : rapidement.
2. **Calme par extraordinaire** : inhabituellement calme.
3. **Talisman** : objet auquel on attribue un pouvoir magique.

j'ai des devoirs à remplir : vous empêcher de tomber dans
l'abîme si vous marchez au bord, vous en retirer si vous y êtes
déjà tombée. Encore une fois, ma fille, je vous demande quel est
l'objet que vous cachez dans votre corsage.

– C'est un portrait, milord, répondit la jeune fille tremblante
et rouge d'émotion.

– Et ce portrait est celui?...»

Christabel baissa les yeux sans répondre.

«N'abusez pas de ma patience... j'en ai beaucoup aujour-
d'hui, c'est vrai, mais n'en abusez pas; répondez, c'est le portrait de...

– Je ne puis vous le dire, mon père.»

Les larmes étouffèrent la voix de Christabel; mais bientôt elle
reprit d'un ton plus ferme :

«Oui, mon père, vous avez le droit de me questionner, mais,
moi, j'oserai me donner celui de ne pas vous répondre; car ma
conscience ne me reproche rien de contraire ni à ma dignité ni à
la vôtre.

– Bah! votre conscience ne vous reproche rien parce qu'elle
est d'accord avec vos sentiments; c'est très joli, très moral ce que
vous dites, ma fille.

– Veuillez me croire, mon père; je ne déshonorerai jamais
votre nom, je me souviens trop de ma pauvre sainte mère.

– Ce qui veut dire que je suis un vieux coquin... Ah! c'est
convenu depuis longtemps, hurla le baron; mais je ne veux pas
qu'on me le dise en face.

– Mais, mon père, je n'ai pas dit cela.

– Vous le pensez, alors. Bref, je me soucie fort peu de la précieuse relique[1] que vous me cachez avec tant de persistance; c'est

---

1. **Relique** : partie du corps ou objets ayant appartenu à un saint; de manière plus
générale, comme ici, objet sacré auquel on peut rendre un culte.

le portrait du mécréant que vous aimez malgré ma volonté, et je n'ai déjà que trop vu sa diabolique physionomie. Maintenant,
60 écoutez-moi bien, lady Christabel : vous n'épouserez jamais Allan Clare : je vous tuerais tous deux de ma propre main plutôt que d'y consentir, et vous épouserez sir Tristram de Goldsborough... Il n'est pas très jeune, c'est vrai, mais il a quelques années de moins que moi, et je ne suis pas vieux... il
65 n'est pas très beau, c'est encore vrai ; mais depuis quand la beauté donne-t-elle le bonheur en ménage ? Je n'étais pas beau, moi, et cependant milady[1] Fitz-Alwine ne m'eût pas troqué contre le plus brillant chevalier de la cour de Henri II, et d'ailleurs la laideur de Tristram de Goldsborough est une solide
70 garantie pour votre future tranquillité... il ne vous sera pas infidèle ; sachez aussi qu'il est immensément riche et très influent en cour ; en un mot, c'est l'homme qui me... qui vous convient le mieux sous tous les rapports ; demain je lui enverrai votre consentement ; dans quatre jours il viendra lui-même vous remer-
75 cier, et, avant la fin de la semaine vous serez une grande dame, milady.

– Je n'épouserai jamais cet homme, milord, s'écria la jeune fille, jamais ! jamais ! »

Le baron éclata de rire.

80 « On ne vous demande pas votre consentement, milady, mais on se charge de vous faire obéir. »

Christabel, jusqu'alors pâle comme une morte, rougit, et pressant convulsivement ses mains l'une contre l'autre, parut prendre une détermination irrévocable[2].

85 « Je vous laisse à vos réflexions, ma fille, reprit le baron, si toutefois vous croyez qu'il soit utile de réfléchir. Mais rappelez-

---

1. *Milady* : titre que l'on donne à une femme anglaise lorsqu'elle est issue de la noblesse.
2. *Irrévocable* : définitive, qu'on ne peut remettre en question.

vous bien ceci : je veux, j'exige de votre part une obéissance entière, passive, absolue.

– Mon Dieu! mon Dieu! prenez pitié de moi!» s'écria dou-
90 loureusement Christabel.

Le baron s'éloigna en haussant les épaules.

[Désespérée à l'idée de s'unir avec sir Tristram de Goldsborough, Christabel se résout enfin à fuir le château de son père, et rédige une lettre pour prévenir Allan de ce projet. Maude charge son frère de lait[1], Halbert, de porter le message à l'intéressé.]

XI

[Tandis que Robin, Allan et frère Tuck cheminent dans la forêt de Sherwood, ils aperçoivent Halbert, venu à leur rencontre pour transmettre le message de Christabel à son bien-aimé. Aussitôt, Robin se propose d'aider Allan dans cette mission : ils repartiront délivrer la belle le lendemain matin, après une journée de repos chez Gilbert Head. Sur ces entrefaites arrive la troupe d'hommes, conduits par le sergent Lambic, que Fitz-Alwine a envoyée pour capturer les fugitifs ; Robin et ses compagnons se cachent tandis qu'Halbert tente de faire diversion. Les soldats lui racontent qu'ils ont mis la main sur Robin! Mais c'est en fait sur l'un des fils de sir Gamwell, Will l'Écarlate : après avoir quitté la maison de Gilbert Head (voir p. 98), celui-ci a voulu rejoindre Nottingham dans l'espoir d'y retrouver Robin, laissant son frère Petit-Jean rentrer seul chez eux. C'est dans ces circonstances qu'il a été arrêté. Pour épargner son ami, Robin

---

1. *Frère de lait* : élevé par la même nourrice (ayant bu le même lait).

surgit et se fait connaître des soldats. Il se substitue au captif non sans lui avoir discrètement donné un rendez-vous : qu'il se tienne prêt le lendemain matin, avec le clan Gamwell, Allan et frère Tuck, pour enlever Christabel et Maude.]

XII. [Robin organise la fuite de Maude et Christabel]

Le baron écoutait négligemment la lecture des comptes d'un homme d'affaires, quand Robin, flanqué de deux soldats et précédé du sergent Lambic, [...] fut introduit dans sa chambre. [...]

«[...] Avance ici, Robin!» cria le baron d'une voix de tonnerre
5 et en se laissant tomber sur le fauteuil. Les soldats poussèrent Robin devant le baron.

«Très bien, jeune bouledogue! Aboies-tu toujours aussi fort? Je vais te dire ce que j'ai déjà dit tantôt; tu répondras franchement à mes questions, sinon j'ordonnerai à mes gens de t'assom-
10 mer, entends-tu?

– Interrogez-moi, répliqua froidement Robin.

– Ah! tu t'amendes[1], tu ne refuses plus de parler; bravo!

– Interrogez-moi, vous dis-je, milord.»

L'œil du baron, qui s'était adouci, flamboya de nouveau et
15 s'attacha sur Robin; mais Robin sourit.

«Comment t'es-tu sauvé, jeune loup?

– En sortant de mon cachot.

– J'aurais pu deviner cela sans beaucoup de peine; qui t'a aidé à fuir?

---

1. *Tu t'amendes* : tu te corriges, tu t'améliores.

20   – Moi-même.

– Et qui encore ?

– Personne.

– Mensonge ! Je sais le contraire ; je sais que tu n'as pu passer par le trou de la serrure et que l'on t'a ouvert la porte.

25   – On ne m'a pas ouvert la porte, et, si je n'ai pas été assez fluet[1] pour passer par le trou de la serrure, du moins l'embonpoint[2] ne m'a-t-il pas empêché de me glisser entre les barreaux de la lucarne[3] du cachot ; de là j'ai sauté sur le rempart, où j'ai trouvé une porte ouverte, et, cette porte franchie, j'ai parcouru 30 des escaliers, des galeries, des préaux, puis je suis arrivé au pont-levis… et j'étais libre, milord.

– Et ton compagnon, comment s'est-il sauvé ?

– Je l'ignore.

– Il faut cependant que tu me le dises.

35   – Impossible. Nous n'étions pas ensemble ; nous nous sommes rencontrés.

– Dans quel endroit du château vous êtes-vous rencontrés si à propos ?

– Je ne connais pas l'intérieur du château et ne puis désigner 40 cet endroit.

– Et ce coquin, où était-il quand le sergent Lambic t'a arrêté ?

– Je l'ignore. Nous nous étions séparés depuis quelques instants ; je retournais seul chez mon père.

– Est-ce lui qu'on avait arrêté avant toi ?

45   – Non.

– Mais où est-il ? qu'est-il devenu ?

– De qui parlez-vous, milord ?

---

1. **Fluet** : mince.
2. **Embonpoint** : corpulence, état du corps un peu gras.
3. **Lucarne** : petite fenêtre.

– Tu le sais bien, jeune fourbe ; je parle d'Allan Clare, ton complice, ton ami.

50 – J'ai vu Allan Clare avant-hier pour la première fois.

– Quelle corruption[1], grand Dieu ! Ils osent nous mentir en face, les vilains[2] d'aujourd'hui ! plus de bonne foi, plus de respect depuis que les enfants apprennent à déchiffrer des grimoires[3] et à barbouiller du papier ! Ma fille elle-même subit
55 l'influence du vice ; elle correspond par ces infernales lettres avec le misérable Allan Clare. Eh bien ! puisque tu ignores où il se cache, ce misérable, aide-moi à deviner où je pourrai le trouver, je te promets la liberté pour récompense.

– Milord, je n'ai pas l'habitude de passer mon temps à devi-
60 ner des énigmes.

– Eh bien ! je vais t'obliger à consacrer plusieurs heures par jour à cet utile exercice. Holà ! Lambic, remets ce bouledogue à la chaîne, et s'il s'évade encore, que Dieu te préserve de la potence !

65 – Oh ! il ne m'échappera pas, répondit le sergent en hasardant un maigre sourire.

– Allons, file, et gare la corde ! »

Le sergent conduisit Robin de passages en passages, d'escaliers en escaliers, jusqu'à une petite porte ouvrant sur un corridor
70 étroit ; là il prit des mains d'un domestique, venu en éclaireur, une torche allumée, et fit entrer Robin dans un réduit[4] dont tout le mobilier consistait en une botte de paille. Notre jeune forestier jeta les yeux autour de lui ; rien de plus hideux que ce cachot ; pas d'issue autre que la porte, faite d'épais madriers[5] bardés de fer ;

---

1. *Corruption* : ici, comportement incorrect, injurieux.

2. *Vilains* : manants, paysans.

3. *Grimoires* : livres de magie à l'usage des sorciers ; Fitz-Alwine considère la lecture comme une activité diabolique.

4. *Réduit* : pièce de très petite dimension.

5. *Madriers* : planches très épaisses.

75 comment sortir de là ? Il cherchait dans sa pensée un moyen, un
expédient[1] pour rendre inutiles les minutieuses précautions de
son geôlier et n'en trouvait aucun, lorsque tout à coup il vit
briller dans l'obscurité du couloir, derrière les soldats, le regard
clair et limpide d'Halbert. Cette vision lui rendit l'espérance, et
80 il ne douta plus de sa délivrance prochaine en pensant que des
cœurs dévoués compatissaient à sa misère.

«Voilà votre chambre à coucher, dit Lambic; entrez, messire,
et nargue le chagrin[2]! Nous devons tous mourir un jour, vous
ne l'ignorez pas; que ce soit aujourd'hui, demain ou plus tard,
85 qu'importe! Qu'importe aussi le genre de mort : mourir d'une
façon ou d'une autre, c'est toujours mourir.

– Vous avez raison, sergent, répondit Robin avec calme, et je
comprends qu'il vous serait indifférent de mourir comme vous
avez vécu… c'est-à-dire comme un chien.»

90 En disant cela, Robin examinait du coin de l'œil la porte
encore ouverte, et relevait la position des soldats au-dehors. Le
domestique qui avait cédé sa torche à Lambic était parti, le jeune
Hal également; brisés de fatigue, les soldats, au nombre de
quatre, se tenaient nonchalamment appuyés contre les murailles,
95 et ne prêtaient guère d'attention à la causerie de leur chef avec le
prisonnier. Habile à concevoir et prompt à exécuter, le jeune
loup de Sherwood profita de l'inattention des hommes d'armes
et de la faiblesse relative de Lambic, dont les mouvements étaient
gênés par la torche qu'il tenait de la main droite, et, bondissant
100 comme un chat sauvage, il poussa la torche sur le visage de
Lambic, l'y éteignit du coup, et s'élança hors du cachot. Malgré
l'obscurité, malgré les atroces douleurs que lui causaient les brû-

---

1. Un expédient : une stratégie.
2. Nargue le chagrin ! : le soldat encourage Robin à ne pas éprouver de chagrin
(«narguer» signifie «se moquer de»).

lures de son visage, Lambic, suivi de ses hommes, appuya une vigoureuse chasse au fugitif; mais jamais lièvre au déboulé[1]
105 n'était parti si prestement, jamais aussi renard ayant meute sur ses pistes ne fit plus de crochets, et vainement les limiers[2] du baron hurlèrent en fouillant dans les coins et recoins des immenses galeries. Robin leur échappa. Déjà depuis quelques instants le jeune homme ne marchait plus qu'à petits pas, sans
110 savoir où il se trouvait, et les bras tendus en avant pour se garer des obstacles, quand il se heurta contre un être humain qui ne put retenir un cri de frayeur.

«Qui êtes-vous? demanda-t-on d'une voix presque tremblante.

115 — C'est la voix d'Halbert, pensa Robin.

— C'est moi, mon cher Hal, répondit le jeune forestier.

— Qui, vous?

— Moi, Robin Hood; je viens de m'échapper, ils me poursuivent, cachez-moi quelque part.

120 — Suivez-moi, messire, dit le brave enfant; donnez-moi la main, marchez tout près de moi, et surtout pas un mot.»

Après mille tours et détours dans l'obscurité, et remorquant le fugitif par la main, Halbert s'arrêta et frappa légèrement à une porte dont les ais[3] mal joints laissaient filtrer quelques rayons de
125 lumière; une voix douce s'enquit du nom du visiteur nocturne.

«Votre frère Hal.»

La porte s'ouvrit aussitôt.

«Quelles nouvelles avez-vous, cher frère? demanda Maude en pressant les mains du jeune garçon.

130 — J'ai mieux que des nouvelles, chère Maude; tournez la tête et regardez.

---

1. *Au déboulé* : à la sortie du terrier.

2. *Limiers* : grands chiens de chasse. Ici, le mot désigne les soldats.

3. *Ais* : planches.

– Juste ciel! c'est lui!» s'écria Maude en sautant au cou de Robin. Surpris et peiné d'un accueil qui révélait une passion qu'il était loin de partager, Robin voulut raconter les faits de son
135 retour au château, de sa nouvelle évasion, mais Maude ne le laissa pas parler.

«Sauvé! sauvé! sauvé! balbutiait-elle follement avec des larmes, des rires, des sanglots et des baisers, sauvé! sauvé!

– Quelle étrange fille vous êtes, Maude, disait l'innocent
140 novice[1] écuyer; je croyais vous faire plaisir en vous amenant ici messire Robin Hood, et voilà que vous pleurez comme une Madeleine.

– Hal a raison, ajouta Robin, vous gâtez vos beaux yeux, chère Maude; redevenez donc joyeuse autant que vous l'étiez
145 ce matin.

– C'est impossible, répondit la jeune fille avec un profond soupir.

– Je ne veux pas le croire», répliqua Robin penché sur la tête de Maude et posant ses lèvres sur les bandeaux de ses cheveux
150 noirs qui encadraient son front. Maude se ressentit sans doute de la froideur que le jeune forestier mettait dans ces simples mots : «Je ne veux pas le croire»; car elle pâlit et sanglota amèrement.

«Chère Maude, ne pleurez plus, me voilà! répétait sans cesse Robin; dites-moi la cause de votre chagrin. […]
155 – Je pleure, Robin, parce que je suis forcée de vivre dans cet horrible château où il n'y a pas d'autres femmes que lady Christabel et moi, excepté les filles de cuisine et de basse-cour; j'ai été élevée avec milady, et malgré la différence de nos rangs, nous nous aimions comme des sœurs. Je suis la confidente de ses
160 chagrins, je partage aussi ses joies; mais, en dépit des efforts de cette bonne maîtresse, je comprends, je sens que je ne suis que

---

1. *Novice* : débutant.

sa servante, et je n'ose lui demander des conseils et des consolations. Mon père, si bon, si honnête et si brave, ne me protège que de loin, et j'aurais besoin, je l'avoue, d'être protégée de près...
165 Chaque jour les soldats du baron me courtisent... et m'insultent en se méprenant sur la légèreté naturelle de mon caractère, sur ma gaieté, sur mes rires, sur mes chansons... Non, je ne me sens plus la force de supporter cette abominable existence! il faut qu'elle change ou que je meure! Voilà, Robin, ce que j'avais à
170 vous dire, et si lady Christabel quitte le château, je vous prie de m'emmener avec elle.»

Le jeune forestier ne put répondre que par une exclamation de surprise.

«Ne me repoussez pas, emmenez-moi, je vous en conjure!
175 reprit Maude d'un ton passionné. Je mourrai, je me tuerai, je veux me tuer si vous franchissez le pont-levis sans moi.

– Vous oubliez, chère Maude, que je ne suis encore qu'un enfant et que je n'ai pas le droit de vous conduire dans la maison de mon père. Mon père vous repousserait peut-être.

180 – Un enfant! répliqua la jeune fille avec dépit, un enfant qui ce matin buvait à ses amours[1]!

– Mais votre maîtresse peut fuir, elle! messire Allan Clare est son fiancé.

– Vous avez raison, Robin; moi je ne suis qu'une pauvre
185 abandonnée.

– Il me semble cependant que frère Tuck pourrait vous...

– Oh! c'est mal, très mal ce que vous dites! s'écria Maude avec indignation. J'ai ri, j'ai chanté, j'ai follement causé avec le moine; mais je suis innocente entendez-vous, je suis innocente!
190 Mon Dieu! mon Dieu! ils m'accusent tous, je suis pour tous une fille perdue[2]. Ah! je sens que je deviens folle!»

---

1. Voir chapitre VI, p. 92, lorsque Robin échange un baiser avec Maude.
2. Maude craint que tous, y compris Robin, la considèrent comme une jeune femme dévergondée.

Et, la figure voilée de ses deux mains, Maude s'agenouilla en gémissant.

Robin était profondément ému.

195 «Relève-toi, dit-il avec douceur. Eh bien! tu fuiras avec milady, tu viendras chez mon père Gilbert, tu seras sa fille, tu seras ma sœur.

– Dieu te bénisse, noble cœur! répliqua la jeune fille la tête appuyée sur l'épaule de Robin; je serai ta servante, ton esclave.

200 – Tu seras ma sœur. Allons, Maude, un sourire maintenant, un joli sourire à la place de ces vilaines larmes.»

Maude sourit.

«Le temps presse; conduis-moi chez lady Christabel.»

Maude sourit encore, mais ne bougea pas.

205 «Eh bien! chère, qu'attends-tu?

– Rien, rien; partons!»

Et ce mot: «Partons!» fut dit entre deux baisers sur les joues empourprées de notre héros.

Lady Christabel attendait avec impatience le messager
210 d'Allan.

«Puis-je compter sur vous, messire? demanda-t-elle dès que Robin parut dans sa chambre.

– Oui, madame.

– Dieu vous récompensera, messire; je suis prête.

215 – Et moi aussi, chère maîtresse! s'écria Maude. En route! nous n'avons pas un instant à perdre.

– Nous! répliqua Christabel étonnée.

– Oui, nous, milady, nous, nous! riposta la camériste[1] en riant. Croyez-vous donc, madame, que Maude puisse vivre éloi-
220 gnée de sa chère maîtresse?

– Quoi! tu consens à m'accompagner?

---

1. *Camériste* : dame d'honneur, suivante.

– Non seulement j'y consens, mais encore je mourrais de douleur si vous n'y consentiez pas, madame.

– Et je suis du voyage aussi ! s'écria Halbert, qui jusqu'alors s'était tenu à l'écart ; milady me prend à son service. Messire Robin, voici votre arc et vos flèches, dont je m'emparai quand on vous arrêta dans la forêt.

– Merci, Hal, dit Robin. À partir d'aujourd'hui nous sommes amis.

– À la vie, à la mort ! messire, ajouta le jeune gars avec un naïf orgueil.

– En route donc ! s'écria Maude. Hal, passe devant nous, et vous, milady, donnez-moi la main. Maintenant, silence général et complet ; le moindre chuchotement, le plus petit bruit pourrait nous trahir. »

Le château de Nottingham communiquait avec le dehors par d'immenses souterrains dont l'entrée s'ouvrait dans la chapelle et la sortie dans la forêt de Sherwood. Hal les connaissait assez pour pouvoir y servir de guide ; le passage de ces souterrains n'était donc pas difficile, mais il fallait d'abord gagner la chapelle ; or la porte de la chapelle n'était plus libre comme au commencement de la nuit, le baron Fitz-Alwine venait d'y faire placer une sentinelle ; par bonheur pour les fugitifs cette sentinelle avait jugé à propos de monter sa garde en dedans de la chapelle, et, vaincue par la fatigue, elle s'était endormie sur un banc, à l'instar d'un chanoine [1] dans une stalle [2].

Les quatre jeunes gens pénétrèrent donc dans le saint lieu sans réveiller le soldat et sans même se douter de sa présence, tant l'obscurité était grande ; et ils allaient atteindre l'entrée des

---

1. *Chanoine* : voir note 3, p. 17.
2. *Stalle* : siège de bois à dossier élevé, disposé autour du chœur dans une église.

250 souterrains lorsque Halbert, qui marchait en avant, se heurta
contre un mausolée [1] et tomba lourdement.

«Qui vive!» demanda soudain le factionnaire[2] qui se crut pris
en flagrant délit de sommeil. L'écho répéta seul le bruyant «Qui
vive!» et ses retentissements prolongés de piliers en piliers et de
255 voûtes en voûtes masquèrent le bruit des voix et des mouvements
des fugitifs. Hal se blottit derrière le tombeau, Robin et Christabel sous l'escalier de la chaire[3]; Maude seule n'eut pas le temps
de se cacher; la lumière d'une torche éclaira la chapelle, et le factionnaire s'écria :

260 «Parbleu! c'est Maude, Maude, la pénitente à frère Tuck!
Sais-tu, ma charmante, que tu as fait trembler la moustache de
Gaspard Steinkoff en le réveillant ainsi brusquement pendant
qu'il rêvait de tes grâces? Corps de Dieu! j'ai cru que le vieux
sanglier de Jérusalem, notre aimable seigneur, passait la revue
265 des sentinelles. Mais, vive la joie! il ronfle, le bonhomme, et la
beauté me réveille!»

Et, cela disant, le soldat planta sa torche dans un candélabre
du lutrin[4], et s'avança vers Maude les bras ouverts pour lui
saisir la taille.

270 Maude répondit froidement :

«Oui, je viens prier Dieu pour lady Christabel qui est très
souffrante; laissez-moi donc prier, Gaspard Steinkoff. [...]

– À plus tard les oraisons, la belle, reprit le soldat dont les
mains effleuraient déjà le corsage de la jeune fille; ne soyons pas
275 farouche et donnons à Gaspard un baiser, deux baisers, trois baisers, beaucoup de baisers.

---

1. *Mausolée* : tombeau de taille imposante, monument funéraire.
2. *Factionnaire* : soldat qui monte la garde.
3. *Chaire* : tribune depuis laquelle le prêtre parle aux fidèles.
4. *Lutrin* : pupitre qui sert de support pour les livres de chant.

– Arrière, lâche, insolent!» s'écria Maude en reculant elle-même.

Le soldat fit un nouveau pas en avant.

«Arrière, monstre qui ne respecte même pas la sainteté de ces lieux! arrière!

– Triple damnation! s'écria Gaspard écumant de rage et saisissant la jeune fille à bras-le-corps; triple damnation! tes insolences seront punies.»

Maude résistait énergiquement et ne doutait pas qu'Halbert et Robin ne vinssent à son secours; mais en même temps elle craignait que le bruit d'une lutte n'attirât l'attention des soldats du poste le plus voisin; elle s'abstenait donc de pousser des cris et répliquait au soldat:

«C'est toi qui seras... puni», quand une flèche, lancée par une main qui ne manquait jamais son but, traversa le crâne du bandit et le renversa mort sur les dalles du temple. Moins prompt que la flèche, Hal accourait pour défendre sa sœur, mais elle s'était déjà évanouie en murmurant:

«Merci, Robin, merci!...»

Les lueurs tremblotantes de la torche éclairèrent d'abord deux corps inanimés et gisant côte à côte sur le sol; l'un restait isolé dans la mort, et près de l'autre des cœurs dévoués attendaient, des yeux amis épiaient les symptômes d'un retour à la vie. Robin puisait l'eau des bénitiers à deux mains et en mouillait doucement les tempes de la jeune fille; Hal frappait de ses mains dans la paume des siennes, et Christabel lui prodiguait les plus doux noms de l'amitié en invoquant le secours de la Vierge; tous trois enfin s'efforçaient de ranimer les sens de la pauvre Maude, et ils eussent renoncé à fuir plutôt que de l'abandonner dans cet état. Quelques minutes s'écoulèrent avant que Maude rouvrît les yeux, et ces minutes parurent des siècles; mais quand ses

paupières se dessillèrent[1], un long regard, le premier, un céleste
regard rempli de gratitude[2] et d'amour, s'arrêta sur Robin : un
310 sourire s'échappa de ses lèvres blêmies, des nuances rosées rem-
placèrent la froide pâleur des joues, sa poitrine se dilata, ses bras
se réunirent aux bras tendus pour la soulever de terre, et
secouant sa léthargie[3], elle s'écria la première :

«Partons!»

315 La marche dans le souterrain dura plus d'une grande heure.

«Enfin nous arrivons, dit Hal; courbez le dos, la porte est
basse, et prenez garde aux épines d'une haie qui masque l'issue
de ce passage au-dehors; tournez à gauche; bien; suivez le sentier le long de la haie... et maintenant, adieu la torche et vive le
320 clair de lune! nous sommes libres!

– Et à mon tour de servir de pilote, dit Robin en s'orientant;
je suis chez moi. La forêt est à moi. Ne craignez rien, mesdames,
et au point du jour nous rejoindrons messire Allan Clare.»

La petite caravane s'avança lestement à travers les taillis et les
325 futaies, malgré la fatigue des deux jeunes filles. La prudence
défendait de suivre les sentiers et de traverser les clairières, où le
baron avait sans doute déjà lancé ses limiers; et, au risque de
déchirer les robes et de se meurtrir pieds et jambes, il fallait voya-
ger comme les daims, de fort[4] en fort, de trouées[5] en trouées.
330 Robin paraissait réfléchir profondément depuis quelques
minutes, et Maude lui en demanda timidement la cause.

«Chère sœur, dit-il, il faut que nous nous séparions avant le
jour; Halbert va vous accompagner jusque chez mon père, et

---

1. *Quand ses paupières se dessillèrent* : quand elle prit conscience de la
réalité.
2. *Gratitude* : reconnaissance, remerciement.
3. *Léthargie* : sommeil profond.
4. *Fort* : partie touffue d'une forêt.
5. *Trouées* : passages peu fournis en végétation.

vous expliquerez au bon vieillard pourquoi je ne suis pas encore
335 de retour de Nottingham ; il est utile et prudent de l'avertir que
je conduis sans retard milady auprès de messire Allan Clare. »

Les fugitifs se séparèrent donc après de tendres adieux, et
Maude dévora ses larmes et étouffa ses sanglots en s'engageant
à la suite d'Halbert dans le sentier que lui indiqua Robin. [...]

XIII

[Le baron apprend par un courrier que sir Tristram de Goldsborough,
le prétendant de lady Christabel, doit reporter sa venue à Nottingham et qu'il l'attend à Londres où il lui demande de le rejoindre le
plus tôt possible. Fitz-Alwine décide de partir le matin même
accompagné de six hommes d'armes. Dans le même temps, on
l'informe de la fuite de Robin, et de celle de Christabel et Maude.
Au comble de la fureur, Fitz-Alwine ordonne au sergent Lambic de
se rendre chez Gilbert Head où se trouvent probablement les fugitifs, de s'emparer d'eux et de brûler la maison. Lui-même prend la
tête d'une troupe de soldats en direction de Mansfeldwoohaus, et
promet cent pièces d'or au soldat qui ramènera lady Christabel au
château.]

XIV. [Robin réunit Allan et Christabel]

[Sur le chemin qui doit les conduire à la demeure de Gilbert Head,
Maude et Halbert rencontrent Allan, les fils Gamwell et frère Tuck

qui vont au rendez-vous fixé par Robin (chapitre XI). Dans l'intention de rejoindre plus rapidement Robin, Maude prétexte qu'il est de son devoir d'aider Christabel et implore Allan de la prendre avec eux. Le jeune homme accepte et Halbert poursuit seul sa mission. Bientôt, la petite troupe est surprise par le bruit d'une cavalcade. C'est Fitz-Alwine, sur un cheval blessé : une flèche appartenant à Robin a traversé sa croupe !]

[…] Un mot pour expliquer la désagréable situation du noble Fitz-Alwine, très bon cavalier du reste, ne sera pas inutile.

Le baron, en s'engageant dans la forêt, avait donné l'ordre à son meilleur coureur d'inventorier[1] la grande route de Nottingham à Mansfeldwoohaus, et de revenir lui faire son rapport à tel carrefour désigné ; on sait ce qu'il advint du coureur : Robin le démonta[2] ; le hasard voulut que Robin et lady Christabel entrassent par un côté dans le même carrefour désigné pour le rendez-vous, tandis que le baron y entrait par un autre. Les deux fugitifs eurent la chance de se jeter dans un taillis sans être vus, et le baron avec ses quatre écuyers se porta au milieu du carrefour, sur une éminence[3], en attendant le retour de son éclaireur.

«Fouillez un peu les alentours, commanda le baron ; deux ici et deux là.

— Nous sommes perdus, pensa Robin. Que faire ? comment fuir ? Si nous prenons en dehors du bois, les chevaux nous rattraperont en deux temps ; si nous essayons une trouée à l'intérieur, le bruit attirera l'attention des limiers, que faire ?»

Tout en réfléchissant ainsi, Robin bandait son arc et choisissait dans son carquois la flèche au fer le plus pointu. Christabel, quoique anéantie par la frayeur, s'aperçut de ces préparatifs et,

1. *Inventorier* : ici, explorer en détails.
2. *Le démonta* : le fit tomber de cheval.
3. *Éminence* : petite colline.

la piété filiale[1] l'emportant sur son désir de rejoindre Allan, elle supplia le jeune homme d'épargner son père.

Robin sourit et fit de la tête un signe affirmatif.

25 Le signe voulait dire : «Je l'épargnerai»; le sourire : «Souvenez-vous du cavalier démonté.»

Les soldats battaient avec soin la lisière du carrefour, mais la prime de cent écus d'or qui stimulait leur zèle[2] n'avait pas la vertu de leur donner du nez. Néanmoins la position de Robin 30 et de Christabel devenait de plus en plus critique, car ces chiens quêteurs, partis deux par deux d'un point opposé pour faire le tour de la clairière, ne pouvaient se réunir sans les rencontrer.

Pendant ce temps-là le vieux Fitz-Alwine, posté comme une vedette[3] sur les hauteurs qui dominent un camp ennemi, se 35 livrait à une répétition générale du terrible sermon qu'il comptait adresser à sa fille dès qu'elle serait rentrée dans le domicile paternel. Il combinait aussi les raffinements divers des châtiments à infliger à Robin, à Maude et à Hal, et calculait à quelques pouces près la hauteur de la potence d'Allan : il rêvait, l'excellent sei- 40 gneur, aux convulsions de celui qui avait osé enlever Christabel ; il laissait pourrir son cadavre au gibet pendant le mois de la lune de miel, et souriait déjà à l'idée d'être grand-papa l'an prochain par le fait de sir Tristram de Goldsborough.

Mais tout à coup, au milieu de ces rêves enchanteurs, le 45 cheval du baron se cabre, se déhanche, tord le râble[4], pousse des ruades et secoue frénétiquement le vieux guerrier, qui tient bon et cherche à le maîtriser sur place, comme il maîtrisait jadis les indomptables coursiers arabes. Vaines tentatives ! l'homme et la bête ne s'entendent pas; Fitz-Alwine demeure en selle aussi

---

1. *La piété filiale* : les sentiments qu'elle éprouve pour son père.
2. *Zèle* : empressement, application.
3. *Vedette* : soldat placé en sentinelle pour observer.
4. *Râble* : bas du dos.

50 ferme que sur la croupe du cheval demeure la flèche qui vient de
s'y implanter, et le cheval et les illusions du baron prennent le
mors aux dents[1] et commencent de par la forêt cette course désordonnée, folle, fantastique, qui les conduit près d'Allan Clare
et les entraîne on ne sait où. Les quatre écuyers s'élancèrent au
55 secours de leur maître, et l'habile archer, saisissant la main de sa
compagne, traversa le carrefour.

Que devint le baron ? Vraiment nous n'oserions raconter
l'événement qui mit fin à cette course au clocher[2], tant il est
extraordinaire et merveilleux ; mais les chroniques de l'époque
60 en garantissent l'authenticité. Voilà :

Les écuyers perdirent bientôt le baron de vue, et peut-être
eût-il été emporté à travers l'Angleterre jusqu'au nord de
l'Océan, si la bête, en passant sous un chêne au pied duquel
gisait le fragment d'un tronc d'arbre, n'eût trébuché.

65 Notre baron, qui n'avait pas perdu l'esprit, voulut éviter une
chute dont la violence pouvait être mortelle, et, laissant la bride,
se saisit à deux mains d'une des branches du chêne fort heureusement à sa portée ; il espérait pouvoir en même temps retenir son
cheval en l'enserrant entre ses genoux ; mais la courbette forcée
70 de la bête fut si profonde que Fitz-Alwine dut abandonner la selle
et demeura suspendu par les mains à la branche du chêne, tandis
que le cheval se redressait allégé et entreprenait une nouvelle
campagne[3].

Peu habitué à la gymnastique, le baron mesurait prudemment
75 la distance qui le séparait du sol avant de se laisser choir, lorsque
tout à coup il vit flamboyer dans la demi-obscurité du matin, et

---

1. *Prennent le mors aux dents* : s'emportent.
2. *Course au clocher* : course à travers champs, où l'on se dirige à vue de clocher
en franchissant tous les obstacles que l'on rencontre devant soi. Il s'agit d'un
divertissement populaire qui avait lieu lors de festivités villageoises.
3. *Entreprenait une nouvelle campagne* : reprenait sa course.

droit sur ses pieds, quelque chose d'incandescent[1] comme deux morceaux de charbons ardents. Ces deux points ignés[2] appartenaient à une masse noire qui s'agitait, tournoyait et se rapprochait par instants et par bonds des jambes du malheureux lord.

«Holà, c'est un loup», pensa le baron qui ne put retenir un cri d'effroi et s'efforça de monter à califourchon sur la branche; mais il ne put y parvenir, et une sueur glacée, la sueur de l'épouvante, l'inonda quand il sentit glisser sur le cuir de sa botte et craquer sur le métal de ses éperons les dents du loup qui bondissait, allongeant le col, tirait la langue, et aspirait sa proie à mesure que lui se roidissait[3] les bras, s'accrochait du menton à la branche et repliait les jambes jusque sur sa poitrine.

La lutte n'était pas égale : le fil qui retenait en l'air cette friandise de bête féroce allait se casser, le vieux lord n'avait plus de force; aussi, donnant un dernier souvenir à Christabel et recommandant son âme à Dieu, dut-il fermer les yeux et ouvrir les mains... et il tomba.

Mais, ô miracle de la Providence, il tomba comme un pavé sur la tête du loup, qui ne s'attendait pas à un si lourd morceau, et, en tombant, le poids de son corps, qui se présentait par l'endroit où il a le plus d'ampleur, luxa les vertèbres cervicales du loup et lui rompit la moelle épinière.

De sorte que si les quatre écuyers étaient arrivés sur le lieu du sinistre, ils eussent trouvé leur maître évanoui, couché côte à côte avec un loup trépassé; mais d'autres personnages que les écuyers devaient réveiller le noble seigneur de Nottingham. [...]

[Robin et Christabel sont arrivés à l'endroit convenu et attendent impatiemment l'arrivée de sir Allan Clare et de ses compagnons.

---

1. *Incandescent* : lumineux, ardent.
2. *Ignés* : qui ressemblent à du feu.
3. *Se roidissait* : tendait.

Bientôt, ils aperçoivent le corps d'un homme allongé, qui paraît sans vie.]

« Miséricorde[1] ! s'écria Christabel, mon père, mon pauvre père mort ! »

105   Robin frissonna en se croyant coupable de la mort du baron. La blessure du cheval n'en était-elle pas la cause première ?

« Sainte Vierge ! murmura Robin, accordez-nous la grâce qu'il ne soit qu'évanoui ! »

Et en disant ces mots, le jeune archer se précipita à genoux
110 près du vieillard, tandis que Christabel, toute à sa douleur et au repentir, poussait des gémissements. Une légère blessure au front du baron laissait filtrer quelques gouttes de sang.

« Tiens, est-ce qu'il se serait battu avec un loup ? Ah ! il a étranglé le loup ! s'écria joyeusement Robin, et il n'est qu'éva-
115 noui. Milady ! milady, croyez-moi, monsieur le baron n'a qu'une égratignure ; milady, relevez-vous. Malheur ! malheur ! reprit Robin, elle aussi est évanouie ! Ah ! mon Dieu ! mon Dieu ! que devenir ? Je ne puis la laisser là… et le vieux lion qui se réveille, qui agite les bras, qui grogne déjà ! ah ! c'est à en devenir fou !
120 Milady, répondez-moi donc ? Non, elle est aussi insensible que ce tronc d'arbre. Ah ! que n'ai-je dans les bras et dans les reins la force que je me sens dans le cœur ? je l'emporterais d'ici comme une nourrice emporte son enfant. »

Et Robin essaya d'emporter Christabel.

125   Cependant, en revenant à lui, la pensée du baron ne fut pas pour sa fille, mais pour le loup, ce seul et dernier être vivant qu'il eût aperçu avant de fermer les yeux ; il allongea donc le bras pour saisir, l'animal, qu'il se figurait occupé à lui dévorer une jambe ou une cuisse, quoiqu'il ne ressentît aucune douleur des mor-

---

1. *Miséricorde !* : malheur !

130 sures, et il se cramponna à la robe de sa fille en jurant de
défendre sa vie jusqu'au dernier soupir.

«Vil monstre! disait le baron au loup étendu à quelques pas
de lui, monstre affamé de ma chair, altéré de mon sang, il y a
encore de la vigueur dans mes vieux membres, tu vas voir… Ah!
135 il tire la langue, je l'étrangle… ici tous les loups de Sherwood, ici
venez!… ah! ah! un autre, un autre encore! Mais je suis perdu!
Mon Dieu! prenez pitié de moi! *Pater noster qui es in*[1]…

– Mais il est fou, complètement fou!» se disait Robin,
anxieusement placé entre un devoir à remplir et sa sûreté person-
140 nelle à garantir; s'il fuyait, il abandonnait celle qu'il avait juré de
conduire près d'Allan; s'il restait, les hurlements du fou pouvaient attirer les hommes qui battaient le bois.

Fort heureusement l'accès du baron se calma, et, les yeux toujours fermés, il comprit que nulle dent de bête féroce ne déchi-
145 quetait ses membres, et il voulut se relever : mais Robin,
agenouillé derrière sa tête, pesa fortement sur ses épaules, et remplit pour ainsi dire le rôle d'une lassitude extrême en le maintenant solidement étendu par terre.

«Par saint Benoît! murmurait le lord, je sens sur mes épaules
150 un poids de cent mille livres… ô mon Dieu et mon saint patron!
je jure de faire bâtir une chapelle à l'orient du rempart si vous me
conservez la vie et me donnez la force de rentrer au château!
Libera nos, quœsumus, Domine[2]!»

En achevant cette prière, il tenta un nouvel effort; mais
155 Robin, qui espérait voir Christabel reprendre ses sens, pesait toujours ferme.

---

1. *Pater noster qui es in* : «Notre père qui es aux…», en latin; il s'agit des premiers mots d'une prière.
2. *Libera nos, quœsumus, Domine* : «Libère-nous, nous t'en prions, Seigneur»,
en latin (autre prière).

«*Domine exaudi orationem meam*[1]», continua Fitz-Alwine en
se frappant la poitrine ; puis il se mit à pousser des cris perçants.

Mais ces cris ne convenaient pas à Robin, ils étaient trop dan-
160 gereux pour la sûreté des fugitifs, et le jeune homme, ne sachant
comment les interrompre, dit brutalement :

«Taisez-vous !»

Au son de cette voix humaine, le baron ouvrit les yeux, et
quelle ne fut pas sa surprise en reconnaissant, penchée sur sa
165 figure, la figure de Robin Hood, et, à côté de lui, étendue sur le
sol, sa fille évanouie !

Cette apparition balaya la folie, la fièvre et l'anéantissement
de l'irascible lord, et, comme s'il eût été maître de la situation
dans son château et entouré de ses soldats, il s'écria presque
170 triomphant :

«Enfin je te tiens donc, jeune bouledogue !

– Taisez-vous ! répliqua énergiquement et impérieusement[2]
Robin, taisez-vous ! Plus de menaces, plus de criailleries, elles
sont hors de propos, et c'est moi qui vous tiens !»

175 Et Robin continua à peser de toutes ses forces sur les épaules
du baron.

«En vérité, dit Fitz-Alwine qui n'eut pas de peine à se dégager
des étreintes de l'adolescent, et se redressa de toute sa hauteur ;
en vérité, tu montres les dents, jeune chien !»

180 Christabel était toujours évanouie, et en ce moment elle ressemblait à un cadavre tombé entre ces deux hommes, car Robin
s'était rejeté promptement de quelques pas en arrière et posait
une flèche sur son arc.

«Un pas de plus, milord, et vous êtes mort ! dit le jeune
185 homme en visant le baron à la tête.

---

1. *Domine exaudi orationem meam* : «Seigneur, exauce ma prière», en latin.
2. *Impérieusement* : avec autorité.

– Ah! ah! s'écria Fitz-Alwine devenu livide et reculant lentement pour se placer derrière un arbre, seriez-vous assez lâche pour assassiner un homme sans défense?»

Robin sourit.

190 «Milord, dit-il en visant toujours à la tête, continuez votre mouvement de retraite; bien, vous voilà abrité par cet arbre. Maintenant, attention à ce que je vais vous commander, non, vous prier de faire; attention! ne montrez ni votre nez, ni même un seul cheveu de votre tête en dehors de cet arbre, soit à gauche,
195 soit à droite, sinon… la mort!»

Sans tenir tout à fait compte de ces menaces, le baron, bien caché par l'arbre, avança en dehors le doigt indicateur et menaça le jeune archer; mais il s'en repentit cruellement, car ce doigt fut aussitôt emporté par une flèche.

200 «Assassin! misérable coquin! vampire! vassal! hurla le blessé.

– Silence, baron, ou je vise à la tête, entendez-vous?»

Fitz-Alwine, collé contre l'arbre, vomissait à mi-voix des torrents de malédictions, mais se cachait avec sollicitude, car il
205 s'imaginait Robin au gîte[1], à quelques pas de là, l'arc tendu et la flèche à l'œil, épiant le moindre de ses gestes hasardé en dehors de la perpendiculaire du tronc d'arbre.

Mais Robin remettait son arc en bandoulière, chargea doucement Christabel sur ses épaules, et disparaissait à travers les hal-
210 liers. Au même instant, le bruit d'une cavalcade se fit entendre, et quatre cavaliers apparurent en face de l'arbre qui servait d'écran au malheureux baron.

«À moi, coquins!» s'écria celui-ci, car ces quatre hommes n'étaient autres que ceux de son escouade distancés depuis long-
215 temps par le courtaud[2] galopant flèche en croupe. «À moi!

---

1. *Au gîte* : à l'abri.
2. *Courtaud* : cheval à qui on a coupé la queue.

tombez sur le mécréant qui veut m'assassiner et emporter ma fille.»

Les soldats ne comprirent rien à un tel ordre, car ils ne voyaient aux alentours ni bandit ni femme enlevée.

220 «Là-bas, là-bas, le voyez-vous qui fuit? reprit le baron en se réfugiant entre les jambes des chevaux; tenez, il tourne au bout du massif.»

En effet, Robin n'avait pas encore assez de vigueur pour transporter rapidement au loin un fardeau tel que le corps d'une 225 femme, et quelques centaines de pas à peine le séparaient de ses ennemis.

Les cavaliers s'élancèrent donc vers lui; mais les cris du baron frappèrent en même temps l'oreille de Robin, et il comprit aussitôt que son salut[1] n'était plus dans la fuite.

230 Faisant alors volte-face, il mit un genou en terre, coucha Christabel en travers sur son autre jambe, et s'écria, les deux mains à l'arc et visant de nouveau Fitz-Alwine :

«Arrêtez! De par le ciel, si vous faites un pas de plus vers moi, votre seigneur est mort!»

235 Robin n'avait pas achevé ces paroles que déjà le baron était caché derrière l'arbre qui lui servait d'écran, mais continuant à crier :

«Saisissez-le! tuez-le! il m'a blessé!... Vous hésitez? oh! les lâches! les mercenaires[2]!...»

240 La fière contenance[3] de l'intrépide archer intimidait les soldats. L'un d'eux cependant osa rire de cet effroi.

«Il chante bien, le jeune coq, dit-il, mais, c'est égal, vous allez voir comme il est doux et soumis!»

---

1. Salut : sûreté, sécurité.
2. Mercenaires : soldats qui vendaient leurs services aux seigneurs les plus offrants.
3. Contenance : ici, posture, allure.

Et le soldat descendit de cheval et s'avança vers Robin.

245 Robin, outre la flèche placée sur son arc, en tenait une seconde entre ses dents, et, d'une voix étouffée mais impérieuse, il dit :

«Je vous ai déjà prié de ne pas m'approcher, maintenant je vous l'ordonne… Malheur à vous si vous ne me laissez continuer
250 en paix mon chemin.»

Le soldat se prit à rire d'un air moqueur, et avança encore.

«Une fois, deux fois, trois fois, arrêtez-vous!»

Le soldat riait toujours et ne s'arrêtait pas.

«Meurs donc!» cria Robin.

255 Et l'homme tomba, la poitrine transpercée d'une flèche.

Le baron seul portait une cotte de mailles; ses hommes d'armes s'étaient équipés comme pour une chasse.

«Chiens, tombez sur lui! vociférait toujours Fitz-Alwine. Ô les lâches! les lâches! une égratignure leur fait peur.

260 – Sa Seigneurie appelle cela une égratignure, murmura l'un des trois cavaliers, peu soucieux d'exécuter la même manœuvre que son défunt camarade.

– Mais, s'écria un autre soldat en s'élevant sur ses étriers pour mieux voir de loin, voilà du secours qui nous arrive. Par-
265 bleu! c'est Lambic, monseigneur.»

En effet, Lambic et son escorte arrivaient à fond de train.

Le sergent était si joyeux et en même temps si pressé d'apprendre au baron le succès de son expédition, qu'il n'aperçut pas Robin et cria d'une voix retentissante :

270 «Nous n'avons pas rencontré les fugitifs, monseigneur, mais en revanche la maison est brûlée.

– Bien, bien, répondit impatiemment Fitz-Alwine; mais regarde cet ourson, que ces lâches n'osent museler.

– Oh! oh! reprit Lambic reconnaissant le démon à la torche
275 et riant avec mépris; oh! oh! jeune poulain sauvage, je vais donc

enfin te passer une bride! Sais-tu, mon bel indomptable, que j'arrive de ton écurie? Je croyais t'y trouver, et franchement, ça m'a contrarié : tu aurais pu voir un magnifique feu de joie et danser, en compagnie de bonne maman, une gigue[1] au milieu
280 des flammes. Mais console-toi; comme tu n'étais pas là, j'ai voulu épargner à la pauvre vieille des souffrances inutiles, et je lui ai préalablement envoyé une flèche dans...»

Lambic n'acheva pas : un cri rauque s'exhala de ses lèvres, et lâchant la bride du cheval, il tomba... une flèche venait de lui
285 traverser la gorge.

Une indicible terreur cloua sur place les témoins de cette vengeance. Robin en profita, malgré le saisissement que lui causaient les dernières paroles de Lambic, et, chargeant Christabel sur son épaule, il disparut dans le hallier.

290 «Courez, courez, répétait le baron au paroxysme[2] de la rage; courez, coquins; si vous ne le saisissez pas, vous serez tous pendus, oui, pendus!»

Les soldats se jetèrent à bas de leurs chevaux et s'élancèrent sur les traces du jeune homme. Robin, pliant sous le faix[3], per-
295 dait à chaque minute de son avance sur eux; plus il faisait d'efforts pour s'éloigner, plus il sentait que ces efforts devenaient inutiles, et pour comble de malheur, la jeune fille, qui commençait à reprendre ses sens, s'agitait convulsivement et poussait des cris aigus. Ces mouvements désordonnés entravaient la vitesse
300 de la course de Robin, et, s'il parvenait à se cacher derrière quelque épais buisson, les cris de Christabel ne manqueraient pas d'attirer les limiers.

«Allons! pensa-t-il, s'il faut mourir, mourons en nous défendant.»

---

1. *Gigue* : danse vive et gaie.
2. *Au paroxysme* : au plus fort.
3. *Sous le faix* : sous la charge, le poids.

305 Et de l'œil Robin chercha un endroit propice pour y déposer Christabel, quitte à revenir seul ensuite faire tête aux gens du baron.

Un orme entouré de buissons et de jeunes pousses d'arbres lui parut convenable pour servir de retraite à la fiancée d'Allan, 310 et, sans révéler à Christabel quels dangers les menaçaient, il la déposa au pied de cet arbre, s'étendit auprès d'elle, la conjura de rester immobile et silencieuse, et attendit, contemplant par la pensée un spectacle horrible : l'incendie du cottage où il avait vécu, puis Gilbert et Marguerite expirant au milieu des flammes.

XV. [La mort de Maggie]

Cependant les soldats s'approchaient toujours, mais avec prudence, et à chaque pas ils s'arrêtaient, abrités par des massifs de feuillage, pour écouter les conseils du baron qui ne voulait pas qu'ils se servissent de l'arc de peur de blesser sa fille.

5 Cet ordre ne plaisait guère aux soldats, car ils comprenaient que Robin ne les laisserait pas s'approcher de lui assez près pour qu'ils pussent employer la lance sans en tuer quelques-uns.

«S'ils ont l'esprit de m'entourer, pensa Robin, je suis perdu.»

Une éclaircie dans le feuillage lui permit bientôt d'apercevoir 10 Fitz-Alwine, et le désir de la vengeance le mordit au cœur.

«Robin, murmura alors la jeune fille, je me sens forte. Qu'est devenu mon père? Vous ne lui avez fait aucun mal, n'est-ce pas?

– Aucun mal, milady, répondit Robin en tressaillant, mais...»

15 Et du doigt il fit vibrer la corde de l'arc.

«Mais quoi? s'écria Christabel épouvantée par ce geste sinistre.

– C'est qu'il m'a fait du mal, lui! Ah! milady, si vous saviez...

20   – Où est mon père, messire?

– À quelques pas d'ici, répondit froidement Robin, et Sa Seigneurie n'ignore pas que nous ne sommes qu'à quelques pas d'elle; mais ses soldats n'osent m'attaquer, ils redoutent mes flèches. Écoutez-moi bien, milady, reprit Robin après une minute 25 de réflexion, nous tomberons inévitablement entre leurs mains si nous restons ici : nous n'avons qu'une seule chance de salut, la fuite, la fuite sans être vus, et, pour y réussir, il nous faut beaucoup de courage, beaucoup de sang-froid, et surtout beaucoup de confiance en la protection divine; écoutez-moi bien : si vous 30 tremblez ainsi, vous ne comprendrez pas toutes mes paroles; c'est à vous d'agir maintenant; enveloppez-vous dans votre manteau, dont la couleur sombre n'attire pas le regard, et glissez-vous sous la feuillée, presque terre à terre, en rampant s'il le faut.

– Mais les forces encore plus que le courage me manquent, 35 dit en pleurant la pauvre Christabel; ils m'auront tuée avant que je n'aie fait vingt pas. Sauvez-vous, messire, et ne vous préoccupez plus de moi; vous avez fait tout ce qu'il était possible de faire pour me réunir à mon bien-aimé, Dieu ne l'a pas permis, que sa sainte volonté soit faite, et que sa sainte bénédiction vous accom-40 pagne! Adieu, messire... partez; vous direz à mon très cher Allan que mon père n'exercera pas longtemps son pouvoir sur moi... mon corps est brisé comme mon cœur; je mourrai bientôt, Adieu.

– Non, milady, répliqua le courageux enfant, non, je ne fuirai 45 pas. J'ai fait une promesse à messire Allan, et pour remplir cette promesse j'irai toujours en avant, à moins que la mort ne m'arrête... Reprenez courage. Allan est peut-être déjà rendu

L'ancrage historique de la légende

Si l'origine historique de Robin des Bois est un sujet de controverse entre historiens (voir p. 16-19), ce n'est pas le cas du personnel aristocratique mêlé à ses aventures. La version d'Alexandre Dumas fait notamment de Robin le contemporain des souverains anglais Henri II (1133-1189) et Richard Cœur de Lion (1157-1199).

◄ Réalisée à la fin du XIᵉ siècle, la tapisserie de Bayeux illustre la bataille de Hastings (1066), au cours de laquelle le dernier roi saxon Harold Godwinson est vaincu par Guillaume le Conquérant, duc de Normandie (ici au centre, identifiable grâce à la mention « WILLELMI »). Henri II est l'un de ses descendants directs.

Avec l'autorisation spéciale de la ville de Bayeux © The Bridgeman Art Library

▶ Châsse (coffret contenant les reliques) de saint Thomas Becket, vers 1180-1190. Dans le roman de Dumas, Henri II n'est pas présenté sous son meilleur jour : hostile à Robin des Bois, il est également responsable de l'assassinat de Thomas Becket (Premier ministre du roi et ami du père d'Allan Clare).

© RMN-Grand Palais (musée du Louvre) / Daniel Arnaudet

Contrairement à son père Henri II, Richard Cœur de Lion gagne le cœur des Saxons et s'assure la fidélité de Robin des Bois. Le souverain anglais est notamment reconnaissable aux lions d'or figurant sur ses armoiries (on les distingue au-dessus du trône sur l'enluminure ci-dessous, ainsi que sur le bouclier dans la représentation de Merry-Joseph Blondel).

◀ *Richard Cœur de Lion et ses barons*, enluminure extraite des *Flores Historiarum* de Matthew Paris, vers 1250-1252.

▶ Merry-Joseph Blondel, *Richard Ier Cœur de Lion, roi d'Angleterre en 1189*, 1841.

RICHARD 1ᵉʳ
(RICHARD CŒUR DE LION)
ROI D'ANGLETERRE
+ 1189

Les représentations picturales des légendes médiévales au XIXᵉ siècle*

Comme bien d'autres figures «légendaires», Robin des Bois a connu une riche postérité artistique. En 1848, à Londres, quelques jeunes peintres fondent un mouvement dit « préraphaélite ». Fustigeant le caractère conventionnel des artistes de leur époque, et désireux de réintroduire la représentation de valeurs idéales dans l'art, ses membres puisent la majeure partie de leur inspiration dans les récits bibliques et médiévaux : les aventures de Robin des Bois, les amours malheureuses de Tristan et Iseult, ou encore les exploits des chevaliers de la Table ronde sont quelques-uns de leurs thèmes de prédilection.

▲ Daniel Mac Lise, *Robin des Bois divertissant Richard Cœur de Lion dans la forêt de Sherwood*, 1839.

* Voir dossier, p. 251-255.

▲ Edmund Blair Leighton, *Tristan et Iseult*, 1902.

▲ James Archer, *La Mort du roi Arthur*, 1861.

Robin des Bois au cinéma*

Au XXe siècle, le populaire archer de la forêt de Sherwood envahit le grand écran. Du film muet d'Allan Dwan (1922), où le héros apparaît sous un jour lyrique, à la récente adaptation de Ridley Scott (2010), présentant un Robin vieilli et belliqueux, les versions cinématographiques de la légende témoignent de partis pris très variés. La composition, les couleurs et les motifs des affiches reproduites ici en rendent compte.

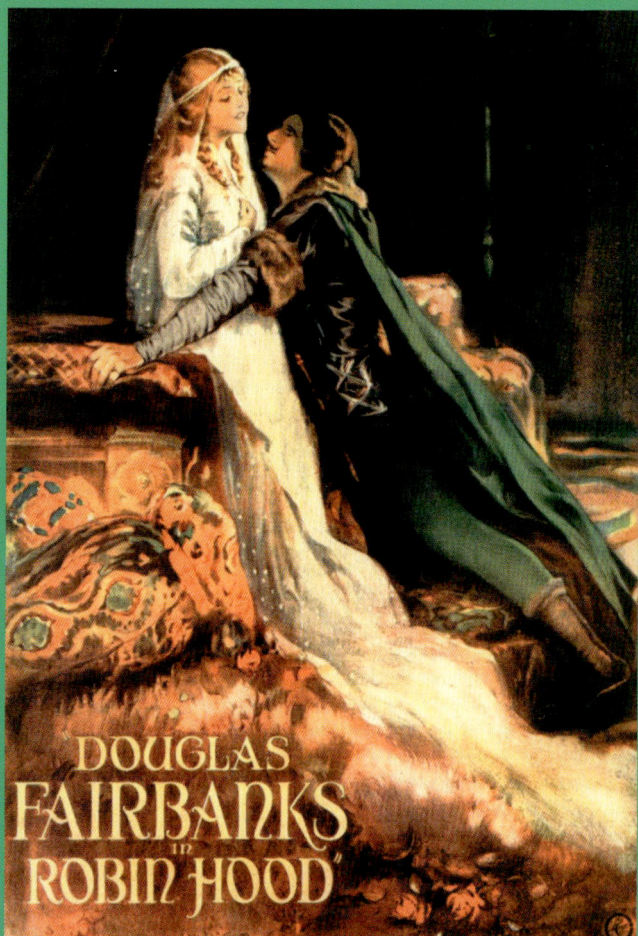

▶ *Robin Hood*, film muet d'Allan Dwan (1922), avec Douglas Fairbanks (Robin) et Enid Bennett (Marianne).

© United Artists / The Kobal Collection

* Voir dossier, p. 248-250.

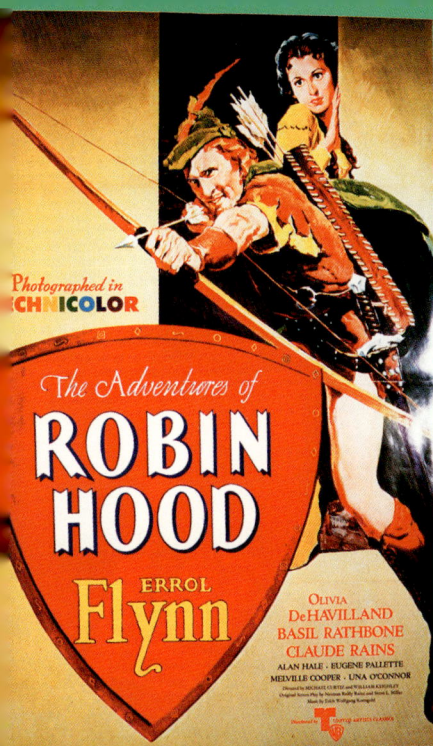

◀ *Les Aventures de Robin des Bois*, de Michael Curtiz (1938), avec Errol Flynn (Robin) et Olivia de Havilland (Marianne).

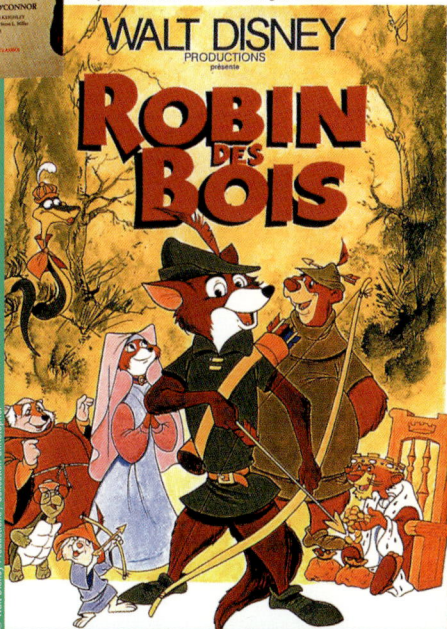

▶ *Robin Hood*, long métrage animé de Wolfgang Reitherman (1973). Cette version animalière des aventures de Robin des Bois emprunte à un autre récit du Moyen Âge, *Le Roman de Renart* (vers 1170-1250).

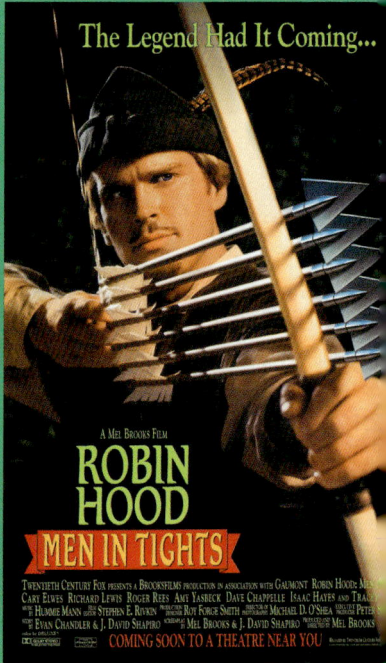

◄ *Robin des Bois,*
Prince des voleurs,
de Kevin Reynolds (1991),
avec Kevin Costner.

▼ *Sacré Robin des Bois,*
de Mel Brooks (1993),
avec Cary Elwes.

◄ *Robin Hood,*
de Ridley Scott (2010),
avec Russell Crowe.

dans la vallée ; peut-être aussi, en voyant ma flèche, se mettra-t-il
à notre recherche... Dieu ne nous a pas encore abandonnés.

50   – Allan, Allan, cher Allan ! pourquoi ne venez-vous pas ?»
s'écria Christabel éperdue.

Soudain, comme pour répondre à cet appel du désespoir,
retentit à travers l'espace le hurlement prolongé d'un loup.

Christabel, agenouillée, tendit les bras au ciel d'où vient tout
55   secours ; mais Robin, les joues colorées d'une vive rougeur,
voûta ses deux mains autour de sa bouche, et répéta le même
hurlement.

«On vient à notre aide, dit-il ensuite joyeusement, on vient,
milady ; ce hurlement, c'est un signal convenu entre forestiers ; j'y
60   ai répondu, et nos amis vont paraître. Vous voyez bien que Dieu
ne nous abandonne pas. Je vais leur dire de se hâter.»

Et, avec une seule main placée en entonnoir devant ses lèvres,
Robin imita le cri d'un héron poursuivi par un vautour.

«Cela signifie, milady, que nous sommes en détresse.»

65   Un cri semblable de héron effrayé se fit entendre à une
faible distance.

«C'est Will, c'est l'ami Will ! s'écria Robin. Courage, milady !
glissez-vous sous la feuillée, vous y serez à l'abri ; une flèche
égarée est à craindre.»

70   Le cœur de la jeune fille battait à se rompre ; mais, soutenue
par l'espérance de voir bientôt Allan, elle obéit et disparut,
souple comme une couleuvre dans l'épaisseur du fourré.

Pour faire diversion, Robin poussa un grand cri, sortit de sa
cachette, et alla d'un seul bond se placer derrière un autre arbre.

75   Une flèche vint aussitôt s'implanter dans l'écorce de cet
arbre ; notre héros, prompt à la riposte, salua son arrivée par un
éclat de rire moqueur, et, échangeant flèche contre flèche, jeta
bas le malheureux soldat.

«En avant, imbéciles! lâches! en avant! vociférait Fitz-
80 Alwine, sinon il vous tuera tous ainsi les uns après les autres.»

Le baron poussait ses gens au combat, tout en se faisant un
gabion[1] de chaque arbre, lorsqu'une grêle de flèches annonça
l'entrée en lice de Petit-Jean, des sept frères Gamwell, d'Allan
Clare et de frère Tuck.

85 À l'aspect de cette vaillante troupe, les gens de Nottingham
jetèrent bas les armes et demandèrent quartier. Le baron seul ne
capitula pas, et se jeta dans les broussailles en rugissant.

Robin, en apercevant ses amis, s'était élancé sur les traces de
Christabel; mais Christabel, au lieu de s'arrêter à une petite dis-
90 tance, avait continué sa course, soit par terreur, soit par oubli des
conseils de Robin, soit par fatalité[2].

Robin retrouvait facilement les traces de la jeune fille, mais il
l'appelait vainement, l'écho seul répondait à sa voix. Le jeune
archer s'accusait déjà d'imprévoyance, quand tout à coup un cri
95 de douleur frappa son oreille. Il bondit dans la direction d'où
partait ce cri, et aperçut un cavalier du baron qui saisissait Christabel par la taille et l'enlevait sur son cheval.

Encore, encore une de ses flèches vengeresses partit; le
cheval, blessé en plein poitrail, se cabra, et le soldat et Christabel
100 roulèrent dans le sentier.

Le soldat abandonna Christabel et chercha, rapière[3] en main,
sur qui venger la mort de sa bête; mais il n'eut point le loisir de
reconnaître son adversaire, car il tomba lui-même sans mouvement près de la victime, et Robin arracha Christabel d'auprès de
105 ce nouveau cadavre, de peur que le sang qui s'écoulait d'une
blessure à la tête ne souillât la jeune fille.

---

1. *Gabion* : au Moyen Âge, abri cylindrique fait de branchages liés ensemble et empli de terre.
2. *Fatalité* : malheur, ce qui ne peut manquer d'arriver.
3. *Rapière* : courte épée, poignard.

Lorsque Christabel ouvrit les yeux et qu'elle entrevit la noble physionomie du jeune archer penché vers elle, elle rougit et lui tendit la main en lui disant ce seul mot :

110 «Merci!»

Mais ce seul mot fut dit avec un tel sentiment de gratitude, avec une si profonde émotion, que Robin, rougissant à son tour, baisa cette main qu'on lui offrait.

«Pourquoi vous êtes-vous si rapidement éloignée, milady, et 115 comment avez-vous été surprise par ce mercenaire? les autres ont mis bas les armes et demandent quartier à messire Allan.

– Allan!… Cet homme m'a reconnue, s'est saisi de moi en s'écriant : "Cent écus d'or! hourra! cent écus d'or!" Mais vous dites qu'Allan…

120 – Je dis que messire Allan Clare vous attend.»

La jeune fille eut des ailes à ses pieds, déjà si fatigués, mais elle s'arrêta stupéfaite, interdite devant le cortège qui entourait le chevalier.

Robin prit la main de Christabel et lui fit faire quelques pas 125 vers le groupe; mais à peine Allan l'eut-il aperçue que sans tenir compte des hommes présents, mais aussi sans pouvoir articuler une seule parole, il s'élança vers elle, l'étreignit sur sa poitrine, et couvrit son front des plus tendres baisers. Christabel, palpitante, ivre de joie, morte de bonheur à force d'être heureuse, 130 n'était plus entre les bras d'Allan qu'une forme humaine; toute la force vitale était dans le regard, dans les lèvres frémissantes, dans les folles palpitations du cœur.

Enfin les larmes, les sanglots, sanglots de bonheur, larmes d'allégresse, se firent jour; ils reprirent conscience de leur être, 135 et ils purent se le dire par de longs regards où le fluide d'amour remplaçait le fluide lumineux[1].

---

1. L'amour mutuel d'Allan et Christabel illumine les regards qu'ils se portent.

L'émotion des spectateurs de cette réunion ou plutôt de cette fusion de deux âmes était grande. Maude, comme si elle en ressentait l'envie, s'approcha de Robin, lui prit les deux mains et
140 voulut lui sourire ; mais ce sourire égrenait une à une de grosses larmes sur ses joues veloutées et ces larmes roulaient sans se briser comme roulent les gouttes d'eau sur les feuilles. […]

[Robin s'inquiète alors de ses parents. Maude lui apprend qu'elle n'est finalement pas allée au cottage. Sur ces entrefaites arrive Halbert. Ils tiennent conseil et décident qu'Allan, Christabel et Maude, accompagnés des frères Gamwell, iront se mettre à l'abri au hall, tandis que Robin, Tuck, Halbert et Petit-Jean iront au cottage de Gilbert et Marguerite Head. Alors que Robin et les autres discutent encore cette organisation, Allan et Christabel partent les premiers. Isolés de leur escorte, ils tombent sur une troupe de soldats du baron. Allan les affronte courageusement, mais cède sous leur nombre. Les soldats le laissent pour mort et emportent Christabel évanouie. Par chance, Robin et ses compagnons, cheminant ensemble jusqu'au carrefour où ils devaient se séparer, trouvent Allan et le secourent. Remettant le jeune homme aux bons soins de ses amis, Robin s'empresse de rejoindre la demeure de ses parents en compagnie de Petit-Jean.]

En entrant dans la vallée d'aulnes qui conduisait à la maison de Gilbert, les deux jeunes gens reconnurent avec terreur
145 l'affreuse véracité des paroles de Lambic. Un épais nuage de fumée tourbillonnait encore au-dessus des arbres, et les âcres senteurs de l'incendie imprégnaient l'atmosphère.

Robin jeta un cri de désespoir, et, suivi de Petit-Jean, non moins peiné, il s'élança en courant dans l'avenue.
150 À quelques pas des noirs décombres, là où la veille souriait encore par ses fenêtres éclairées la joyeuse maison, était agenouillé

le pauvre Gilbert, et ses mains pressaient convulsivement les mains froides de Marguerite étendue devant lui.

«Père! père!» cria Robin.

155 Une sourde exclamation s'échappa des lèvres de Gilbert; puis il fit quelques pas vers Robin et tomba en sanglotant dans les bras tendus du jeune homme.

Cependant l'énergie naturelle du vieux forestier fit taire un instant les plaintes, les larmes et les sanglots.

160 «Robin, dit-il d'une voix ferme, tu es le légitime héritier[1] du comte de Huntingdon; ne tressaille pas : c'est vrai... tu seras donc puissant un jour, et tant qu'il y aura un souffle de vie dans mon vieux corps, il t'appartiendra... tu auras donc pour toi la fortune d'un côté, mon dévouement de l'autre : eh bien! regarde, regarde-165 la, morte, assassinée par un misérable, celle qui t'aimait tendrement, sincèrement, comme elle eût aimé le fils de ses entrailles.

– Oh! oui, elle m'aimait! murmura Robin agenouillé auprès du corps de Marguerite.

– Voici ce qu'ils ont fait de ta mère, un cadavre; voici ce 170 qu'ils ont fait de ta maison, une ruine! Comte de Huntingdon, vengeras-tu ta mère?

– Je la vengerai!»

Et, se levant fièrement, le jeune homme ajouta :

«Le comte de Huntingdon écrasera le baron de Nottingham, 175 et la seigneuriale demeure du noble lord sera, comme la maison de l'humble forestier, dévorée par les flammes!

– Je jure à mon tour, dit Petit-Jean, de ne laisser ni repos ni trêve au Fitz-Alwine, à ses gens et tenanciers.»

Le lendemain, le corps de Marguerite, transporté au hall par 180 Lincoln et Petit-Jean, fut pieusement[2] enterré dans le cimetière du village de Gamwell.

---

1. *Le légitime héritier* : l'héritier selon les lois.
2. *Pieusement* : religieusement.

Les mémorables événements de cette étrange nuit avaient réuni comme une seule famille, pour se venger du baron Fitz-Alwine, les divers personnages de notre histoire.

XVI-XIX

[À la suite de ces événements, Gilbert, le père adoptif de Robin, est tué à son tour en tentant de venger la mort de Marguerite ; au cours de cette entreprise, Will est fait prisonnier par les soldats du baron, ce qui provoque le désespoir de son entourage. Christabel a été envoyée dans un couvent en Normandie. Pour rester au plus près de sa bien-aimée, Allan, quant à lui, s'engage au service du roi de France.

De son côté, Robin tente de recouvrer son titre de comte de Huntingdon, injustement détenu par l'abbé de Ramsey. Mais le shérif ne l'entend pas de cette oreille : il dépose auprès du roi une plainte sévère contre son ennemi juré, en l'accusant de vol et de pillage. Henri II condamne Robin Hood à la proscription et décrète que ses alliés, dont la famille Gamwell, seront dépouillés de leurs biens et chassés de leur territoire : la bande de Robin n'a d'autre choix que de se réfugier dans la forêt de Sherwood.]

XX. [Ce que deviennent Robin et ses alliés en l'absence de Will et d'Allan]

[…] Depuis près de cinq ans personne n'avait entendu parler d'Allan Clare ni de lady Christabel ; on savait seulement que le baron Fitz-Alwine avait suivi Henri II en Normandie. Quant au pauvre Will l'Écarlate, il avait été enrôlé dans une compagnie[1].

5 Halbert, qui avait épousé Grâce May[2], habitait avec sa femme la petite ville de Nottingham, et il était déjà père d'une charmante fille de trois ans.

Maude, la jolie Maude, comme disait le gentil William, faisait toujours partie de la famille Gamwell, qui, nous l'avons dit, 10 s'était secrètement retirée dans une propriété du Yorkshire.

Le vieux baronnet[3] avait trouvé auprès de sa femme et de ses enfants l'oubli de son malheur ; il avait repris des forces, et sa florissante santé lui promettait une longue vie.

Les fils de sir Guy s'étaient faits les compagnons de Robin 15 Hood, et ils vivaient avec lui dans la verte forêt.

Un grand changement s'était opéré dans la personne de notre héros : il avait grandi ; ses membres étaient devenus forts ; la beauté délicate de ses traits avait, sans perdre son exquise distinction, pris les formes de la virilité. Âgé de vingt-cinq ans, Robin 20 Hood paraissait avoir atteint sa trentième année ; ses grands yeux noirs pétillaient d'audace ; ses cheveux aux boucles soyeuses encadraient un front pur et à peine bruni par les caresses du soleil ; sa bouche et ses moustaches d'un noir de jais[4] donnaient à sa charmante figure une expression sérieuse ; mais l'apparente 25 sévérité de la physionomie n'ôtait rien à l'aimable enjouement de son caractère. Robin Hood, qui excitait au plus haut point l'admiration des femmes, n'en paraissait ni fier ni flatté, son cœur appartenait à Marianne. Il aimait la jeune fille aussi tendrement que dans le passé, et lui rendait de fréquentes visites au châ-

---

1. *Enrôlé dans une compagnie* : enrôlé de force dans l'armée du roi Henri II.
2. *Grâce May* : jeune femme, habitante de Nottingham, qu'Halbert courtisait depuis longtemps.
3. *Le vieux baronnet* : sir Guy de Gamwell, allié de Robin.
4. *Jais* : pierre brillante de couleur noire.

teau de sir Guy. Le mutuel amour des deux jeunes gens était connu de la famille Gamwell, et on attendait pour conclure leur mariage le retour d'Allan ou la nouvelle de sa mort.

Fin de la première partie.

DEUXIÈME PARTIE

ROBIN HOOD LE PROSCRIT

I

[Alors qu'il se promène dans la forêt de Sherwood, Robin rencontre Will l'Écarlate, qui a échappé à sa condition de prisonnier d'État en tuant le capitaine de sa compagnie. Il rejoint la troupe de Robin sous le titre de lieutenant, au même rang que son cousin Petit-Jean, et retrouve avec joie celle qu'il aime, Maude, qui lui accorde désormais ses faveurs : les deux jeunes gens s'apprêtent à célébrer leur mariage. Mais à la veille de cet événement Will disparaît de nouveau.]

II. [Le contrat de mariage de lady Christabel]

[Pendant ce temps, au château de Nottingham, le baron négocie l'union de sa fille avec sir Tristram.]

Comme nous l'avons dit, le baron Fitz-Alwine avait ramené au château de Nottingham sa belle et gracieuse fille lady Christabel.

[...] le baron se trouvait assis dans une chambre de son appartement particulier, en face d'un petit vieillard splendidement vêtu d'un habit tout chamarré[1] de broderies d'or.

S'il pouvait y avoir de la richesse dans la laideur, nous dirions que l'hôte du seigneur Fitz-Alwine était immensément riche.

À en juger par son visage, ce coquet vieillard devait être beaucoup plus âgé que le baron ; mais il semblait ne point se souvenir de l'ancienneté de son acte de naissance.

Ridés et grimaçants comme le sont de vieux singes, nos deux personnages causaient à demi voix, et il était évident qu'ils cherchaient à obtenir l'un de l'autre, à force de ruse et de flatterie, la solution définitive d'une affaire importante.

« Vous êtes trop dur avec moi, baron, dit le très laid vieillard en branlant la tête.

– Ma foi ! non, répondit lestement lord Fitz-Alwine, j'assure le bonheur de ma fille, voilà tout, et je vous mets au défi de me trouver une arrière-pensée, mon cher sir Tristram.

– Je sais que vous êtes un bon père, Fitz-Alwine, et que le bonheur de lady Christabel est votre unique préoccupation... que comptez-vous lui donner pour dot[2], à cette chère enfant ?

– Je vous l'ai déjà dit, cinq mille pièces d'or le jour de son mariage, et la même somme plus tard.

– Il faut préciser la date, baron, il faut préciser la date, grommela le vieillard.

– Mettons dans cinq ans.

– Ce délai est long, puis la dot que vous donnez à votre fille est bien modeste.

– Sir Tristram, dit le baron d'une voix sèche, vous soumettez ma patience à une trop longue épreuve. Rappelez-vous donc, je

---

1. Chamarré : orné.
2. Dot : somme d'argent ou objets que la famille de la future mariée devait offrir à la famille de l'époux.

vous prie, que ma fille est jeune et belle, et que vous n'avez plus les avantages physiques que vous pouviez posséder il y a cinquante ans.

35   – Allons, allons, ne vous fâchez pas, Fitz-Alwine, mes intentions sont bonnes ; je puis placer un million à côté de vos dix mille pièces d'or, que dis-je ? un million, peut-être deux.

   – Je sais que vous êtes riche, interrompit le baron ; malheureusement je ne suis pas à votre niveau, et néanmoins je veux placer
40 ma fille au rang des plus grandes dames de l'Europe. Je veux que la position de lady Christabel soit égale à celle d'une reine. Vous connaissez ce paternel désir, et cependant vous refusez de me confier la somme qui doit venir en aide à sa réalisation.

   – Je ne comprends pas, mon cher Fitz-Alwine, quelle diffé-
45 rence il peut y avoir pour le bonheur de votre fille à ce que je garde entre mes mains l'argent qui représente la moitié de ma fortune. Je place le revenu d'un million, de deux millions sur la tête de lady Christabel, mais je garde la propriété du capital. Ne vous tourmentez donc pas, je ferai à ma femme une existence
50 de reine.

   – Tout cela est fort bien… en paroles, mon cher Tristram ; mais permettez-moi de vous dire que, lorsqu'il y a une très grande disproportion d'âge entre deux époux, la mésintelligence[1] se fait l'hôte de leur maison. Il peut arriver que les
55 caprices d'une jeune femme vous deviennent insupportables et que vous repreniez ce que vous aurez donné. Si je tiens entre mes mains la moitié de votre fortune, je serai tranquille sur le bonheur à venir de ma fille ; elle n'aura rien à craindre, et vous pouvez vous quereller avec elle tant qu'il vous plaira.

60   – Nous quereller ! vous plaisantez, mon cher baron : jamais de la vie il n'arrivera un malheur semblable. J'aime trop tendre-

---

1. Mésintelligence : mauvaise entente, discorde.

ment la belle petite colombe pour ne pas craindre de lui déplaire. J'aspire depuis douze ans à la possession de sa main, et vous pensez que je puis être capable de blâmer ses caprices ! Elle en
65 aura tant qu'elle voudra, elle sera riche et pourra les satisfaire.

– Permettez-moi de vous dire, sir Tristram, que si vous refusez une fois encore d'accéder à ma demande, je vous retirerai très nettement la parole que je vous ai donnée.

– Vous êtes trop vif, baron, beaucoup trop vif, grommela le
70 vieillard ; causons encore un peu de cette affaire.

– Je vous ai dit là-dessus tout ce qu'il y avait à dire ; ma décision est prise.

– Ne vous entêtez pas, Fitz-Alwine. Voyons, si je plaçais cinquante mille pièces d'or en votre possession ?
75 – Je vous demanderais si vous avez l'intention de m'insulter.

– Vous insulter ! Fitz-Alwine, quelle opinion avez-vous donc de moi ?… Si je disais deux cent mille pièces d'or ?…

– Sir Tristram, restons-en là. Je connais votre immense fortune, et l'offre que vous me faites est une véritable moquerie.
80 Que voulez-vous que je fasse de vos deux cent mille pièces d'or ?

– Ai-je dit deux cent mille, baron ? je voulais dire, cinq cent mille…, cinq cents, entendez-vous ? Voilà, n'est-il pas vrai, une noble somme, une bien noble somme ?

– C'est vrai, répondit le baron ; mais vous m'avez dit tout à
85 l'heure que vous pouviez placer deux millions à côté des modestes dix mille pièces d'or de ma fille. Donnez-moi un million, et ma Christabel sera votre femme dès demain, si vous le désirez, mon bon Tristram.

– Un million ! vous voulez, Fitz-Alwine, que je vous confie un
90 million ! En vérité, votre demande est absurde ; je ne puis en conscience placer entre vos mains la moitié de ma fortune.

– Mettez-vous en doute mon honneur et ma délicatesse ? s'écria le baron d'une voix irritée.

– Pas le moins du monde, mon cher ami.

95 – Me supposez-vous un autre intérêt que celui qui se rattache au bonheur de ma fille ?

– Je sais que vous aimez lady Christabel ; mais…

– Mais quoi ? interrompit violemment le baron ; décidez-vous sur-le-champ, ou j'annule à jamais les engagements que j'ai pris.

100 – Vous ne me donnez même pas le temps de réfléchir.»

En ce moment un coup discrètement frappé à la porte annonça l'arrivée d'un serviteur.

«Entrez, dit le baron.

– Milord, dit le valet, un messager du roi apporte de pres-
105 santes nouvelles ; il attend pour les communiquer le bon plaisir de Votre Seigneurie.

– Faites-le monter, répondit le baron. Maintenant, sir Tris-
tram, un dernier mot, si vous n'adhérez pas à mes désirs avant l'entrée du courrier qui se présentera ici dans deux minutes, vous
110 n'aurez pas lady Christabel.

– Écoutez-moi, Fitz-Alwine, de grâce, écoutez-moi.

– Je n'écouterai rien ; ma fille vaut un million ; puisque vous m'avez dit que vous l'aimiez.

– Tendrement, très tendrement, marmotta[1] le hideux
115 vieillard.

– Eh bien ! sir Tristram, vous serez très malheureux, car vous allez être à jamais séparé d'elle. Je connais un jeune seigneur, noble comme un roi, riche, très riche, et d'une agréable figure, qui n'attend que ma permission pour mettre son nom et sa for-
120 tune aux pieds de ma fille. Si vous hésitez encore pendant la durée d'une seconde, demain, entendez-vous bien, demain celle que vous aimez, ma fille, la belle et charmante Christabel, sera la femme de votre heureux rival.

---

1. *Marmotta* : marmonna, parla entre ses dents.

    – Vous êtes impitoyable, Fitz-Alwine !

    – J'entends les pas du courrier, répondez oui ou non.

    – Mais… Fitz-Alwine !

    – Oui ou non ?

    – Oui, oui, balbutia le vieillard.

    – Sir Tristram, mon cher ami, songez à votre bonheur ; ma fille est un trésor de grâce et de beauté.

    – Il est vrai qu'elle est bien belle, dit l'amoureux vieillard.

    – Et qu'elle vaut bien un million de pièces d'or, ajouta le baron en ricanant. Sir Tristram, ma fille est à vous. »

Ce fut ainsi que le baron Fitz-Alwine vendit sa fille, la belle Christabel, à sir Tristram de Goldsborough pour un million de pièces d'or.

Aussitôt qu'il eut été introduit, le courrier annonça au baron qu'un soldat qui avait tué le capitaine de son régiment avait été suivi jusqu'en Nottinghamshire. Le roi donnait ordre au baron Fitz-Alwine de faire saisir ce soldat par ses agents, et de le faire pendre sans miséricorde[1].

Le courrier congédié, lord Fitz-Alwine serra à deux mains les mains tremblantes du futur époux de sa fille, en s'excusant de le quitter dans un moment aussi heureux ; mais les ordres du roi étaient précis, il fallait y obéir sans le moindre retard.

Trois jours après la conclusion de l'honorable marché contracté entre le baron et sir Tristram, le soldat poursuivi fut fait prisonnier et enfermé dans un donjon du château de Nottingham. […]

[Le soldat en question n'est autre que Will, et Robin apprend qu'il est promis à la potence. Il envoie l'un de ses compagnons nommé Much chercher Halbert : ils doivent se tenir prêts à combattre Fitz-Alwine pour libérer Will l'Écarlate. Sur ces entrefaites, Robin voit venir un

---

1. *Miséricorde* : compassion, pardon.

élégant promeneur : il s'agit en réalité d'Allan Clare. Le jeune homme est de retour dans le comté de Nottingham et, ayant récupéré son titre de noblesse et les biens de son père[1], il entend bien pouvoir obtenir la main de Christabel. Much revient avec Halbert qui apprend à l'assemblée le prochain mariage de lady Christabel avec sir Tristram. De retour du château du baron, un moine, qui a recueilli les confessions de Will l'Écarlate, leur donne des nouvelles de ce dernier. Accompagné de ses amis, Allan décide de se rendre au château pour affronter Fitz-Alwine et l'obliger à accepter son mariage avec sa fille. Robin, Much et Halbert l'attendront à l'extérieur.]

Tandis qu'Allan Clare se dirigeait vers la poterne[2] du château, Robin, Halbert et Much gagnaient rapidement la ville.

Introduit sans la moindre difficulté dans l'appartement de lord Fitz-Alwine, le chevalier se trouva bientôt en présence du terrible châtelain.

Si un spectre se fût levé de son tombeau, il eût causé moins d'effroi et de terreur au baron que ne lui en fit éprouver la vue du beau jeune homme qui, dans une attitude digne et fière, se tenait debout devant lui.

Le baron lança à son valet un regard si foudroyant que celui-ci s'échappa de la chambre de toute la vitesse de ses jambes.

«Je ne m'attendais pas à vous voir», dit Sa Seigneurie en ramenant ses yeux enflammés de colère sur le chevalier.

– C'est possible, milord ; mais me voilà.

– Je le vois bien. Heureusement pour moi que vous avez manqué à votre parole : le terme que je vous avais fixé est échu[3] depuis hier.

---

1. Allan vient d'effectuer sept années de service sous les ordres du roi de France. En échange, celui-ci a demandé à Henri II de lui restituer ses titres.

2. *Poterne* : porte dérobée dans la muraille d'un château.

3. *Est échu* : est arrivé à échéance, a pris fin. Allan s'était engagé à retrouver sa fortune, récupérer ses terres et ne pas voir lady Christabel pendant sept ans ; en échange, Fitz-Alwine lui avait promis la main de Christabel.

– Votre Seigneurie fait erreur, je suis exact au gracieux rendez-vous qu'elle m'a donné.

– Il m'est difficile de vous croire sur parole.

– J'en suis fâché, parce que vous allez me mettre dans l'obli-
170 gation de vous y contraindre. Nous avons pris de plein gré des deux parts un engagement formel, et je suis en droit d'exiger la réalisation de vos promesses.

– Avez-vous rempli toutes les conditions du traité ?

– Je les ai remplies. Il y en avait trois : je devais être remis en
175 possession de mes biens, je devais posséder cent mille pièces d'or, je devais venir au bout de sept ans vous demander la main de lady Christabel.

– Vous possédez vraiment cent mille pièces d'or ? demanda le baron d'un air d'envie.

180 – Oui, milord. Le roi Henri m'a rendu mes propriétés et j'ai reçu le revenu produit par mon patrimoine depuis le jour de la confiscation. Je suis riche et j'exige que dès demain vous me donniez lady Christabel.

– Demain ! s'écria le baron, demain ! et si vous n'étiez pas ici
185 demain, ajouta-t-il d'un air sombre, le contrat serait nul[1] ?

– Oui ; mais écoutez-moi, lord Fitz-Alwine : je vous engage à éloigner de votre esprit le projet diabolique que vous méditez en ce moment ; je suis dans mon droit, je me trouve devant vous à l'heure fixée pour y paraître et rien au monde (il ne faut pas
190 songer à employer la force), rien au monde ne pourra me contraindre à renoncer à celle que j'aime. Si vous agissez de ruse, en désespoir de cause, je prendrai, soyez-en certain, une revanche cruelle. Je connais une mystérieuse particularité de votre vie, je la révélerai. J'ai vécu à la cour du roi de France, j'ai
195 été initié aux secrets d'une affaire qui vous concerne person-nellement.

---

1. *Nul* : invalide.

– Quelle affaire ? interrogea le baron avec inquiétude.

– Il est inutile pour le moment que j'entre avec vous dans de longues explications ; qu'il vous suffise de savoir que j'ai appris
200 et garde en note le nom des misérables Anglais qui ont offert de livrer leur patrie au joug[1] étranger. (Lord Fitz-Alwine devint livide.) Tenez la promesse que vous m'avez faite, milord, et j'oublierai que vous avez été lâche et félon[2] envers votre roi.

– Chevalier, vous insultez un vieillard, dit le baron en pre-
205 nant une attitude indignée.

– Je dis la vérité, et rien de plus ; encore un refus, milord, encore un mensonge, encore un subterfuge[3] et les preuves de votre patriotisme[4] seront envoyées au roi d'Angleterre.

– Il est bien heureux pour vous, Allan Clare, dit le baron
210 d'un ton doucereux[5], que le ciel m'ait donné un caractère calme et patient ; si j'étais d'une nature irritable et emportée, vous expieriez cruellement votre audace[6], je vous ferais jeter dans les fossés du château.

– Cette action serait une grande folie, milord, car elle ne vous
215 sauverait pas de la vengeance royale.

– Votre jeunesse est une excuse à l'impétuosité[7] de vos paroles, chevalier ; je veux bien me montrer indulgent[8] alors qu'il me serait facile de punir. Pourquoi parler la menace aux lèvres avant de savoir si j'ai réellement l'intention de vous refuser
220 la main de ma fille ?

---

1. _Joug_ : domination.
2. _Félon_ : traître.
3. _Subterfuge_ : ruse, stratagème.
4. _Votre patriotisme_ : la fidélité que vous manifestez envers votre pays et votre roi (Allan est ici ironique).
5. _Doucereux_ : hypocrite.
6. _Expieriez_ [...] **_votre audace_** : seriez puni pour votre audace.
7. _Impétuosité_ : audace, vivacité.
8. _Indulgent_ : compréhensif.

– Parce que j'ai acquis la certitude que vous avez promis lady Christabel à un misérable et sordide vieillard, à sir Tristram de Goldsborough.

– En vérité, en vérité! et quel est, je vous prie, le bavard
225 imbécile qui vous a raconté cette histoire?

– Ceci importe peu, toute la ville de Nottingham est en rumeur à propos des préparatifs de ce riche et ridicule mariage.

– Je ne puis être responsable, chevalier, des stupides mensonges qui circulent, autour de moi.

230 – Alors vous n'avez pas promis à sir Tristram la main de votre fille?

– Permettez-moi de ne point répondre à cette question. Jusqu'à demain je suis libre de penser et de vouloir à ma guise; demain est à vous : venez, je donnerai à vos désirs une entière
235 satisfaction. Adieu, chevalier Clare, ajouta le vieillard en se levant, je vous souhaite bien le bonjour et je vous prie de me laisser seul.

– Au plaisir de vous revoir, baron Fitz-Alwine. Souvenez-vous qu'un gentilhomme n'a qu'une parole.

240 – Très bien, très bien», grommela le vieillard en tournant le dos à son visiteur.

Allan sortit de l'appartement du baron le cœur rempli d'inquiétude. Il n'y avait point à se le dissimuler, le vieux seigneur méditait quelque perfidie[1]. Son regard plein de menace
245 avait accompagné le jeune homme jusqu'au seuil de la chambre; puis il s'était retiré dans l'embrasure d'une fenêtre, dédaignant de répondre au dernier salut du chevalier.

Aussitôt qu'Allan eut disparu (le jeune homme se rendait auprès de Robin Hood), le baron agita avec violence une son-
250 nette placée sur la table.

---

1. *Perfidie* : trahison, tromperie.

«Envoyez-moi Pierre le Noir, dit brusquement le baron.

– À l'instant, milord.»

Quelques minutes après, le soldat demandé par lord Fitz-Alwine paraissait devant lui.

255 «Pierre, dit le baron, vous avez sous vos ordres de braves et discrets garçons qui exécutent, sans les commenter, les ordres qu'on leur donne?

– Oui, milord.

– Ils sont courageux et savent oublier les services qu'ils sont
260 à même de rendre?

– Oui, milord.

– C'est bien. Un cavalier, élégamment vêtu d'un habit rouge, vient de sortir d'ici; suivez-le avec deux bons garçons et faites en sorte qu'il ne gêne plus personne. Vous comprenez?

265 – Parfaitement, milord, répondit Pierre le Noir avec un affreux sourire et en tirant à moitié de son fourreau un gigantesque poignard.

– Vous serez récompensé, brave Pierre. Allez sans crainte, mais agissez secrètement et avec prudence; si ce papillon suit le
270 chemin du bois, laissez-le pénétrer sous les arbres et là vous aurez le champ libre. Une fois expédié dans l'autre monde, enterrez-le au pied de quelque vieux chêne, couvrez la place de feuillage et de ronces; personne ne pourra ainsi découvrir son cadavre.

275 – Vos ordres seront fidèlement exécutés, milord, et lorsque vous me reverrez, ce cavalier dormira sous un tapis de vert gazon.

– Je vous attends; suivez sans retard cet impertinent damoiseau.»

280 Accompagné de deux hommes, Pierre le Noir sortit du château et se trouva bientôt sur les traces du chevalier. [...]

[Sournoisement attaqué dans la forêt par les hommes du baron, Allan est secouru par un moine, qui est en fait frère Tuck. Malgré la perte de trois doigts au cours du combat, ce dernier achève les mercenaires et conduit le chevalier blessé en lieu sûr. Pendant ce temps, Will compte ses dernières heures...]

Renfermé dans un sombre cachot, Will attendait dans les angoisses de la crainte l'heure fixée pour son exécution, et chaque heure lui apportait à la fois une espérance et une douleur.
285 Le pauvre prisonnier prêtait anxieusement l'oreille à tous les bruits venus du dehors, espérant percevoir l'écho lointain du cor de Robin Hood.

Les premières lueurs du jour trouvèrent William en prières; il s'était pieusement confessé au bon pèlerin, et l'âme recueillie,
290 le cœur confiant en celui dont il attendait la secourable présence, Will se prépara à suivre les gardes du baron qui devaient venir le chercher au lever du soleil.

Les soldats placèrent William au milieu d'eux et ils prirent le chemin de Nottingham.

295 En pénétrant dans la ville, l'escorte se trouva bientôt entourée d'une grande partie des habitants qui, depuis le matin, étaient dans l'attente de l'arrivée du funèbre cortège.

Quelque grand que fût l'espoir du malheureux jeune homme, il le sentit chanceler en ne voyant autour de lui aucun visage de
300 connaissance. Le cœur de William se gonfla, des larmes, violemment contenues, mouillèrent sa paupière; néanmoins il espéra encore, car une voix secrète lui disait : «Robin Hood n'est pas loin, Robin Hood va venir.»

En arrivant au pied de la hideuse potence qui avait été dressée
305 par les ordres du baron, William devint livide; il ne s'attendait pas à mourir d'une mort aussi infamante[1].

---

1. *Infamante* : déshonorante.

«Je désire parler à lord Fitz-Alwine», dit-il. En sa qualité de shérif, ce dernier était tenu d'assister à l'exécution.

«Que voulez-vous de moi, malheureux? demanda le baron.

310 — Milord, ne puis-je espérer d'obtenir grâce?

— Non, répondit froidement le vieillard.

— Alors, reprit William d'un ton calme, j'implore une faveur qu'il est impossible à une âme généreuse de me refuser.

— Quelle faveur?

315 — Milord, j'appartiens à une noble famille saxonne, son nom est le synonyme d'honneur, et jamais aucun de ses membres n'a encouru le mépris de ses concitoyens. Je suis soldat et gentilhomme, je dois mourir de la mort d'un soldat.

— Vous serez pendu, dit brutalement le baron.

320 — Milord, j'ai risqué ma vie sur les champs de bataille et je ne mérite pas d'être pendu comme l'est un voleur.

— Ah! ah! vraiment, ricana le vieillard, et de quelle façon désirez-vous expier votre crime?

— Donnez-moi une épée et ordonnez à vos soldats de me 325 frapper de leur lame; je voudrais mourir comme meurt un honnête homme, les bras libres et le visage tourné vers le ciel.

— Me croyez-vous assez imbécile pour risquer l'existence d'un de mes hommes afin de satisfaire votre dernier caprice? Du tout, du tout, vous allez être pendu.

330 — Milord, je vous en conjure, je vous en supplie, ayez pitié de moi; je ne demande même pas d'épée, je ne me défendrai pas, je laisse vos hommes me tailler en morceaux.

— Misérable! dit le baron, tu as tué un Normand et tu implores la pitié d'un Normand! Tu es fou! Arrière! Tu mourras 335 sur la potence, et bientôt, je l'espère, tu auras pour compagnon le bandit qui infeste la forêt de Sherwood de son entourage de fripons.

– Si celui dont vous parlez avec tant de mépris était à portée de ma voix, je rirais de vos bravades[1], lâche poltron[2] que vous êtes! Souvenez-vous de ceci, baron Fitz-Alwine : si je meurs, Robin Hood me vengera. Prenez garde de Robin Hood; avant que la semaine soit écoulée, il sera au château de Nottingham.

– Qu'il y vienne en compagnie de toute sa bande, je ferai dresser deux cents potences. Bourreau, faites votre devoir», ajouta le baron.

Le bourreau mit la main sur l'épaule de William. Le pauvre garçon jeta autour de lui un regard désespéré et ne voyant qu'une foule silencieuse et attendrie, il recommanda son âme à Dieu.

«Arrêtez! dit la voix tremblante du vieux pèlerin, arrêtez! J'ai une dernière bénédiction à donner à mon malheureux pénitent.

– Vous avez accompli tous vos devoirs auprès de ce misérable, cria le baron d'un ton furieux; il est inutile de retarder davantage son exécution.

– Impie[3]! s'écria le pèlerin; voudriez-vous priver ce jeune homme des secours de la religion?

– Hâtez-vous, répondit lord Fitz-Alwine avec impatience, je suis fatigué de toutes ces lenteurs.

– Soldats, éloignez-vous un peu, dit le vieillard; les prières d'un moribond ne doivent point tomber dans des oreilles profanes[4].»

Sur un signe du baron, les soldats mirent une certaine distance entre eux et le prisonnier. William et le pèlerin se trouvèrent seuls au pied de la potence. Le bourreau écoutait respectueusement les ordres du baron.

---

1. *Bravades* : provocations.
2. *Poltron* : peureux.
3. *Impie* : qui ne respecte pas la religion.
4. *Profanes* : étrangères ou opposées à la religion.

«Ne bougez pas, Will, dit le pèlerin courbé devant le jeune homme, je suis Robin Hood; je vais couper les liens qui entravent vos mouvements, nous nous élancerons au milieu des soldats, la surprise leur fera perdre la tête.

– Soyez béni. Ah! mon cher Robin, soyez béni! murmura le pauvre Will suffoqué de bonheur.

– Baissez-vous, William, feignez de me parler; bon! voici vos liens coupés, prenez l'épée qui est suspendue sous ma robe; la tenez-vous?

– Oui, murmura Will.

– Très bien; maintenant appuyez votre dos contre le mien, nous allons montrer à lord Fitz-Alwine que vous n'êtes point venu au monde pour être pendu.»

Par un geste plus rapide que la pensée, Robin Hood fit tomber sa robe de pèlerin et montra aux regards ébahis de l'assemblée le costume bien connu du célèbre forestier.

«Milord! cria Robin d'une voix ferme et vibrante, William Gamwell fait partie de la bande des joyeux hommes. Vous me l'aviez enlevé, je suis venu le reprendre; en échange, je vais vous envoyer le cadavre du coquin qui avait reçu de vous la mission de tuer lâchement le chevalier Allan Clare.

– Cinq cents pièces d'or au brave qui arrêtera ce bandit! hurla le baron; cinq cents pièces d'or au vaillant soldat qui lui mettra la main sur l'épaule!»

Robin Hood promena sur la foule, immobile de stupeur, un regard étincelant.

«Je n'engage personne à risquer sa vie, dit-il, je vais être entouré de mes compagnons.»

En achevant ces mots, Robin sonna du cor, et au même instant une nombreuse troupe de forestiers sortit du bois les mains armées de leur arc tendu.

«Aux armes! cria le baron, aux armes! Fidèles Normands, exterminez tous ces bandits!»

Une volée de flèches enveloppa la troupe. Le baron, saisi d'effroi, se jeta sur son cheval et le dirigea, en jetant de grands 400 cris, dans la direction du château. Les citoyens de Nottingham, éperdus d'épouvante, s'élancèrent sur les traces de leur seigneur, et les soldats, entraînés par la terreur de cette panique générale, se sauvèrent au triple galop.

«La forêt et Robin Hood!» criaient les joyeux hommes en 405 chassant leurs ennemis devant eux avec de grands éclats de rire.

Citoyens, forestiers et soldats traversèrent la ville pêle-mêle, les uns muets d'effroi, les autres riant, les derniers la rage dans le cœur. Le baron pénétra le premier dans l'intérieur du château : tout le monde l'y suivit, à part les joyeux hommes, qui, arrivés 410 là, saluèrent par des acclamations dérisoires leurs pusilla-nimes[1] adversaires.

Lorsque Robin Hood, accompagné de sa troupe, eut repris le chemin de la forêt, les citoyens qui n'étaient point blessés et qui n'avaient rien perdu dans cette étrange algarade[2] procla-415 mèrent le courage du jeune chef et sa fidélité au malheur.

Les jeunes filles mêlèrent leur douce voix à ce concert d'éloges, et il arriva même que l'une d'elles en vint à déclarer que les forestiers lui paraissaient si aimables et si bienveillants qu'elle ne craindrait plus désormais de traverser la forêt toute seule.

---

1. *Pusillanimes* : craintifs.
2. *Algarade* : accrochage ; ici, au sens de bagarre.

III. [Le mariage de Robin]

[...] Au château de Barnsdale[1], la tristesse était grande : le vieux sir Guy, sa femme et les pauvres sœurs de William passaient les heures du jour à se conseiller mutuellement la résignation, et les nuits à pleurer la perte du malheureux Will.

5 Le lendemain de la miraculeuse délivrance du jeune garçon, la famille Gamwell, réunie dans la salle, causait tristement de l'étrange disparition de Will, lorsque le joyeux son d'un cornet de chasse retentit à la porte du château.

«C'est Robin! cria Marianne en s'élançant vers une fenêtre.

10 – Il apporte bien certainement d'heureuses nouvelles, dit Barbara[2]. Allons, chère Maude, espoir et courage, William va revenir.

– Hélas! que ne dites-vous vrai, ma sœur! dit Maude en pleurant.

15 – Je dis vrai, je dis vrai! s'écria Barbara; c'est Will, c'est Robin, puis un jeune homme de leurs amis, sans doute.»

Maude se jeta vers la porte; Marianne, qui avait reconnu son frère (Allan Clare, que la douleur avait seulement privé de ses sens pendant quelques heures, se portait à merveille), tomba 20 avec Maude dans les bras tendus des jeunes gens.

Maude, éperdue, répétait follement :

«Will! Will! cher Will!»

Et Marianne, les mains nouées autour du cou de son frère, était incapable de prononcer une seule parole. Nous n'essaye25 rons pas de dépeindre la joie de cette heureuse famille. Une fois

---

1. Le château de Barnsdale (dans le Yorkshire) est la résidence où sir Guy de Gamwell et les siens se sont retirés après la destruction de Gamwell-Hall.
2. *Barbara* : une des sœurs de Will.

encore, Dieu lui avait rendu sain et sauf celui qu'elle avait pleuré en désespérant de jamais le revoir. Les rires effacèrent jusqu'au souvenir des larmes, les baisers et les tendres pressions de main réunirent sous une même caresse et dans une même étreinte ces
30 enfants aimés, sur le sein maternel. Sir Guy donna sa bénédiction à Will et au sauveur de son fils, et lady Gamwell, souriante et joyeuse, pressa sur son cœur la charmante Maude.

«N'avais-je pas raison de vous assurer que Robin apportait de bonnes nouvelles? dit Barbara en embrassant Will.

35 – Oui, certainement, vous aviez raison, chère Barbara, répondit Marianne en pressant les mains de son frère.

– J'ai envie, reprit l'espiègle Barbara, de faire semblant de prendre Robin pour Will et de l'embrasser de toutes mes forces.

– Cette manière d'exprimer votre reconnaissance serait d'un
40 mauvais exemple, chère Baby, s'écria Marianne en riant; nous serions obligées de faire comme vous, et Robin succomberait sous le poids d'un trop grand bonheur.

– Ma mort serait alors bien douce; ne le pensez-vous pas, lady Marianne?»

45 La jeune fille rougit. Un imperceptible sourire effleura les lèvres d'Allan Clare.

«Chevalier, dit Will en s'avançant vers le jeune homme, vous voyez quelle affection Robin a inspirée à mes sœurs, et cette affection, il la mérite. En vous racontant nos malheurs, Robin ne
50 vous a pas dit qu'il avait arraché à la mort mon père et ma mère[1]; il ne vous a point parlé de son infatigable dévouement pour Winifred[2] et Barbara; il ne vous a point appris qu'il avait eu pour Maude, ma future petite femme, les soins affectueux du meilleur des amis. En vous donnant des nouvelles de lady

---

1. Lors de la destruction de Gamwell-Hall, Robin a aidé sir Guy à prendre la fuite.
2. *Winifred* : autre sœur de Will.

55 Marianne, votre sœur bien-aimée, Robin n'a pas ajouté : "J'ai
veillé sur le bonheur de celle qui se trouvait loin de vous ; elle a
eu en moi un ami fidèle, un frère constamment dévoué" ; il ne…

– William, je vous en prie, interrompit Robin, ménagez ma
modestie, et quoique lady Marianne dise que je ne sais plus
60 rougir[1], je sens une chaleur brûlante me monter au front.

– Mon cher Robin, dit le chevalier en serrant avec une visible
émotion les mains du jeune homme, je vous suis depuis longtemps redevable d'une bien grande reconnaissance, et je me
trouve heureux de pouvoir enfin vous la témoigner. Je n'avais pas
65 besoin d'être assuré, par les paroles de Will, que vous aviez
noblement rempli la délicate mission confiée à votre honneur, la
loyauté de toutes vos actions m'en était un sûr garant.

– Ô mon frère, dit Marianne, si vous pouviez savoir combien
il a été bon et généreux pour nous tous ! Si vous pouviez savoir
70 combien sa conduite envers moi est digne d'éloges, vous l'hono-
reriez, mon frère, et vous l'aimeriez comme… comme…

– Comme tu l'aimes, n'est-ce pas ? dit Allan avec un doux
sourire.

– Oui, comme je l'aime, reprit Marianne, la figure éclairée
75 par un sentiment d'orgueil indicible, tandis que sa voix mélodieuse tremblait d'émotion. Je ne crains pas d'avouer ma tendresse pour l'homme généreux qui a pris part au deuil de mon
cœur[2]. Robin m'aime, cher Allan ; il m'aime d'une affection
égale en force et en durée à celle que je lui porte moi-même. J'ai
80 promis ma main à Robin Hood, et nous attendions ta présence
pour demander à Dieu sa sainte bénédiction.

– Je rougis de mon égoïsme, Marianne, dit Allan, et cette
honte me fait doublement apprécier l'admirable conduite de

---

1. *Que je ne sais plus rougir* : que je maîtrise mes émotions au point de ne plus
les laisser paraître.
2. Robin a réconforté Marianne lorsqu'elle pleurait l'absence de son frère.

Robin. Ton protecteur naturel[1] était loin de toi, il t'oubliait et
85 fidèle à son souvenir, chère sœur, tu attendais son retour pour te
croire le droit d'être heureuse. Pardonnez-moi tous les deux ce
cruel abandon; Christabel plaidera ma cause auprès de vos
tendres cœurs. Merci, cher Robin, ajouta le chevalier, merci;
nulle parole ne saurait vous exprimer ma sincère gratitude...
90 Vous aimez Marianne et Marianne vous aime, je vous donne sa
main avec un orgueilleux bonheur.»

En achevant ces paroles, le chevalier prit la main de sa sœur
et la plaça en souriant entre les mains du jeune homme.

Celui-ci, le cœur gonflé de joie, attira Marianne sur sa poi-
95 trine palpitante et l'embrassa passionnément.

William semblait fou de l'ivresse répandue autour de lui et
dans le sincère désir de calmer un peu cette violente émotion, il
prit Maude par la taille, baisa son cou à plusieurs reprises, arti-
cula quelques paroles confuses, et réussit enfin à pousser un
100 triomphant «hourra».

«Nous nous marierons le même jour, n'est-ce pas Robin?
cria Will d'une voix joyeuse; ou, pour mieux dire, nous nous
marierons demain. Oh! non, pas demain, cela porte malheur de
remettre une chose qui peut se faire à l'heure même. Nous nous
105 marierons aujourd'hui? hein, qu'en dites-vous, Maude?»

La jeune fille se mit à rire.

«Vous êtes trop pressé, William, s'écria le chevalier.

– Trop pressé! il vous est facile, Allan, de juger ainsi mon
désir; mais si, comme moi, vous aviez été enlevé des bras de celle
110 qui vous aime au moment de lui donner votre nom, vous ne
diriez pas que je suis trop pressé. N'ai-je pas raison, Maude?

– Oui, William, vous avez raison; mais cependant notre
mariage ne peut être célébré aujourd'hui.

---

1. **Ton protecteur naturel** : par ces termes, Allan se désigne lui-même.

– Pourquoi? je demande pourquoi? répéta l'impatient
115 garçon.

– Parce qu'il est nécessaire que je m'éloigne de Barnsdale
dans quelques heures, ami Will, répondit le chevalier, et qu'il me
serait fort agréable d'assister à vos noces et à celles de ma sœur.
J'espère de mon côté avoir le bonheur d'épouser lady Christabel,
120 et nos trois mariages pourront être célébrés le même jour. Attendez encore, William; dans une semaine d'ici tout sera arrangé à
notre mutuelle satisfaction.

– Attendre une semaine! cria Will; c'est impossible!

– Mais William, dit Robin, une semaine est bientôt passée,
125 et votre cœur a mille raisons pour l'aider à prendre patience.

– Allons, je me résigne, dit le jeune homme d'un ton décou-
ragé; vous êtes tous contre moi, et je suis seul pour me défendre.
Maude, qui devrait me prêter l'éloquence de sa douce voix, reste
muette. Je me tais. Voyons, Maude, il me semble que nous avons
130 à causer de notre futur ménage; venez faire un tour dans le
jardin; cette promenade prendra au moins deux heures, et ce
sera toujours autant de conquis sur l'éternité d'une semaine.»

Sans attendre le consentement de la jeune fille, Will lui prit
la main et l'entraîna en riant sous les verts ombrages du parc.

135 Sept jours après l'entrevue qui avait mis en présence Allan
Clare et lord Fitz-Alwine, lady Christabel était seule dans sa
chambre, assise ou plutôt à demi renversée sur un siège.

Une splendide robe de satin blanc drapait ses plis soyeux
autour du corps affaissé de la jeune fille, et un voile de point
140 d'Angleterre[1] retenu aux blondes tresses de ses cheveux la couvrait entièrement. Les traits si purs et si idéals de Christabel
étaient voilés par une pâleur profonde, ses lèvres incolores
étaient fermées et ses grands yeux, au regard sans chaleur, s'atta-
chaient avec égarement sur une porte qui leur faisait face.

---

1. *Voile de point d'Angleterre* : voile de dentelle très fine.

145 De temps à autre une larme brillante roulait sur les joues de Christabel, et cette larme, perle de douleur, était le seul témoignage d'existence qui révélât ce corps affaissé.

Deux heures s'écoulèrent dans une mortelle attente. Christabel ne vivait pas; son âme, suspendue aux souvenirs enivrants 150 d'un passé sans retour, voyait approcher avec une indicible terreur le moment du sacrifice.

« Il m'a oubliée! s'écria tout à coup la jeune fille en pressant l'une contre l'autre ses mains plus blanches que l'était le satin de sa robe; il a oublié celle qu'il disait aimer, celle qui l'aimait uni-155 quement; il a violé ses promesses, il s'est marié. Ô mon Dieu! Ayez pitié de moi, les forces m'abandonnent, car mon cœur est brisé. J'ai déjà tant souffert! Pour lui j'ai supporté les paroles amères, les regards sans amour de celui que je dois aimer et respecter! Pour lui j'ai supporté sans me plaindre de cruels traite-160 ments, la sombre solitude du cloître[1]! J'ai espéré en lui et il m'a trompée! »

Un sanglot convulsif[2] souleva la poitrine de lady Christabel, et d'abondantes larmes jaillirent de ses yeux. Un léger coup frappé à sa porte vint arracher Christabel à sa douloureuse 165 rêverie.

« Entrez », dit-elle d'une voix mourante.

La porte s'ouvrit, et le visage ridé de sir Tristram se montra devant les yeux de la pauvre désolée.

« Chère lady, dit le vieillard avec un ricanement qu'il croyait 170 être un joli sourire, l'heure du départ vient de sonner; permettez-moi, je vous prie, de vous offrir ma main; l'escorte nous attend, et nous serons les plus heureux époux de toute l'Angleterre.

– Milord, balbutia Christabel, je suis incapable de descendre.

---

1. *Cloître* : partie d'un monastère interdite aux profanes.
2. *Convulsif* : qui agite tout le corps.

– Comment dites-vous, mon cher amour, vous êtes incapable de descendre ? Je n'y comprends rien ; vous voilà tout habillée, on nous attend. Allons, donnez-moi votre belle petite main.

– Sir Tristram, répondit Christabel en se levant l'œil en feu et les lèvres frémissantes, écoutez-moi, je vous en conjure, et si vous avez dans l'âme une étincelle de pitié, vous épargnerez à une pauvre fille qui vous implore cette terrible cérémonie.

– Terrible cérémonie ! répéta sir Tristram d'un air fort étonné. Qu'est-ce à dire, milady ? je ne vous comprends pas.

– Épargnez-moi la douleur de vous donner une explication, répondit Christabel en sanglotant, et je vous bénirai, milord, et je prierai Dieu pour vous.

– Vous me semblez bien agitée, ma jolie colombe, dit le vieillard d'un ton doucereux. Calmez-vous, mon amour, et ce soir, demain, si vous l'aimiez mieux, vous me ferez vos petites confidences. Dans ce moment-ci, nous avons peu de temps à perdre ; mais quand nous serons mariés, il n'en sera pas de même, nous aurons de grands loisirs, et je vous écouterai depuis le matin jusqu'au soir.

– De grâce, milord, écoutez-moi maintenant ; si mon père vous trompe, je ne veux pas vous donner, moi, des espérances vaines. Milord, je ne vous aime pas, mon cœur appartient à un jeune seigneur qui a été le premier ami de mon enfance ; je pense à lui au moment de vous donner ma main ; je l'aime, milord, je l'aime, et mon âme entière lui est ardemment attachée.

– Vous oublierez ce jeune homme, milady, et lorsque vous serez ma femme, croyez-moi, vous ne penserez plus du tout à lui.

– Je ne l'oublierai jamais ; son souvenir s'est gravé dans mon cœur d'une manière ineffaçable.

– À votre âge, on croit toujours aimer pour l'éternité, mon cher amour ; puis le temps marche, et il efface sous ses pas l'image si tendrement chérie. Allons, venez, nous causerons de tout cela plus tard, et je vous aiderai à mettre entre le passé et le présent l'espérance de l'avenir.

– Vous êtes sans pitié, milord !

– Je vous aime, Christabel.

210 – Mon Dieu ! Ayez pitié de moi ! soupira la pauvre fille.

– Bien certainement Dieu aura pitié, dit le vieillard en prenant la main de Christabel ; il vous enverra la résignation et l'oubli. »

Sir Tristram baisa avec un respect mêlé de tendresse et de 215 sympathique commisération[1] la main froide qu'il tenait dans les siennes.

« Vous serez heureuse, milady », dit-il.

Christabel sourit tristement.

« Je mourrai », pensa-t-elle.

220 On faisait de grands préparatifs à l'abbaye de Linton pour célébrer le mariage de lady Christabel avec le vieux sir Tristram.

Dès le matin la chapelle avait été décorée de magnifiques draperies, et des fleurs odoriférantes[2] répandaient dans le sanctuaire[3] les plus suaves parfums. L'évêque d'Hereford, qui devait 225 unir les deux époux, entouré de moines revêtus de blancs surplis[4], attendait au seuil de l'église l'arrivée du cortège. Quelques minutes avant la venue de sir Tristram et de lady Christabel, un homme, tenant à la main une petite harpe, se présenta devant l'évêque.

230 « Monseigneur, dit le nouveau venu en s'inclinant avec respect, vous allez dire une grand-messe[5] en l'honneur des futurs époux, n'est-ce pas ?

---

1. *Commisération* : ici, attendrissement, intérêt pour le malheur des autres.

2. *Odoriférantes* : qui exhalent une odeur agréable.

3. *Sanctuaire* : partie de l'église où se trouve l'autel.

4. *Surplis* : vêtement de lin à manches larges, souvent plissé, que les moines portent sur la soutane.

5. *Grand-messe* : messe solennelle, généralement chantée.

– Oui, mon ami, répondit l'évêque, et pour quelle raison me fais-tu cette demande ?

235 – Monseigneur, répondit l'étranger, je suis le meilleur harpiste de France et d'Angleterre, et d'habitude on utilise mon savoir dans les fêtes qui se célèbrent avec éclat. J'ai entendu parler du mariage de sir Tristram le riche avec la fille unique du baron Fitz-Alwine, et je viens offrir mes services à Sa Haute
240 Seigneurie.

– Si tu as autant de talent que tu me parais avoir d'assurance et de vanité, sois le bienvenu.

– Merci, monseigneur.

– J'aime beaucoup le son de la harpe, reprit l'évêque, et tu
245 me serais agréable en me jouant quelque chose avant l'arrivée de la noce.

– Monseigneur, répondit l'étranger d'un ton fier et en se drapant avec majesté dans les plis de sa longue robe, si j'étais un râcleur[1] vagabond comme ceux que vous avez l'habitude
250 d'entendre, je me rendrais à vos désirs ; mais je ne joue qu'à heure fixe et dans des endroits convenables ; tout à l'heure je satisferai complètement votre légitime demande.

– Tu es un insolent, répondit l'évêque d'une voix irritée ; je t'ordonne de jouer à l'instant même !

255 – Je ne toucherai pas une corde avant l'arrivée de l'escorte, dit l'étranger avec un sang-froid imperturbable ; mais, à ce moment-là, monseigneur, je vous ferai entendre un son qui vous étonnera, soyez-en certain.

– Nous allons être bientôt à même de juger de ton mérite,
260 reprit l'évêque, car voici les mariés. »

L'étranger s'éloigna de quelques pas, et l'évêque s'avança au-devant du cortège.

---

1. Râcleur : mauvais joueur de musique.

Au moment de pénétrer dans l'église, lady Christabel, à demi évanouie, se tourna vers le baron Fitz-Alwine.

265 «Mon père, dit-elle d'une voix défaillante, ayez pitié de moi; ce mariage sera ma mort.»

Un regard sévère du baron imposa silence à la pauvre fille.

«Milord, ajouta Christabel en posant sa main crispée sur le bras de sir Tristram, ne soyez pas impitoyable; vous pouvez 270 encore me rendre la vie, prenez compassion de moi.

– Nous parlerons de cela plus tard», répondit sir Tristram.

Et, faisant un signe à l'évêque, il l'engagea à entrer dans l'église.

Le baron prit la main de sa fille; il allait la conduire au pied 275 de l'autel, lorsqu'une voix forte cria tout à coup :

«Arrêtez!»

Lord Fitz-Alwine jeta un cri, sir Tristram s'appuya en défaillant contre le grand portail de l'église. L'étranger tenait dans la sienne la main de lady Christabel.

280 «Présomptueux[1] misérable! dit l'évêque en reconnaissant le harpiste, qui t'a permis de porter tes mains de mercenaire sur cette noble demoiselle?

– La Providence, qui m'envoie au secours de sa faiblesse», répondit fièrement l'étranger.

285 Le baron s'élança sur le harpiste.

«Qui êtes-vous? lui demanda-t-il, et pourquoi venez-vous troubler une sainte cérémonie?

– Malheureux! s'écria l'étranger, vous nommez une sainte cérémonie l'odieuse union d'une jeune fille avec un vieillard! 290 Milady, ajouta l'inconnu en s'inclinant avec respect devant Christabel à demi morte d'angoisse, vous êtes venue dans la maison du Seigneur pour y recevoir le nom d'un honnête homme; ce

---

1. Présomptueux : prétentieux.

nom vous le recevrez… Reprenez courage, la divine bonté du Seigneur veillait sur votre innocence.»

295 Le harpiste dénoua d'une main la cordelière qui retenait sa robe et de l'autre porta à ses lèvres un cornet de chasse.

«Robin Hood! cria le baron.

– Robin Hood, l'ami d'Allan Clare! murmura lady Christabel.

300 – Oui, Robin Hood et ses joyeux hommes», répondit notre héros en montrant du regard une nombreuse troupe de forestiers qui s'était glissée sans bruit autour de l'escorte.

Au même moment un jeune cavalier élégamment vêtu vint tomber aux genoux de lady Christabel.

305 «Allan Clare! mon cher Allan Clare! s'écria la jeune fille en joignant les mains. Soyez béni, vous qui ne m'avez point oubliée!

– Monseigneur, dit Robin Hood en s'approchant de l'évêque tête nue et l'air respectueux, vous alliez, contre toutes les lois
310 humaines et sociales, unir l'un à l'autre deux êtres qui n'étaient point destinés par le ciel à vivre sous le même toit. Voyez cette jeune fille, regardez l'époux que voulait lui donner l'insatiable[1] avarice de son père. Lady Christabel est fiancée depuis sa plus tendre enfance au chevalier Allan Clare. Comme elle, il est jeune,
315 riche et noble, il l'aime, et nous venons humblement vous demander de consacrer entre eux une légitime union.

– Je m'oppose formellement à ce mariage! cria le baron en cherchant à se dégager de l'étreinte de Petit-Jean, à qui était échu le soin de garder le vieillard.

320 – Paix, homme inhumain! répondit Robin Hood, oses-tu élever la voix au seuil d'une sainte église, et venir y donner un démenti aux promesses que tu as faites!

---

1. *Insatiable* : jamais satisfaite.

– Je n'ai fait aucune promesse! rugit lord Fitz-Alwine.

– Monseigneur, reprit Robin Hood, voulez-vous unir ces
325 deux jeunes gens?

– Je ne le puis sans le consentement de lord Fitz-Alwine,
répondit l'évêque d'Hereford.

– Je ne donnerai jamais ce consentement! cria le baron.

– Monseigneur, continua Robin sans prendre garde aux voci-
330 férations du vieillard, j'attends votre décision dernière.

– Je ne puis prendre sur moi de satisfaire à votre demande,
répondit l'évêque; les bans[1] n'ont pas été publiés, et la loi
exige…

– Nous allons obéir à la loi, dit Robin. Ami Petit-Jean,
335 confiez Sa Gracieuse Seigneurie à un de nos hommes, et publiez
les bans.»

Petit-Jean obéit. Il annonça trois fois le mariage d'Allan Clare
avec lady Christabel Fitz-Alwine. Mais l'évêque refusa une fois
encore la bénédiction nuptiale aux deux jeunes gens.

340 «Votre résolution est définitive, monseigneur? demanda
Robin.

– Oui, répondit l'évêque.

– Soit. J'avais prévu le cas, et je me suis fait accompagner
d'un saint homme qui a le droit d'officier[2]. Mon père, continua
345 Robin en s'adressant à un vieillard qui était resté inaperçu,
veuillez entrer dans la chapelle, les époux vont vous y suivre.»

Le pèlerin qui avait prêté son concours à la délivrance de
Will[3] s'avança lentement.

«Me voici, mon fils, dit-il; je vais prier pour ceux qui souffrent
350 et demander à Dieu le pardon des méchants.»

---

1. Bans : annonce solennelle et publique d'un mariage, qui vise à s'assurer que
personne n'a de raison recevable de s'y opposer.
2. Officier : ici, célébrer le mariage.
3. Voir p. 148. Il s'agit du pèlerin dont Robin avait pris la place.

Maintenue par la présence des joyeux hommes, l'escorte pénétra sans tumulte dans le sanctuaire de l'église, et bientôt la cérémonie commença. L'évêque s'était retiré; sir Tristram gémissait d'une façon lamentable, et lord Fitz-Alwine grommelait de sourdes menaces.

«Qui donne cette jeune fille à son époux? demanda le vieillard en étendant ses mains tremblantes sur la tête de Christabel agenouillée devant lui.

– Daignez répondre, milord, dit Robin Hood.

– Mon père, de grâce! supplia la jeune fille.

– Non, non, mille fois non! cria le baron hors de lui.

– Puisque le père de cette noble enfant refuse de tenir la promesse sacrée qu'il a faite, dit Robin, je prends sa place. Moi, Robin Hood, je donne pour femme au chevalier Allan Clare lady Christabel Fitz-Alwine.»

Les cérémonies du mariage s'accomplirent sans aucun obstacle.

À peine Allan Clare et Christabel furent-ils unis que la famille Gamwell apparut au seuil de l'église.

Robin Hood s'avança à la rencontre de Marianne et la conduisit au pied de l'autel; William et Maude suivirent le jeune homme.

En passant auprès de Robin, pieusement agenouillé au côté de Marianne, Will murmura :

«Enfin, Rob, mon ami, le jour heureux est arrivé. Regardez Maude, comme elle est belle! son cher petit cœur bat bien fort, je vous assure.

– Silence, Will; priez, Dieu nous écoute en ce moment.

– Oui, je vais prier, et de toute mon âme», répondit le joyeux garçon.

Le pèlerin bénit les nouveaux couples et élevant vers le ciel ses tremblantes mains, il implora pour eux la miséricorde divine.

«Maude, chère Maude, dit Will aussitôt qu'il put entraîner la jeune fille hors de l'église, tu es enfin ma femme, ma chère
385 femme. Je me trouvais si malheureux de tous les retards que les circonstances ont mis à notre bonheur qu'il m'est presque difficile d'en comprendre toute l'étendue. Je suis fou de joie; tu es à moi! à moi tout seul! As-tu bien prié, Maude, ma chérie? As-tu demandé à la bonne sainte Vierge de nous accor-
390 der pour toujours la radieuse joie qu'elle nous donne aujourd'hui?»

Maude souriait et pleurait à la fois, tant son cœur était plein d'amour et de reconnaissance pour le tendre William.

Le mariage de Robin jeta des transports d'allégresse dans la
395 troupe des joyeux hommes, qui en sortant de l'église, poussèrent de formidables «hourras».

«Les braillards coquins!» gronda lord Fitz-Alwine en suivant à contrecœur le gigantesque Petit-Jean qui l'avait poliment invité à sortir de la chapelle.

400 Quelques instants plus tard l'église était déserte. Lord Fitz-Alwine et sir Tristram, privés de leurs chevaux, mélancoliquement appuyés au bras l'un de l'autre, et dans une situation d'esprit impossible à décrire, prenaient à pas lents le chemin du château.

405 «Fitz-Alwine, dit le vieillard tout en trébuchant, vous allez me rendre le million de pièces d'or que je vous ai confié.

– Ma foi non! sir Tristram; car je ne suis pour rien dans la mésaventure qui vous arrive. Si vous aviez écouté mes conseils, ce désastre ne serait point survenu. En vous mariant dans la cha-
410 pelle de Nottingham, j'assurais notre mutuel bonheur; mais vous avez préféré l'éclat au mystère, le grand jour à l'obscurité, et en voilà le résultat. Regardez, ce grand misérable emmène ma fille; il me faut un dédommagement : je garde le million.»

Renvoyés à Nottingham dans un équipage aussi piètre que l'était celui de leurs maîtres[1], les serviteurs des deux bords les suivaient à distance en riant tout bas de l'étrange événement.

Le personnel de la noce, escorté par les joyeux hommes, gagna rapidement les profondeurs de la forêt. Le vieux bois s'était mis en frais pour recevoir les heureux couples, et les arbres, rafraîchis par la rosée du matin, courbaient leurs verts rameaux sur le front de ces visiteurs. De longues guirlandes entremêlées de fleurs et de feuillage s'enlaçaient les unes aux autres, et reliaient ensemble les chênes séculaires[2], les ormeaux trapus, les peupliers aux tailles sveltes. De loin en loin on voyait apparaître un cerf couronné de fleurs comme un dieu mythologique, un faon enrubanné[3] bondissait sur la route, et parfois un daim, portant aussi son collier de fête, traversait comme une flèche une verdoyante pelouse. Au centre d'un vaste carrefour, on avait dressé un couvert, préparé une salle de danse, disposé des jeux; enfin, tous les plaisirs qui pouvaient ajouter à la satisfaction générale des convives se trouvaient réunis autour d'eux.

Une grande partie des jeunes filles de Nottingham étaient venues embellir de leur aimable présence la fête donnée par Robin Hood, et la plus franche cordialité présidait en souveraine la joyeuse réunion. [...]

Marianne, tendrement appuyée au bras de son mari, parcourait avec lui la salle du bal.

«Je viendrai vivre auprès de vous, Robin, disait la jeune femme et jusqu'au moment heureux de votre rentrée en grâce, je partagerai les fatigues et l'isolement de votre existence.

– Il serait plus sage, mon amie, d'habiter Barnsdale.

---

1. Les maîtres n'ont plus de montures (équipage), ils vont à pied.
2. *Séculaires* : âgés de plusieurs siècles.
3. *Enrubanné* : garni de rubans.

– Non, Robin, mon cœur est avec vous, je ne veux pas quitter mon cœur.

– J'accepte avec orgueil ton courageux dévouement, ma
445 chère femme, mon doux amour, répondit le jeune homme avec émotion, et je ferai tout ce qui dépendra de moi pour que tu sois satisfaite et heureuse dans ta nouvelle existence. »

En vérité, ce fut un jour de bonheur et de joie que le jour du mariage de Robin Hood.

IV-X

[Une année se passe en toute quiétude : Christabel et Marianne donnent toutes deux naissance à un fils, et les joyeux compagnons de Robin continuent d'assurer leur subsistance en rançonnant les nobles.]

XI. [Le concours de tir à l'arc, ou la mort du baron de Nottingham]

Le baron Fitz-Alwine regardait Robin Hood comme le cauchemar de son existence et l'insatiable désir qu'il avait de se venger largement de toutes les humiliations que le jeune homme lui avait fait subir ne perdait point de sa ténacité[1]. Sans cesse
5 battu par son ennemi, le baron revenait à la charge, se jurant,

---

1. Ténacité : obstination, entêtement.

aussi bien avant l'attaque qu'après la défaite, d'exterminer toute la bande des outlaws.

Lorsque le baron se vit contraint de reconnaître qu'il lui serait éternellement impossible de vaincre Robin par la force, il résolut
10 d'avoir recours à la ruse. Ce nouveau plan de conduite longuement médité, il espéra avoir découvert un moyen pacifique d'attirer Robin dans ses filets. Sans perdre une minute, le baron envoya chercher un riche marchand de la ville de Nottingham et lui confia ses projets en lui recommandant de garder sur eux le
15 plus profond silence.

Cet homme, qui était d'un caractère faible et irrésolu, fut facilement amené à partager la haine que le baron paraissait ressentir contre celui qu'il nommait un détrousseur de grand chemin.

Dès le lendemain de son entrevue avec lord Fitz-Alwine, le
20 marchand, fidèle à la promesse qu'il avait faite à l'irascible vieillard, réunit dans sa maison les principaux citoyens de la ville et leur proposa de venir avec lui demander au shérif la faveur d'établir un tir public où viendraient lutter d'adresse les hommes du Nottinghamshire et ceux du Yorkshire.

25 «Ces deux comtés se jalousent quelque peu, ajouta le marchand, et, pour l'honneur de la ville, je serais heureux d'offrir à nos voisins un moyen de prouver leur habileté d'archer, ou, pour mieux dire une occasion de faire ressortir l'incontestable supériorité de nos adroits tireurs; et, afin d'égaliser la partie entre les
30 camps rivaux, nous établirons le tir aux limites des deux pays[1], la récompense du vainqueur serait une flèche au dard en argent et aux plumes en or.» [...]

Une proclamation[2] savamment rédigée annonça qu'une joute[3] allait être ouverte aux habitants des comtés de Nottingham

---

1. Le concours de tir aura lieu à la frontière des deux comtés.
2. *Proclamation* : déclaration officielle.
3. *Joute* : combat dans lequel s'affrontent les chevaliers au Moyen Âge.

35 et de York. Le jour était fixé, le lieu choisi entre la forêt de Barnsdale et le village de Mansfeld. Comme on avait pris soin que la nouvelle de cette joute publique fût répandue dans tous les coins des pays pour lesquels elle était préparée, elle arriva aux oreilles de Robin Hood. Aussitôt le jeune homme résolut

40 de se mettre sur les rangs et de soutenir l'honneur de la ville de Nottingham. De nouvelles informations apprirent également à Robin que le baron Fitz-Alwine devait présider les jeux. Cette condescendance[1], si peu en harmonie avec le caractère morose[2] du vieillard, fit comprendre à Robin le but secret vers lequel

45 tendaient les désirs du noble lord.

«Eh bien! se dit notre ami, tentons l'aventure avec toutes les précautions nécessaires à une vaillante défense.»

La veille du jour où la lutte d'adresse devait avoir lieu, Robin réunit ses hommes et leur annonça que son intention était d'aller

50 gagner le prix de l'arc en l'honneur de la ville de Nottingham.

«Mes garçons, ajouta Robin, écoutez bien ceci : le baron Fitz-Alwine assiste à la fête et bien certainement il a une cause toute particulière pour se montrer si désireux de plaire aux yeomen. Cette cause, je crois la connaître ; c'est une tentative d'arrestation

55 contre moi. Je vais donc amener au tir cent quarante compagnons ; j'en prendrai six pour concurrents au prix de l'arc, les autres se disperseront dans la foule de manière à se réunir au premier appel en cas de trahison.

«Tenez vos armes prêtes et disposez-vous à soutenir un

60 combat à outrance[3].»

Les ordres de Robin Hood furent ponctuellement[4] exécutés, et à l'heure du départ, les hommes prirent par petits groupes le

---

1. **Condescendance** : complaisance, témoignage de sympathie mêlé de mépris.
2. **Morose** : triste, mécontent.
3. **Un combat à outrance** : un combat sans pitié, jusqu'à la mort.
4. **Ponctuellement** : ici, scrupuleusement, en respectant exactement les consignes données.

chemin de Mansfeld, et arrivèrent sans encombre sur la place, où une nombreuse foule était déjà rassemblée.

65 Robin Hood, Petit-Jean, Will l'Écarlate, Much et cinq autres joyeux hommes devaient prendre part à la lutte ; ils étaient tous différemment vêtus et se parlaient à peine, afin d'éviter tout danger d'être reconnus.

L'endroit choisi pour le jeu de l'arc était une vaste clairière 70 située sur les bords de la forêt de Barnsdale et peu éloignée de la grand route. Une foule immense, venue des pays circonvoisins[1], se pressait tumultueusement dans l'enceinte au centre de laquelle étaient placées les targes[2]. Une estrade avait été élevée en face du tir ; elle attendait le baron, à qui était dévolu[3] l'hon-75 neur de juger les coups et de donner le prix.

Bientôt le shérif parut, accompagné d'une escorte de soldats. Une cinquantaine d'hommes d'armes appartenant au baron s'étaient glissés, vêtus du costume yeoman, au milieu de la foule, avec ordre d'arrêter les gens qui leur paraîtraient suspects et de 80 les conduire devant le shérif.

Ces précautions prises, lord Fitz-Alwine avait lieu d'espérer que Robin Hood, dont le caractère aventureux se jouait du danger[4], viendrait à la fête sans escorte, et qu'il aurait enfin la satisfaction de prendre une revanche qui s'était fait attendre au-85 delà du terme de la patience humaine.

Le tir s'ouvrit : trois hommes de Nottingham rasèrent les targes, chacun d'eux toucha la marque sans atteindre le centre. À leur suite vinrent trois yeomen du Yorkshire ; ils obtinrent un succès identique à celui de leurs adversaires. Will l'Écarlate se

---

1. Des pays circonvoisins : des alentours.
2. Targes : cibles en forme de bouclier.
3. Dévolu : réservé.
4. Se jouait du danger : se moquait du danger.

⁹⁰ présenta à son tour, et il transperça le centre du point avec la plus grande facilité.

Un hourra de triomphe proclama l'adresse de Will, que Petit-Jean venait de remplacer. Le jeune homme envoya sa flèche dans le trou qu'avait fait celle de William ; puis, avant même que le ⁹⁵ garde-targe[1] eût eu le temps de retirer la flèche, Robin Hood la brisa en morceaux et prit sa place.

La foule enthousiasmée s'agita tumultueusement, et les hommes de Nottingham engagèrent des paris considérables.

Les trois meilleurs tireurs du Yorkshire s'avancèrent, et d'une ¹⁰⁰ main ferme, ils frappèrent le milieu de l'œil-de-bœuf[2].

Ce fut alors au tour des hommes du Nord à crier victoire et à accepter les paris des citoyens de Nottingham.

Pendant ce temps-là, le baron, fort peu intéressé au succès de l'un ou de l'autre pays, surveillait attentivement les archers. ¹⁰⁵ Robin Hood avait attiré son attention ; mais comme sa vue s'était depuis longtemps affaiblie, il lui était impossible, à une pareille distance, de reconnaître les traits de son ennemi.

Much et les joyeux hommes désignés par Robin pour tirer à la cible touchèrent la marque sans effort ; quatre yeomen leur suc- ¹¹⁰ cédèrent et firent la même chose.

La plupart des archers avaient une telle habitude du tir à la cible que la victoire pouvait, en se morcelant ainsi, devenir nulle ou générale ; on décida donc qu'il fallait élever des baguettes[3] et choisir sept hommes parmi les vainqueurs des deux camps ¹¹⁵ rivaux.

Les citoyens de Nottingham désignèrent pour soutenir l'honneur de leur pays Robin Hood et ses hommes, et les habitants du

---

1. *Garde-targe* : serviteur en charge de préparer les cibles entre chaque tireur.
2. *Œil-de-bœuf* : cercle tracé au centre de la cible.
3. *Élever des baguettes* : remplacer les cibles en forme de boucliers par de fines baguettes de bois, pour rendre l'exercice plus difficile.

Yorkshire prirent pour leurs champions les yeomen qui s'étaient montrés les meilleurs archers.

120 Les yeomen commencèrent : le premier fendit la baguette, le second l'effleura, la flèche du troisième la rasa de si près qu'il paraissait impossible que leurs adversaires en arrivassent à surpasser leur adresse.

Will l'Écarlate s'avança, et prenant nonchalamment son arc, 125 il tira sous main et fendit en deux morceaux la baguette de saule.

«Hourra pour Nottinghamshire!» crièrent les citoyens de Nottingham en jetant leurs bonnets en l'air, sans songer le moins du monde qu'il leur serait impossible de les retrouver.

On prépara de nouvelles baguettes; les hommes de Robin, 130 depuis Petit-Jean jusqu'au dernier des archers, les fendirent aisément. Le tour de Robin arriva; il envoya trois flèches aux baguettes, et cela avec une telle rapidité que, si l'on n'avait pas vu que les baguettes étaient brisées, il eût été impossible de croire à une pareille adresse.

135 Plusieurs épreuves furent encore tentées, Robin triompha de tous ses adversaires, quoiqu'ils fussent d'habiles tireurs.

Quelques personnes se mirent à dire que le célèbre Robin Hood lui-même ne pourrait lutter avec le yeoman à la jaquette rouge : c'est ainsi que, dans la foule, on désignait Robin.

140 Cette réflexion si dangereuse pour l'*incognito*[1] du jeune homme se transforma promptement en affirmation, et le bruit circula que le vainqueur au jeu de l'arc n'était autre que Robin Hood lui-même.

Les hommes du Yorkshire, fort humiliés de leur défaite, 145 s'empressèrent aussitôt de crier que la partie n'était pas égale entre eux et un homme de la force de Robin Hood. Ils se plaignirent de l'atteinte portée à leur honneur d'archers, de la perte

---

1. *Incognito* : anonymat.

de leur argent (ce qui était pour eux la plus puissante considéra-
tion), et ils essayèrent, dans l'espoir sans doute d'éluder leurs
150 paris[1], de changer la discussion en querelle.

Dès que les joyeux hommes s'aperçurent du mauvais vouloir
de leurs adversaires, ils se réunirent en corps, et formèrent, sans
intention apparente, un groupe composé de quatre-vingt-six
hommes.

155 Tandis que la discorde jetait ses brandons[2] dans la foule des
parieurs, Robin Hood était conduit vers le shérif, au milieu des
joyeuses acclamations des citoyens de Nottingham.

« Place au vainqueur ! hourra pour l'habile archer ! criaient
deux cents voix ; voilà celui qui a gagné le prix ! »

160 Robin Hood, le front modestement baissé, se tenait devant
lord Fitz-Alwine dans une attitude des plus respectueuses.

Le baron ouvrit démesurément les yeux pour chercher à
découvrir les traits du jeune homme. Une certaine ressemblance
de taille, peut-être même de costume, portait le baron à croire
165 qu'il avait devant les yeux l'insaisissable outlaw ; mais, pris entre
deux sentiments opposés, le doute et une faible certitude, il ne
pouvait, sans compromettre la réussite de son plan, montrer une
trop grande précipitation. Il tendit la flèche à Robin, espérant
reconnaître le jeune homme au son de sa voix ; mais Robin
170 trompa l'espoir du baron : il prit la flèche, s'inclina poliment, et
la passa à sa ceinture.

Une seconde s'écoula ; Robin fit une fausse sortie, puis, au
moment où le baron désespéré allait tenter un coup décisif en le
voyant s'éloigner, il leva la tête, regarda fixement le baron, et lui
175 dit en riant :

« De vaines paroles seraient impuissantes à vous exprimer
tout le prix que j'attache au don que vous venez de me faire, mon

---

1. *Éluder leurs paris* : trouver un prétexte pour ne pas payer ce qu'ils doivent.
2. *La discorde jetait ses brandons* : le mécontentement se répandait.

excellent ami. Je vais regagner, le cœur plein de reconnaissance, les grands arbres verts de ma solitaire demeure, et j'y garderai avec soin le précieux témoignage de vos bontés. Je vous souhaite affectueusement le bonjour, noble seigneur de Nottingham.

– Arrêtez ! arrêtez ! rugit le baron ; soldats, faites votre devoir ! cet homme est Robin Hood ; emparez-vous de lui !

– Misérable lâche ! repartit Robin, vous avez proclamé que ce jeu était public, ouvert à tous, destiné au plaisir de tout le monde, sans danger et sans exception !

– Un proscrit n'a aucun droit, dit le baron ; tu n'étais pas compris dans l'appel qu'on a fait aux bons citoyens. Allons, soldats, saisissez ce brigand !

– Je tue le premier qui avance ! » cria Robin d'une voix de stentor, en dirigeant son arc vers un gaillard qui marchait vers lui ; mais, à la vue de cette menaçante attitude, l'homme recula et disparut dans la foule.

Robin sonna du cor, et ses joyeux hommes, déjà préparés à soutenir une lutte sanglante, s'avancèrent vivement pour le protéger. Robin se replia au centre de sa troupe, lui ordonna de tendre les arcs et de se retirer lentement ; car le nombre des soldats du baron était trop considérable pour qu'il fût possible d'engager la bataille sans redouter une dangereuse effusion de sang.

Le baron se précipita à la tête de ses hommes, et d'une voix furieuse, leur intima l'ordre d'arrêter les outlaws ; les soldats obéirent, et les citoyens du Yorkshire, irrités de leur défaite, exaspérés par la perte des paris qu'ils avaient engagés, se joignirent aux hommes du baron et s'élancèrent avec eux à la poursuite des forestiers. Mais les citoyens de Nottingham devaient à Robin Hood trop d'amitié et de reconnaissance pour les laisser sans secours à la merci des soldats de leur seigneur. Ils ouvrirent un large passage aux joyeux hommes, et tout en les saluant de leurs

²¹⁰ acclamations affectueuses, ils refermèrent derrière eux le chemin qu'ils avaient ouvert.

Malheureusement, les protecteurs de Robin Hood n'étaient ni assez nombreux ni assez forts pour protéger longtemps sa prudente fuite; ils furent obligés de rompre leurs rangs, et les ²¹⁵ hommes d'armes gagnèrent la route dans laquelle les forestiers s'étaient engagés au pas de course.

Alors commença une poursuite acharnée; de temps en temps les forestiers faisaient volte-face et envoyaient une volée de flèches aux soldats; ceux-ci ripostaient tant bien que mal, et malgré ²²⁰ les ravages opérés dans leurs rangs, ils continuaient avec courage à poursuivre les fuyards.

Depuis une heure déjà les deux troupes échangeaient des flèches, lorsque Petit-Jean, qui marchait avec Robin à la tête des forestiers, s'arrêta brusquement et dit au jeune chef :

²²⁵ «Mon cher ami, mon heure est venue; je suis gravement blessé et les forces me manquent, je ne puis plus marcher.

– Comment! s'écria Robin, tu es blessé?

– Oui, répondit Jean; j'ai le genou atteint, et je perds depuis une demi-heure une si grande quantité de sang que mes membres sont ²³⁰ épuisés. Il m'est impossible de me tenir plus longtemps debout.»

En achevant ces mots, Jean tomba à la renverse.

«Ô mon Dieu! s'écria Robin qui s'agenouilla auprès de son brave ami; Jean, mon brave Jean, reprends courage, essaie de te soulever, de t'appuyer sur moi; je ne suis pas fatigué, je dirigerai ²³⁵ ta marche; encore quelques minutes, et nous serons hors d'atteinte. Laisse-moi envelopper ta blessure, tu en ressentiras un grand soulagement.

– Non, Robin, c'est inutile, répondit Jean d'une voix faible; ma jambe est comme paralysée, il me serait impossible de faire ²⁴⁰ un mouvement; ne t'arrête pas, abandonne un malheureux qui ne demande qu'à mourir.

– T'abandonner, moi ! s'écria Robin ; tu sais bien que je suis incapable de commettre cette mauvaise action.

– Ce ne sera point une mauvaise action, Rob, mais un devoir. Tu réponds devant Dieu de l'existence des braves gens qui se sont donnés à toi corps et âme. Laisse-moi donc ici ; mais, si tu m'aimes, si tu m'as jamais aimé, ne permets pas à cet infâme shérif de me trouver vivant : enfonce-moi dans le cœur ton couteau de chasse, afin que je puisse mourir comme un honnête et brave Saxon. Écoute ma prière, Robin, tue-moi, tu m'épargneras de cruelles souffrances et la douleur de revoir nos ennemis ; ils sont si lâches, ces misérables Normands, qu'ils prendraient plaisir à insulter ma dernière heure.

– Voyons, Jean, répondit Robin en essuyant une larme, ne me demande pas une chose impossible ; tu sais bien que je ne te laisserai pas mourir sans secours et loin de moi, tu sais bien que je sacrifierais ma vie et celle de mes hommes à la conservation de ton existence. Tu sais bien encore que, loin de t'abandonner, je verserais pour te défendre la dernière goutte de mon sang. Quand je tomberai, Jean, ce sera à tes côtés, je l'espère, et alors nous partirons pour l'autre monde les mains et le cœur unis comme ils l'ont été ici-bas.

– Nous nous battrons et nous mourrons à tes côtés, si le ciel nous retire son appui, dit Will en embrassant son cousin, et tu vas voir qu'il y a encore de braves garçons sur la terre. Mes enfants, dit Will en se tournant vers les forestiers qui avaient fait halte, voici votre ami, votre compagnon, votre chef, qui est mortellement blessé ; pensez-vous qu'il faille l'abandonner à la vengeance des coquins qui nous poursuivent ?

– Non ! non ! cent fois non ! répondirent les joyeux hommes d'une seule voix. Rangeons-nous autour de lui, et mourons pour le défendre.

– Permettez, dit le vigoureux Much en s'avançant, il me semble qu'il est inutile au besoin de la cause de risquer notre

275 peau. Jean n'est blessé qu'au genou, il peut donc, sans que nous ayons à craindre un épanchement du sang, supporter un transport. Je vais le prendre sur mes épaules, et je le porterai tant que mes jambes me porteront moi-même.

– Si tu tombes, Much, dit Will, je te remplacerai, et après moi
280 un autre, n'est-ce pas, mes garçons ?

– Oui, oui», répondirent bravement les forestiers.

En dépit de la résistance que Jean tenta d'opposer, Much l'enleva d'une main ferme, et aidé de Robin, il plaça le blessé sur ses épaules. Ce soin pris, les fugitifs continuèrent rapidement
285 leur route. La halte forcée faite par la petite troupe avait donné aux soldats le loisir de gagner du terrain, et ils commençaient à apparaître. Les joyeux hommes envoyèrent une volée de flèches, et redoublèrent de vitesse dans l'espoir d'atteindre leur demeure, bien persuadés que les soldats n'auraient ni la force ni le courage
290 de les suivre jusque-là. À un embranchement de la grande route qui allait se perdre dans les terres, les forestiers découvrirent au milieu du feuillage des arbres, les tourelles d'un château.

«À qui peut appartenir ce domaine ? demanda Robin ; quelqu'un de vous en connaît-il le propriétaire ?

295 – Moi, capitaine, dit un homme nouvellement enrôlé dans la bande.

– Bien. Sais-tu si nous serions convenablement accueillis par ce seigneur ? Car nous sommes perdus si les portes de sa maison nous restent fermées.

300 – Je réponds de la bienveillance de sir Richard de la Plaine, répondit le forestier ; c'est un brave Saxon.

– Sir Richard de la Plaine ! s'écria Robin ; alors nous sommes sauvés[1]. En avant, mes garçons, en avant ! Que la sainte Vierge

---

1. Sir Richard de la Plaine est un chevalier que Robin a aidé autrefois à reprendre possession de ses biens. Robin sait qu'il lui portera assistance.

soit bénie! continua Robin en se signant[1] avec reconnaissance;
305 elle n'abandonne jamais les malheureux à l'heure du danger.
Will l'Écarlate, prends les devants, et dis au gardien du pont-levis
que Robin Hood et une partie de ses hommes, poursuivis par
des Normands, demandent à sir Richard la permission d'entrer
dans son château.»

310 William descendit avec la rapidité d'une flèche l'espace qui le
séparait du domaine de sir Richard. Pendant que le jeune
homme remplissait son message, Robin et ses compagnons se
dirigeaient vers le château. Bientôt un drapeau blanc fut hissé sur
le mur d'enceinte; un cavalier sortit du château et, suivi de Will,
315 s'élança à toute bride à la rencontre de Robin Hood. Arrivé en
face du jeune chef, il sauta à terre et lui tendit les deux mains.

«Messire, dit le jeune homme en serrant avec une visible émotion les mains de Robin Hood, je suis Herbert Gower, le fils de
sir Richard. Mon père me charge de vous dire que vous êtes le
320 bienvenu dans notre maison, et qu'il se trouvera le plus heureux
des hommes si vous lui donnez l'occasion de se libérer un peu
des grandes obligations que nous avons contractées envers vous.
Je vous appartiens corps et âme, sir Robin, ajouta le jeune
homme avec un élan de profonde gratitude, disposez de moi à
325 votre bon plaisir.

– Je vous remercie de grand cœur, mon jeune ami, répondit
Robin en embrassant Herbert; votre offre est tentante, car je
serai fier de pouvoir mettre au rang de mes lieutenants un aussi
aimable cavalier. Mais pour le moment il nous faut penser au
330 danger qui menace ma troupe. Elle est épuisée de fatigue, le plus
cher de mes compagnons a été atteint à la jambe par la flèche
d'un Normand, et depuis près de deux heures, nous sommes
poursuivis par les soldats du baron Fitz-Alwine. Tenez, mon

---

1. *En se signant* : en faisant le signe de croix.

enfant, continua Robin en montrant au jeune homme une bande
335 de soldats qui commençait à envahir la route; ils vont nous
atteindre si nous ne nous hâtons pas de chercher un abri derrière
les murs du château.

– Le pont-levis est déjà baissé, dit Herbert; dépêchons-nous;
et dans dix minutes, vous n'aurez plus rien à craindre de vos
340 ennemis.»

Le shérif et ses hommes arrivèrent assez promptement pour
assister au défilé de la petite troupe sur le pont-levis du château.
Exaspéré par cette nouvelle défaite, le baron prit aussitôt l'audacieuse résolution de demander au nom du roi à sir Richard de
345 lui livrer les hommes qui, en abusant sans doute de sa crédulité[1],
étaient parvenus à se placer sous sa protection. Alors, à la
demande de lord Fitz-Alwine, le chevalier parut sur les remparts.

«Sir Richard de la Plaine, dit le baron, à qui ses gens avaient
appris le nom du propriétaire du château, connaissez-vous les
350 hommes qui viennent de pénétrer dans votre maison?

– Je les connais, milord, répondit froidement le chevalier.

– Eh, quoi! vous savez que le misérable qui commande cette
troupe de bandits est un outlaw, un ennemi du roi, et vous lui
donnez asile? Savez-vous que vous encourez la peine des
355 traîtres?

– Je sais que ce château et les terres qui l'environnent sont
ma propriété; je sais que je suis le maître d'agir ici à ma guise
et d'y recevoir qui bon me semble. Voilà ma réponse, monsieur;
veuillez donc vous éloigner sur-le-champ si vous désirez éviter un
360 combat dans lequel vous n'auriez pas l'avantage; car j'ai à ma
disposition une centaine d'hommes de guerre et les flèches les
mieux appointées de tout le pays. Bonjour, monsieur.»

En achevant cette ironique réponse, le chevalier quitta les
remparts.

---

1. **Crédulité** : naïveté.

³⁶⁵ Le baron, qui se sentait trop mal appuyé par ses soldats pour tenter une attaque contre le château, se décida à la retraite, et ce fut, comme on doit bien le penser, la rage dans le cœur qu'il reprit, avec ses hommes, le chemin de Nottingham.

[Sir Richard accueille chaleureusement les proscrits et, au bout d'une quinzaine de jours, Petit-Jean est entièrement remis de sa blessure.]

[…] Dès le lendemain de son retour à Nottingham le baron
³⁷⁰ Fitz-Alwine se rendit à Londres, obtint une audience du roi, et lui raconta sa pitoyable aventure.

«Votre Majesté, dit le baron, trouvera sans doute bien étrange qu'un chevalier à qui Robin Hood avait demandé asile ait refusé de me livrer ce grand coupable lorsque je lui en intimai[1] l'ordre
³⁷⁵ au nom du roi.

– Comment, un chevalier a manqué à ce point au respect dû à son souverain! s'écria Henri d'une voix irritée.

– Oui, sire, le chevalier Richard Gower de la Plaine a repoussé ma juste demande; il m'a répondu qu'il était le roi de
³⁸⁰ ses domaines, et qu'il se souciait fort peu de la puissance de Votre Majesté.»

Comme on le voit, le digne baron mentait effrontément pour le bien de sa cause.

«Eh bien! répondit le roi, nous allons juger par nous-mêmes
³⁸⁵ de l'impudence[2] de ce coquin. Nous serons à Nottingham dans quinze jours. Emmenez avec vous autant d'hommes que vous jugerez nécessaire pour livrer bataille, et si un hasard malencontreux ne nous permettait pas de vous rejoindre, agissez le mieux

---

1. *Intimai* : communiquai avec autorité.
2. *Impudence* : insolence, manque de respect.

que vous le pourrez ; emparez-vous de cet indomptable Robin
390 Hood, du chevalier Richard, emprisonnez-les dans le plus
sombre de vos cachots, et lorsque vous les tiendrez sous les ver-
rous, avertissez notre justice. Nous réfléchirons alors à ce qu'il
nous restera à faire. »

Le baron Fitz-Alwine obéit à la lettre aux ordres du roi. Il ras-
395 sembla une nombreuse troupe d'hommes et marcha à leur tête
contre le château de sir Richard. Mais le pauvre baron jouait de
malheur, car il y arriva le lendemain du départ de Robin Hood.

L'idée de poursuivre Robin Hood jusque dans sa retraite ne
vint pas un instant à l'esprit du vieux seigneur. Certain souvenir
400 et certaine douleur qui lui rendaient encore pénibles les promenades à cheval, mettaient de ce côté-là des bornes à son ardeur.
Il résolut, ne pouvant mieux faire, de prendre sir Richard, et
comme un assaut de la place était chose difficile à tenter et
dangereuse à mettre en exécution, il prit le parti de demander à
405 la ruse un succès plus certain.

Le baron dispersa ses hommes, garda auprès de lui une ving-
taine de vigoureux gaillards, et se plaça en embuscade à une
petite distance du château.

L'attente fut de courte durée : le lendemain matin,
410 sir Richard, son fils et quelques serviteurs tombèrent dans l'invisible piège qui leur était tendu, et, malgré la vaillante défense
qu'ils opposèrent, ils furent vaincus, bâillonnés, attachés sur des
chevaux et emportés à Nottingham. [...]

[Apprenant l'enlèvement de sir Richard et des siens, la bande de
Robin se lance à la poursuite du baron et de ses hommes.]

Après une longue et fatigante marche, la troupe atteignit la
415 ville de Mansfeld et là, Robin apprit d'un aubergiste que, après
s'être reposés, les soldats du baron avaient continué leur route

vers Nottingham. Robin Hood fit rafraîchir ses hommes, laissa Much et Petit-Jean avec eux et, accompagné de Will, il gagna au triple galop d'un bon cheval l'arbre du Rendez-Vous[1] de la forêt
420 de Sherwood. Arrivé aux abords de la demeure souterraine, Robin fit retentir les joyeuses fanfares de son cor de chasse et, à cet appel bien connu, une centaine de forestiers accoururent.

Robin emmena avec lui cette nouvelle troupe et la dirigea de manière à placer entre deux troupes l'escorte du baron ; car les
425 hommes laissés à Barnsdale devaient, après une heure de repos, prendre le chemin qui conduisait à Nottingham.

Les joyeux hommes atteignirent bientôt un endroit peu éloigné de la ville et, à leur grande satisfaction, ils apprirent que la troupe du shérif n'était pas encore passée. Robin choisit une
430 position avantageuse, fit disparaître une partie de ses hommes et plaça l'autre sur le revers du chemin.

L'apparition d'une demi-douzaine de soldats annonça bientôt l'approche du shérif et de sa cavalcade. Les forestiers se préparèrent alors en silence à leur faire une chaleureuse réception.
435 Les batteurs d'estrade[2] franchirent sans obstacle les limites de l'embuscade et lorsqu'ils furent assez éloignés pour que la troupe qu'ils précédaient crût n'avoir rien à craindre, le son d'un cor traversa l'air et une volée de flèches salua le rang pressé des premiers soldats.

440 Le shérif ordonna une halte et envoya une trentaine d'hommes battre les halliers. C'était les envoyer à leur perte.

Divisés en deux groupes, les soldats furent attaqués de deux côtés à la fois et contraints par la force de déposer leurs armes et de se rendre à merci[3].

---

1. Arbre qui sert de point de ralliement à la bande de Robin.
2. *Batteurs d'estrade* : soldats envoyés en reconnaissance.
3. *Se rendre à merci* : capituler.

445 Cet exploit terminé, les joyeux hommes s'élancèrent sur l'escorte du baron, qui, bien montée et habile au maniement des armes, se défendit avec vigueur.

Robin et ses hommes combattirent en vue de délivrer sir Richard et son fils. De leur côté, les cavaliers venus de
450 Londres cherchaient à gagner la récompense promise par le roi à celui qui s'emparerait de Robin Hood.

La lutte était donc furieuse et acharnée des deux parts, la victoire incertaine, quand tout à coup les cris d'une seconde troupe de forestiers annoncèrent que la situation allait changer de face.
455 C'était Petit-Jean et sa bande qui, venant de Barnsdale, se jetaient dans la mêlée avec une violence irrésistible.

Une dizaine d'archers entouraient déjà sir Richard et son fils, détachaient leurs liens, leur donnaient des armes et, sans effroi du danger auquel ils s'exposaient, se battaient corps à corps avec
460 des hommes bardés de fer et revêtus de cottes de maille.

Avec l'étourderie et l'impétuosité de la jeunesse, Herbert s'était élancé, suivi de quelques joyeux hommes, au centre même de l'escorte du baron. Pendant près d'un quart d'heure le courageux enfant tint tête aux cavaliers ; mais, vaincu par le nombre,
465 il allait expier sa téméraire[1] imprudence, lorsqu'un archer, soit pour secourir le jeune homme, soit pour hâter l'issue de la bataille, visa rapidement le baron et lui transperça le cou d'une flèche, le précipita à bas de son cheval et lui trancha la tête ; puis, l'élevant en l'air sur la pointe de son épée, il cria d'une voix de
470 stentor :

«Chiens normands, regardez votre chef, contemplez une dernière fois la laide figure de votre orgueilleux shérif et mettez bas les armes, ou préparez-vous à subir le même s...!»

Le forestier n'acheva pas : un Normand lui fendit le crâne et
475 l'envoya rouler dans la poussière.

---

1. Téméraire : audacieuse, risquée.

La mort de lord Fitz-Alwine obligea les Normands à déposer leurs armes et à demander quartier. Sur un ordre de Robin, une partie des joyeux hommes conduisit les vaincus jusqu'à Nottingham, tandis que, à la tête de la troupe qui lui restait, le jeune homme faisait relever les morts, secourir les blessés et disparaître les traces du combat.

«Adieu pour toujours, homme de fer et de sang! dit Robin en jetant un regard de dégoût sur le cadavre du baron. Tu as enfin rencontré la mort et tu vas recevoir la récompense de tes mauvaises actions. Ton cœur a été avide et impitoyable, ta main s'est étendue comme un fléau[1] sur les malheureux Saxons; tu as martyrisé tes vassaux, trahi ton roi, abandonné ta fille; tu mérites toutes les tortures de l'enfer. Cependant, je prie le Dieu des miséricordes infinies d'avoir pitié de ton âme et de t'accorder le pardon de tes fautes.» [...]

«Parlons sérieusement de ta situation, mon cher Richard, reprit-il; la nouvelle des événements qui viennent de se passer sera envoyée à Londres et le roi sera impitoyable. Nous nous sommes attaqués à ses propres soldats et il te fera payer leur défaite, non seulement par le bannissement, mais par une mort ignominieuse[2]. Quitte ta demeure, viens avec moi, je te donne ma parole d'honnête homme que, tant qu'un souffle de vie sortira de mes lèvres, tu seras en sûreté sous la garde de mes joyeux hommes.

– J'accepte de grand cœur ton offre généreuse, Robin Hood, répondit sir Richard, je l'accepte avec joie et reconnaissance; mais avant de m'établir dans la forêt, je vais essayer (l'avenir de mes enfants m'en fait un devoir) d'adoucir la colère du roi. L'offre d'une somme considérable le décidera peut-être à épargner la vie d'un noble chevalier.»

---

1. *Fléau* : calamité, instrument de destruction.

2. *Ignominieuse* : déshonorante.

Le soir même, sir Richard envoya un message à Londres pour demander à un membre puissant de sa famille de le protéger auprès du roi. Le courrier revint de Londres ventre à terre et il annonça à son maître que Henri II, fort irrité de la mort du baron Fitz-Alwine, avait envoyé une compagnie entière de ses meilleurs soldats au château du chevalier, avec mission de le pendre ainsi que son fils au premier arbre du chemin. Le chef de cette troupe, qui était un Normand sans fortune, avait reçu de la main du roi le don du château de la Plaine, pour lui et ses descendants jusqu'à la dernière génération.

Le parent de sir Richard faisait encore savoir au condamné qu'on envoyait une proclamation dans les pays de Nottinghamshire, de Derbyshire et de Yorkshire, ayant pour but d'offrir une récompense extraordinaire à l'homme assez adroit pour parvenir à s'emparer de Robin Hood et le remettre, mort ou vivant, entre les mains du shérif de l'un ou de l'autre de ces trois pays.

Sir Richard fit aussitôt prévenir Robin Hood du danger qui menaçait sa vie et lui annonça son arrivée immédiate au milieu des siens. [...]

XII. [Richard Cœur de Lion dans la forêt de Sherwood]

Trois années de calme suivirent les événements que nous venons de raconter. La bande de Robin Hood avait pris un développement extraordinaire et la renommée de son intrépide chef s'était répandue par toute l'Angleterre.

5   La mort de Henri II avait fait monter son fils Richard sur le trône et celui-ci, après avoir dilapidé[1] les trésors de la Couronne, était parti pour les croisades, abandonnant la régence du royaume au prince Jean son frère[2], homme de mœurs dissolues[3], d'une avarice extrême et qu'une grande faiblesse d'esprit rendait
10 impropre à remplir les devoirs de la haute mission qui lui était confiée.

La misère déjà si grande dans la classe du peuple sous le règne de Henri II devint un dénuement complet pendant la longue période de cette sanguinaire régence. Robin Hood soula-
15 geait avec une générosité inépuisable les cruelles souffrances des pauvres de Nottinghamshire et de Derbyshire ; aussi était-il l'idole de tous ces malheureux. Mais, s'il donnait aux pauvres, en revanche il prenait aux riches, et Normands, prélats et moines contribuaient largement, à leur grand désespoir, aux bonnes
20 œuvres du noble proscrit. [...]

[...] Richard rentra en Angleterre[4] et le prince Jean, qui redoutait à bon droit la présence de son frère, vint chercher un refuge contre la colère du roi derrière les murs du vieux château de Nottingham.
25 Richard Cœur de Lion, qui avait appris l'odieuse conduite du régent, ne resta que trois jours à Londres et, accompagné d'une faible troupe, marcha résolument contre le rebelle.

Le château de Nottingham fut mis en état de siège ; après trois jours de combat, il se rendit à discrétion[5] et le prince Jean parvint
30 à s'évader.

---

1. *Dilapidé* : dépensé de manière excessive.
2. Voir présentation, p. 18.
3. *De mœurs dissolues* : corrompu, débauché.
4. *Richard rentra en Angleterre* : le roi Richard revint en effet en Angleterre en février 1194 (voir chronologie, p. 22).
5. *Il se rendit à discrétion* : il capitula.

Tout en combattant comme le dernier de ses soldats, Richard remarquait qu'une troupe de vigoureux yeomen lui prêtait main-forte et que c'était grâce à son vaillant secours qu'il avait obtenu la victoire.

35 Après le combat, et une fois installé au château, Richard demanda des renseignements sur les habiles archers qui étaient venus à son aide; mais personne ne put lui répondre et il fut obligé d'adresser sa question au shérif de Nottingham[1].

[...] le shérif répondit au roi que les archers dont il était question n'étaient autres bien certainement que ceux du terrible 40 Robin Hood :

«Ce Robin Hood [...] est un fieffé coquin; il nourrit sa bande aux dépens des voyageurs, il dévalise les honnêtes gens, tue les cerfs du roi et commet journellement toutes sortes de bri-45 gandages.»

Halbert Lindsay, le frère de lait de la jolie Maude, qui avait eu la bonne fortune de conserver la place de gardien du château, se trouvait par hasard auprès du roi au moment de cet entretien. Entraîné par un sentiment de reconnaissance envers Robin et par 50 l'élan naturel à un caractère généreux, il oublia sa modeste condition, fit un pas vers l'auguste[2] auditeur du shérif et dit d'un ton pénétré :

«Sire, Robin Hood est un honnête Saxon, un malheureux proscrit. S'il dépouille les riches du superflu de leur fortune, il 55 soulage toujours la misère des pauvres et du comté de Notting-gham à celui de York le nom de Robin Hood est prononcé avec le respect d'une éternelle reconnaissance.

– Connaissez-vous personnellement ce brave archer?» demanda le roi à Halbert.

---

1. Le successeur du baron Fitz-Alwine.
2. *Auguste* : sacré, vénérable.

60   Cette question rappela Halbert à lui-même ; il devint pourpre et répondit avec embarras :

«J'ai vu Robin Hood, mais il y a longtemps, et je répète à Votre Majesté le bien que disent les pauvres de celui qui les empêche de mourir de faim.

65   – Allons, mon brave garçon, dit le roi en souriant, relève la tête et ne renie pas ton ami. Par la sainte Trinité[1] ! si sa conduite est telle que tu viens de nous l'apprendre, c'est un homme dont l'amitié doit être précieuse. Je serais, je l'avoue, très enchanté de voir ce proscrit et, comme il m'a rendu service, il ne sera pas dit

70 que Richard d'Angleterre se soit montré ingrat[2], même envers un outlaw. Demain matin, je descendrai dans la forêt de Sherwood. »

Le roi tint parole : dès le lendemain, accompagné d'une escorte de chevaliers et de soldats, conduit par le shérif, qui ne

75 trouvait pas cette promenade fort attrayante, il explora les sentiers, les routes, les clairières du vieux bois ; mais la recherche fut complètement inutile, Robin Hood ne se montra pas.

Fort mécontent de l'insuccès de sa démarche, Richard fit appeler un homme qui remplissait les fonctions de garde fores-

80 tier dans les bois de Sherwood et lui demanda s'il connaissait un moyen de rencontrer le chef des proscrits.

«Votre Majesté pourrait fouiller la forêt pendant un an, répondit cet homme, sans apercevoir l'ombre même d'un outlaw, si elle s'y présente accompagnée d'une escorte. Robin

85 Hood évite de se battre autant que possible, non par crainte, car il connaît si bien la forêt qu'il n'a rien à redouter, même de l'attaque de cinq ou six cents hommes, mais par modération et

---

1. *Sainte Trinité* : dogme et mystère du Dieu unique en trois personnes, le Père, le Fils et le Saint-Esprit dans la doctrine chrétienne.

2. *Se soit montré ingrat* : n'ait pas manifesté sa reconnaissance.

par prudence. Si Votre Majesté désire voir Robin Hood, qu'elle s'habille en moine, ainsi que quatre ou cinq chevaliers, je servirai de guide à Votre Majesté. Je jure, par saint Dunstan, que tout le monde sera en sûreté! Robin Hood arrête les ecclésiastiques[1], il les héberge, il les dépouille, mais il ne les maltraite pas.

– De par la sainte croix! forestier, tu parles d'or! dit le roi en riant, et je vais suivre ton ingénieux conseil. Le costume d'un moine me siéra[2] fort mal; n'importe! Qu'on aille me chercher une robe de religieux.»

L'impatient monarque revêtit bientôt un costume d'abbé, fit choix de quatre chevaliers, qui se couvrirent d'une robe de moine et, d'après un nouveau stratagème indiqué par le forestier, on harnacha trois chevaux de manière à laisser supposer qu'ils portaient la charge d'un trésor.

À trois milles environ du château, le garde forestier qui servait de guide aux prétendus moines s'approcha du roi et lui dit:

«Monseigneur, regardez à l'extrémité de la clairière, vous y verrez Robin Hood, Petit-Jean et Will l'Écarlate, les trois chefs de la bande.

– Bon», dit joyeusement le roi.

Et, faisant hâter le pas de son cheval, Richard feignit de vouloir s'échapper. Robin Hood bondit sur la route, saisit la bride de l'animal et le maintint immobile.

«Mille pardons, sire abbé, dit-il; veuillez vous arrêter un peu et recevoir mes compliments de bienvenue.

– Pécheur profane! s'écria Richard, cherchant à imiter le langage habituel aux gens d'Église; qui es-tu pour te permettre d'arrêter la marche d'un saint homme qui va accomplir une mission sacrée?

---

1. *Ecclésiastiques* : membres du clergé, religieux.
2. *Me siéra* : me conviendra.

– Je suis un yeoman de cette forêt, répondit Robin Hood, et mes compagnons vivent ainsi que moi des produits de la chasse et des générosités des pieux[1] membres de la sainte Église.

120 – Tu es, sur mon âme, un hardi coquin! répondit le roi en dissimulant un sourire, d'oser me dire à mon nez et à ma barbe que tu manges mes... les cerfs du roi et dévalises les membres du clergé. Par saint Hubert! tu possèdes du moins le mérite de la franchise.

125 – La franchise est la seule ressource des gens qui ne possèdent rien, repartit Robin Hood; mais ceux auxquels appartiennent les rentes, les domaines, les monnaies d'or et d'argent, peuvent s'en passer, car ils n'en sauraient que faire. Je crois, noble abbé, continua Robin d'un ton de persiflage[2], que vous 130 êtes du nombre des heureux dont je parle. C'est pourquoi je me permets de vous demander de venir en aide à nos modestes besoins, à la misère des pauvres gens qui sont nos amis et nos protégés. Vous oubliez trop souvent, mes frères, qu'il y a aux alentours de vos riches demeures des maisons dépourvues de 135 pain et cependant vous possédez encore plus d'or que vous n'avez de fantaisies[3] à satisfaire.

– Tu dis peut-être la vérité, yeoman, répondit le roi, oubliant à demi le caractère religieux dont il s'était revêtu, et l'expression de loyale franchise que respire ta physionomie me plaît singuliè-140 rement[4]. Tu as l'air beaucoup plus honnête que tu ne l'es en réalité; néanmoins, en faveur de ta bonne mine, et pour l'amour de la charité[5] chrétienne, je te fais don de tout l'argent que je

---

1. Pieux membres : membres sincèrement attachés à Dieu et aux pratiques religieuses.
2. Persiflage : ironie, moquerie.
3. Fantaisies : ici, caprices.
4. Singulièrement : curieusement, d'une manière surprenante.
5. Charité : générosité.

possède en ce moment-ci, quarante pièces d'or. Je suis fâché de
n'en point avoir davantage, mais le roi, qui, tu l'as appris sans
145 doute, habite depuis quelques jours le château de Nottingham, a
presque entièrement vidé mes poches. Cet argent est donc à ton
service, parce que j'aime la belle figure et les têtes énergiques de
tes robustes compagnons.»

En achevant ces mots, le roi tendit à Robin Hood un petit sac
150 de cuir qui contenait quarante pièces d'or.

«Vous êtes le phénix[1] des ecclésiastiques, messire abbé, dit
Robin en riant et si je n'avais fait le vœu de pressurer[2] plus ou
moins tous les membres de la sainte Église, je refuserais d'accepter votre généreuse offrande; cependant il ne sera pas dit que
155 vous aurez eu à souffrir trop cruellement de votre passage dans
la forêt de Sherwood; votre escorte et vos chevaux passeront en
toute liberté et, de plus, vous me permettrez de ne recevoir que
vingt pièces d'or.

– Tu agis noblement, forestier, répondit Richard qui parut
160 sensible à la courtoisie de Robin, et je me ferai un plaisir de
parler de toi à notre souverain. Sa Majesté te connaît un peu, car
elle m'a dit de te saluer de sa part si j'avais la bonne fortune de
te rencontrer. Je crois, entre nous soit dit, que le roi Richard, qui
aime la bravoure dans quelque lieu qu'il la rencontre, ne serait
165 pas fâché de remercier de vive voix le brave yeoman qui l'a aidé
à ouvrir les portes du château de Nottingham et de lui demander
pour quelle raison il a disparu, avec ses vaillants compagnons,
aussitôt après la bataille.

– Si j'avais un jour le bonheur de me trouver en présence de
170 Sa Majesté, je n'hésiterais pas à répondre à cette dernière question; mais, pour le moment, sir abbé, parlons d'autre chose.

----

1. *Le phénix* : le meilleur, le plus remarquable.
2. *Pressurer* : détrousser de leurs biens.

J'aime tendrement le roi Richard, parce qu'il est anglais de cœur et d'âme, quoiqu'il appartienne par les liens du sang à une famille normande[1]. Nous sommes tous ici, prêtres et laïques, les
175 fidèles serviteurs de Sa Majesté Très Gracieuse et, si vous voulez bien y consentir, sir abbé, nous boirons de compagnie à la santé du noble Richard. La forêt de Sherwood sait être gratuitement hospitalière quand elle reçoit sous l'ombrage de ses vieux arbres des cœurs saxons et des moines généreux.

180 – J'accepte avec plaisir ton aimable invitation, Robin Hood, répondit le roi, et je suis prêt à te suivre où il te plaira de me conduire.

– Je vous remercie de cette confiance, bon religieux», dit Robin en dirigeant le cheval monté par Richard vers un atelier[2]
185 qui allait aboutir à l'arbre du Rendez-Vous.

Petit-Jean, Will l'Écarlate et les quatre chevaliers déguisés en moines suivirent le roi précédé par Robin.

La petite escorte était à peine engagée dans le sentier, quand un cerf effrayé par le bruit traversa le chemin avec rapidité ; mais,
190 plus alerte encore que le pauvre animal, la flèche de Robin lui transperça le flanc d'un coup mortel.

«Bien frappé ! bien frappé ! cria joyeusement le roi.

– Ce coup n'a rien de merveilleux, sir abbé, dit Robin en regardant Richard d'un air quelque peu surpris ; tous mes
195 hommes sans exception peuvent tuer un cerf de cette façon-là, et ma femme elle-même sait tirer de l'arc et accomplir des tours d'adresse bien supérieurs au faible exploit que je viens d'accomplir sous vos yeux.

---

1. Richard Cœur de Lion est un descendant de Guillaume le Conquérant, duc de Normandie (voir présentation, p. 16 et 18).
2. *Atelier* : fossé (terme de fortification).

– Ta femme ? répéta le roi d'un ton interrogateur ; tu as une
200 femme ? Par la messe ! je suis curieux de faire connaissance avec
celle qui partage les périls de ton aventureuse carrière.

– Ma femme n'est pas la seule de son sexe, messire abbé, qui
préfère un cœur fidèle et une sauvage demeure à un amour per-
fide et au luxe de l'existence des villes.

205 – Je te présenterai ma femme, sir abbé, cria Will l'Écarlate,
et si tu ne reconnais pas que sa beauté est digne d'un trône, tu
me permettras de déclarer que tu es aveugle ou bien que ton goût
est des plus détestables.

– Par saint Dunstan ! repartit Richard, la voix populaire
210 touche juste en vous appelant les joyeux hommes ; rien ne vous
manque ici : jolies femmes, gibier royal, fraîche verdure, liberté
entière.

– Aussi sommes-nous très heureux, messire», répondit
Robin en riant.

215 L'escorte atteignit bientôt la pelouse où le repas, déjà préparé, attendait les convives, et ce repas, somptueusement fourni
des viandes parfumées de la venaison, excita par son seul aspect
le vigoureux appétit de Richard Cœur de Lion. […]

Le chevalier Richard de la Plaine, qui était absent depuis le
220 matin, parut en ce moment au centre du groupe et s'approcha de
Robin. En apercevant le roi, le chevalier tressaillit, car la figure
du prince lui était parfaitement connue. Il regarda Robin, le
jeune homme paraissait ignorer complètement le rang élevé de
son hôte.

225 «Connais-tu le nom de celui qui porte le costume d'un moine
supérieur ? demanda sir Richard à voix basse.

– Non, répondit Robin ; mais je crois avoir découvert depuis
quelques minutes que ces cheveux roux et ces grands yeux bleus
ne peuvent appartenir qu'à un seul homme au monde, à…

230   – Richard Cœur de Lion, roi d'Angleterre ! s'écria involontairement le chevalier.

    – Ah ! ah ! » fit le faux moine en se rapprochant.

Robin Hood et sir Richard tombèrent à genoux.

«Je reconnais maintenant l'auguste visage de mon souverain, 235 dit le chef des outlaws ; c'est bien celui de notre bon roi Richard d'Angleterre. Que Dieu protège Sa Vaillante Majesté ! »

Un bienveillant sourire épanouit les lèvres du roi.

«Sire, continua Robin sans quitter l'humble posture qu'il avait prise, Votre Majesté connaît maintenant qui nous sommes : 240 des proscrits chassés de la demeure de nos pères par une injuste et cruelle oppression. Pauvres et sans abri, nous avons cherché un refuge dans la solitude des bois ; nous avons vécu de chasse, d'aumônes, exigées sans doute, mais sans violence et avec les formes de la plus prévenante courtoisie ; on nous donnait de 245 bonne ou de mauvaise grâce, mais nous ne prenions pas sans être bien certains que celui qui refusait de venir au secours de notre misère portait dans son escarcelle[1] la rançon d'un chevalier. Sire, j'implore de Votre Majesté la grâce de mes compagnons et celle de leur chef.

250   – Lève-toi, Robin Hood, répondit le prince avec bonté et fais-moi connaître la raison qui t'a engagé à me prêter le secours de tes braves archers à l'assaut de la baronnie de Nottingham.

    – Sire, reprit Robin Hood, qui tout en obéissant à l'ordre du roi, se tint respectueusement incliné devant lui, Votre Majesté est 255 l'idole des cœurs vraiment anglais. Vos actions, si dignes de l'estime générale, vous ont fait conquérir la gracieuse qualification du plus brave des braves, de l'homme au cœur de lion, qui en loyal chevalier triomphe en personne de ses ennemis et étend sur les malheureux sa généreuse protection. Le prince Jean

---

1. *Escarcelle* : bourse.

260 méritait la disgrâce de Votre Majesté, et lorsque j'ai appris la présence de mon roi devant les murs du château de Nottingham, je
me suis secrètement placé sous ses ordres. Votre Majesté a pris
le château qui servait de refuge au prince rebelle, ma tâche était
remplie et je me suis retiré sans rien dire, parce que la conscience
265 d'avoir loyalement servi mon roi satisfaisait mes plus intimes
désirs.

– Je te remercie cordialement de ta franchise, Robin Hood,
répondit Richard, et l'affection que tu me portes m'est fort
agréable. Tu parles et tu agis en honnête homme ; je suis content
270 et j'accorde grâce pleine et entière aux joyeux hommes de la forêt
de Sherwood. Tu as eu entre les mains un bien grand pouvoir,
celui de faire le mal et tu n'as pas mis en œuvre cette dangereuse
puissance. Tu as secouru les pauvres et ils sont nombreux dans
le pays de Nottingham. Tu n'as pénétré[1] de courtoises contribu-
275 tions que sur les riches Normands et cela pour subvenir aux
besoins de ta bande. J'excuse tes fautes ; elles ont été les natu-
relles conséquences d'une position tout à fait exceptionnelle :
seulement, comme les lois forestières ont été violées[2], comme les
princes de l'Église et les seigneurs suzerains se sont trouvés dans
280 l'obligation de laisser entre tes mains quelques bribes[3] de leurs
immenses trésors, ton pardon demande la validité d'un écrit
pour que tu puisses vivre désormais à l'abri de tout reproche et
de toute poursuite. Demain, en présence de mes chevaliers, je
proclamerai hautement que le ban de proscription[4] qui te place
285 plus bas que le dernier des serfs du royaume est complètement

---

1. *Pénétré* : ici, reçu, prélevé.
2. Les lois forestières visaient essentiellement à restreindre les droits de chasse. Le gros gibier dont se régalent Robin et ses compagnons appartient au roi et le braconnage est puni de mort !
3. *Bribes* : morceaux, petites parties.
4. *Ban de proscription* : décret qui fait de Robin un proscrit.

annulé. Je te rends, à toi et à tous ceux qui ont partagé ton aventureuse existence, les droits et les privilèges d'un homme libre. J'ai dit, et je jure de maintenir ma parole par la grâce du Dieu tout-puissant.

290   – Vive Richard Cœur de Lion! crièrent les chevaliers.

– Que la sainte Vierge protège à jamais Votre Majesté!» dit Robin Hood d'une voix émue; et, mettant un genou en terre, il baisa respectueusement la main du généreux prince.

Cet acte de gratitude accompli, Robin se releva, sonna du cor 295 et les joyeux hommes, différemment occupés, les uns à tirer de l'arc, les autres à exercer leur adresse au maniement du bâton, abandonnèrent aussitôt leurs occupations respectives et vinrent se grouper en cercle autour de leur jeune chef.

«Braves compagnons, dit Robin, mettez tous un genou en 300 terre et découvrez vos têtes : vous êtes en présence de notre légitime souverain, du roi bien-aimé de la joyeuse Angleterre, de Richard Cœur de Lion! Rendez hommage à notre noble maître et seigneur!»

Les proscrits obéirent à l'ordre de Robin et, tandis que la 305 troupe se tenait humblement inclinée devant Richard, Robin lui fit connaître la clémence[1] du souverain.

«Et maintenant, ajouta le jeune homme, faites retentir la vieille forêt de vos hourras joyeux; un grand jour s'est levé pour nous, mes garçons; vous êtes libres par la grâce de Dieu et du 310 noble Richard!»

Les joyeux hommes n'eurent pas besoin de recevoir un nouvel encouragement à la manifestation de leur joie intérieure; ils poussèrent un hourra tellement formidable qu'il n'y a rien d'extraordinaire à supposer qu'il ait été entendu à deux milles de 315 l'arbre du Rendez-Vous. [...]

---

1. _Clémence_ : indulgence, pardon.

Cette nuit-là, le roi d'Angleterre dormit sous la garde des outlaws de la forêt de Sherwood et le lendemain, après avoir fait honneur à un excellent déjeuner, il se prépara à reprendre le chemin de Nottingham. [...]

[Robin et les siens accompagnent le roi jusqu'aux portes du château de Nottingham.]

320 [...] «Je t'ai promis, mon cher Robin, une noble récompense pour le service que tu m'as rendu; formule ton désir; le roi Richard n'a qu'une parole, il tient et réalise toujours les engagements qu'il contracte.

– Sire, répondit Robin, Votre Gracieuse Majesté me rend
325 heureux au-delà de toute expression en me renouvelant l'offre de son généreux appui; je l'accepte pour moi, pour mes hommes et pour un chevalier qui, frappé de disgrâce par le roi Henri, a été obligé de chercher un refuge dans l'asile protecteur de la forêt de Sherwood. Ce chevalier, sire, est un homme plein de cœur, un
330 digne père de famille, un brave Saxon, et si Votre Majesté veut me faire l'honneur d'écouter l'histoire de sir Richard Gower de la Plaine, je suis assuré qu'elle voudra bien m'accorder la demande que je me permettrai de lui faire.

– Nous t'avons donné notre parole de roi de t'accorder
335 toutes les grâces qu'il te plaira d'implorer de nous, ami Robin, répondit affectueusement Richard; parle sans crainte, et dis-nous par quel concours de circonstances ce chevalier est tombé dans la disgrâce de mon père.»

Robin s'empressa d'obéir aux ordres du roi, et il raconta le
340 plus brièvement possible l'histoire du chevalier de la Plaine.

«Par Notre Dame! s'écria Richard, ce bon chevalier a été cruellement traité, et tu as noblement agi en lui venant en aide. Mais il ne sera pas dit, brave Robin Hood, que tu puisses dans ce cas

encore, avoir surpassé le roi d'Angleterre en grandeur d'âme et
345 en générosité. Je veux, à mon tour, protéger ton ami ; fais-le venir
en notre présence.»

Robin appela le chevalier, et celui-ci, le cœur agité par les
émotions d'une douce espérance, se présenta respectueusement
devant le prince.

350 «Sir Richard de la Plaine, dit gracieusement le roi, ton
vaillant ami Robin Hood vient de m'apprendre les malheurs qui
ont frappé ta famille, les dangers auxquels tu as été exposé. Je
suis heureux de pouvoir, en te rendant justice, témoigner à
Robin l'admiration sincère et l'estime profonde que m'inspire sa
355 conduite. Je te remets en possession de tes biens et pendant un
an tu seras libéré de tout impôt et de toute contribution. Outre
cela, j'anéantis le décret de bannissement lancé contre toi, afin
que le souvenir de cet acte injuste soit complètement effacé,
même de la mémoire de tes concitoyens. Rends-toi au château ;
360 les lettres de grâce pleine et entière te seront délivrées par nos
ordres. Quant à toi, Robin Hood, demande encore quelque
chose à celui qui ne croira jamais avoir payé sa dette de reconnaissance même après avoir satisfait à tous tes désirs.

– Sire, dit le chevalier en mettant un genou en terre,
365 comment puis-je vous témoigner la gratitude qui remplit mon
cœur ?

– En me disant que tu es heureux, répondit gaiement le roi ;
en me promettant de ne plus offenser les membres de la très
sainte Église.»

370 Sir Richard baisa la main du généreux prince et s'effaça discrètement dans les groupes réunis à quelques pas du roi. [...]

Tout en causant, Richard se dirigeait vers le château, et les
acclamations enthousiastes de la populace accompagnèrent de
leur bruyante clameur le roi d'Angleterre et le célèbre proscrit
375 jusqu'aux portes du vieux manoir.

Le généreux prince réalisa le jour même la promesse qu'il avait faite à Robin Hood ; il signa un acte qui annulait le ban de proscription et remettait le jeune homme en possession de ses droits et de ses titres aux biens et aux dignités de la famille de
380 Huntingdon. [...]

Le 30 mars 1194, la veille de son départ pour Londres, Richard tint conseil au château de Nottingham, et, au nombre des choses importantes qui furent traitées, se trouva l'établissement des droits de Robin Hood au comté de Huntingdon. Le roi
385 témoigna d'une façon péremptoire[1] son désir de rendre à Robin les propriétés détenues par l'abbé de Ramsey[2] et les conseillers de Richard lui promirent formellement de terminer à son entière satisfaction l'acte de justice qui devait réparer les malheurs si courageusement supportés par le noble proscrit.

XIII. [Régence de Jean sans Terre, ou la mort de Marianne]

Avant de s'éloigner, peut-être pour toujours, de l'antique forêt qui lui avait servi d'asile, Robin Hood éprouva un regret si vif du passé, une appréhension de l'avenir si peu en harmonie avec la perspective que lui avaient fait entrevoir les généreuses
5 promesses de Richard, qu'il résolut d'attendre sous l'abri protecteur de sa demeure de feuillage le résultat définitif des engagements contractés par le roi d'Angleterre.

---

1. *Péremptoire* : catégorique, qui n'admet pas de contradiction.
2. Voir p. 77.

Ce fut pour Robin une heureuse détermination que celle qui le retint à Sherwood, car le sacre[1] de Richard, qui eut lieu à
10 Winchester peu de temps après son retour à Londres, absorba si bien les esprits, qu'il rendit inopportune[2] toute démarche tendant à rappeler les droits reconnus, mais non proclamés, du jeune comte de Huntingdon.

Les fêtes du couronnement terminées, Richard partit pour le
15 continent, où l'appelait un vif désir de vengeance contre Philippe de France[3], et confiant en la parole donnée par ses conseillers, il leur laissa le soin de rétablir la fortune du brave Robin Hood.

Le baron de Broughton (l'abbé de Ramsey), qui jouissait toujours des biens de la famille de Huntingdon, mit en œuvre tout
20 son crédit et les ressources de son immense fortune pour retarder l'exécution du décret rendu par Richard en faveur du véritable héritier des titres et du domaine de ce riche comté ; mais, tout en se ménageant des protecteurs et des amis, le prudent baron ne tentait pas de s'opposer ouvertement aux actes émis par la
25 volonté de Richard, il se contentait de demander du temps, de combler le chancelier des plus riches cadeaux, et d'en arriver ainsi à se maintenir dans la tranquille possession du patrimoine qu'il avait usurpé[4].

Pendant que Richard se battait en Normandie, pendant que
30 l'abbé de Ramsey gagnait à sa cause la chancellerie[5] tout entière, Robin Hood attendait avec confiance le message qui devait lui apprendre son entrée en possession de la fortune de son père.

Onze mois de passive attente affaiblirent la robuste patience du jeune homme ; il s'arma de courage et, fort de la bienveillance

---

1. *Sacre* : cérémonie religieuse par laquelle l'Église reconnaissait solennellement que le pouvoir du souverain venait de Dieu.

2. *Inopportune* : déplacée, entreprise au mauvais moment.

3. *Philippe de France* : Philippe II Auguste, roi de France de 1180 à 1223.

4. *Usurpé* : obtenu de façon illégitime.

5. *Chancellerie* : administration du royaume.

35 que lui avait témoignée le roi à son passage à Nottingham, il
adressa une requête à Hubert Walter[1], archevêque de Canterbury, gardien des sceaux[2] d'Angleterre et grand justicier du
royaume. La demande de Robin Hood parvint à sa destination,
l'archevêque en prit connaissance ; mais si cette demande si juste
40 ne fut pas ouvertement repoussée, elle resta sans réponse et fut
considérée comme non avenue[3].

Le mauvais vouloir de ceux qui s'étaient fait fort de rendre à
Robin Hood les biens de sa maison se manifestait par cette inertie[4], et le jeune homme devina sans peine qu'une lutte s'enga-
45 geait sourdement[5] contre lui. Par malheur, l'abbé de Ramsey,
devenu baron de Broughton, comte de Huntingdon, était un
adversaire trop redoutable pour qu'il fût possible, en l'absence
de Richard, de tenter contre lui la moindre représaille. Aussi
Robin résolut-il de fermer les yeux sur les injustices dont il était
50 la victime, et d'attendre sagement le retour du roi d'Angleterre.

Cette décision prise, Robin Hood envoya un second message
au grand justicier. Il lui témoigna un vif mécontentement de la
visible protection qu'il accordait à l'abbé de Ramsey, et lui
déclara que, tout en espérant une prompte justice de Richard à
55 sa rentrée en Angleterre, il se remettait à la tête de sa bande et
continuerait de vivre, comme par le passé, dans la forêt de
Sherwood.

Hubert Walter n'accorda aucune attention apparente à la
seconde missive[6] de Robin ; mais, tout en prenant de sévères

---

1. *Hubert Walter* : personnage historique, archevêque de Canterbury de 1193
à 1205.
2. *Gardien des sceaux* : fonction politique de premier plan, équivalant à celle
de ministre de la Justice.
3. *Non avenue* : inexistante.
4. *Inertie* : inaction.
5. *Sourdement* : ici, secrètement.
6. *Missive* : lettre.

60 mesures pour rétablir l'ordre et la tranquillité par toute l'Angleterre, tout en détruisant les nombreuses bandes d'hommes rassemblées dans les différentes parties du royaume, l'archevêque
laissa en repos le protégé de Richard et ses joyeux compagnons.

Quatre années s'écoulèrent dans le calme trompeur qui pré-
65 cède les orages du ciel et les bouleversements révolutionnaires.
Un matin, la nouvelle de la mort de Richard[1] tomba comme la
foudre sur le royaume d'Angleterre et jeta l'épouvante dans tous
les cœurs. L'avènement au trône du prince Jean, qui semblait
avoir pris à tâche de soulever contre lui une haine universelle, fut
70 le signal d'une série de crimes et de honteuses violences.

Pendant le cours de cette désastreuse période, l'abbé de
Ramsey traversa, accompagné d'une suite nombreuse, la forêt de
Sherwood pour se rendre à York, et fut arrêté par Robin. Fait prisonnier, ainsi que son escorte, l'abbé ne put obtenir sa liberté
75 qu'au prix d'une rançon considérable. Il paya, tout en mau-
gréant, tout en se promettant une éclatante revanche, et cette
revanche ne se fit pas attendre.

L'abbé de Ramsey s'adressa au roi et Jean, qui avait, à cette
époque, grandement besoin de l'appui de la noblesse, prêta
80 l'oreille aux plaintes du baron et envoya, séance tenante[2], une
centaine d'hommes commandés par sir William de Gray, frère
aîné de Jean Gray, favori du roi, à la poursuite de Robin Hood,
avec ordre de tailler en morceaux la bande tout entière.

Le chevalier de Gray, qui était normand, exécrait les Saxons,
85 et mû[3] par ce sentiment de haine, il jura de déposer bientôt aux
pieds de l'abbé de Ramsey la tête de son impudent adversaire.

La soudaine arrivée d'une compagnie de soldats revêtus de
cottes de mailles et à l'extérieur belliqueux, jeta une panique

---

1. Richard Cœur de Lion est mort le 6 avril 1199, devant la forteresse de Châlus.
2. *Séance tenante* : aussitôt.
3. *Mû* : animé.

générale dans la petite ville de Nottingham; mais lorsque l'on
90 apprit d'elle que le but de sa marche était la forêt de Sherwood
et l'extermination de la bande de Robin, la terreur fit place au
mécontentement, et quelques hommes dévoués aux proscrits
coururent les avertir du malheur qui allait fondre sur eux.

Robin Hood reçut la nouvelle en homme qui se tient sur ses
95 gardes et qui attend d'un moment à l'autre les représailles d'un
ennemi cruellement offensé, et il ne mit pas un seul instant en
doute la coopération[1] que l'abbé de Ramsey avait prise à cette
rapide expédition. Robin réunit ses hommes et les prépara à
opposer à l'attaque des Normands une vigoureuse défense, puis
100 il envoya sur-le-champ, à la rencontre de ses ennemis, un habile
archer qui, déguisé en paysan, devait s'offrir aux soldats pour les
conduire à l'arbre connu de tout le comté comme étant le point
de ralliement à la bande des joyeux hommes.

Cette ruse si simple, et qui avait déjà rendu à Robin de très
105 grands services, réussit complètement une fois encore, et le chevalier de Gray accepta sans défiance[2] les offres de l'envoyé de
Robin. Le complaisant forestier se mit donc à la tête de la troupe,
et il la promena à travers les buissons, les halliers et les ronces
pendant trois heures, sans paraître s'apercevoir que les cottes de
110 mailles rendaient la marche fort difficile aux malheureux soldats.
Enfin, lorsque ceux-ci furent accablés du poids écrasant de leur
armure, lorsqu'ils furent anéantis de fatigue, le guide les conduisit, non à l'arbre du Rendez-Vous, mais au centre d'une vaste
clairière entourée d'ormes, de hêtres et de chênes séculaires. Sur
115 cet emplacement, dont le terrain était couvert d'un gazon aussi
frais et aussi uni que l'est celui d'une pelouse devant la porte
d'un château, se tenait, les uns debout, les autres couchés, la
bande entière des joyeux hommes.

---

1. *La coopération* : ici, le rôle.
2. *Sans défiance* : sans se méfier.

La vue de l'ennemi en apparence désarmé ranima les forces
120 des soldats ; sans songer au guide, qui s'était déjà glissé dans les
rangs des outlaws, ils jetèrent un cri de triomphe et s'élancèrent
impétueusement à la rencontre des forestiers. À la grande
surprise des Normands, les joyeux hommes quittèrent à peine la
pose nonchalante[1] qu'ils avaient prise, et presque sans changer
125 de place, ils levèrent au-dessus de leurs têtes leurs immenses
bâtons et les firent tournoyer en éclatant de rire.

Exaspérés par ce dérisoire accueil, les soldats se jetèrent
confusément l'épée à la main sur les forestiers, et ceux-ci, sans
manifester la moindre émotion, courbèrent les unes après les
130 autres les armes menaçantes sous de formidables coups de
bâton : puis, avec une rapidité étourdissante, ils sanglèrent de
coups mortels la tête et les épaules des Normands. Le bruit sourd
que rendaient les cottes de mailles et les casques se mêlait aux
cris des soldats terrassés, aux clameurs des yeomen, qui sem-
135 blaient non défendre leur vie, mais exercer leur adresse contre
des corps inertes[2].

Sir William de Gray, qui dirigeait les mouvements des soldats, voyait avec rage tomber autour de lui la meilleure partie de
sa troupe, et il maudissait de tout son cœur l'idée qu'il avait eue
140 de revêtir ses soldats d'un accoutrement aussi lourd. L'adresse et
l'agilité du corps étaient les premiers éléments d'une victoire déjà
si incertaine dans un combat livré à des hommes d'une force pro-
digieuse, et les Normands pouvaient à peine se mouvoir sans la
fatigue d'un grand effort.

145 Effrayé du résultat probable d'une déroute complète, le chevalier fit suspendre le combat et, grâce à la générosité de Robin,
il put ramener à Nottingham les débris de sa troupe.

---

1. *Nonchalante* : ici, insouciante, négligeant le danger.
2. *Inertes* : ici, qui ne se défendent pas.

Il va sans dire que le reconnaissant chevalier se promettait *in petto*[1] de recommencer l'attaque dès le lendemain avec des hommes plus légèrement vêtus que ne l'étaient les Normands amenés de Londres.

Robin Hood, qui avait deviné les intentions hostiles de sir Gray, rangea ses hommes en ordre de bataille[2] dans le même endroit où avait eu lieu le combat de la veille, et attendit tranquillement l'apparition des soldats qui avaient été rencontrés, à deux milles de l'arbre du Rendez-Vous, par un des forestiers envoyés en batteurs d'estrade[3], dans les différentes parties de la forêt avoisinant Nottingham.

Cette fois-ci, les Normands avaient endossé le léger costume des archers ; ils étaient armés d'arcs, de flèches, de petites épées et de boucliers.

Robin Hood et ses hommes étaient à leur poste depuis une heure environ et les soldats attendus ne paraissaient pas. Le jeune homme commençait à croire que ses ennemis avaient changé d'avis, lorsqu'un archer accourut en toute hâte, d'un poste où il avait été placé en sentinelle, annoncer à Robin que les Normands, égarés en route, marchaient directement vers l'arbre du Rendez-Vous, où les femmes s'étaient rassemblées par ordre de Robin.

Cette nouvelle frappa Robin d'un pressentiment funeste[4] ; il devint très pâle et dit à ses hommes :

«Courons au-devant des Normands, il faut les arrêter en chemin ; malheur à eux et à nous s'ils arrivent auprès de nos femmes !»

---

1. *In petto* : intérieurement (locution latine).
2. *Ordre de bataille* : organisation tactique d'une armée qui s'apprête à livrer le combat.
3. *Batteurs d'estrade* : voir note 2, p. 183.
4. *Funeste* : qui annonce un grand malheur.

175   Les forestiers s'élancèrent comme un seul homme du côté de la route suivie par les soldats, se promettant de leur barrer le chemin ou de gagner avant eux l'arbre du Rendez-Vous ; mais les soldats avaient déjà une avance trop considérable pour qu'il fût possible de les arrêter ou même d'aller assez vite pour prévenir
180 quelque effroyable malheur. Les mœurs, ou pour mieux dire le dérèglement de cette époque de barbarie, faisaient craindre à Robin et à ses compagnons les cruelles représailles d'une réunion de femmes complètement isolées.

    Les Normands atteignirent bientôt l'arbre du Rendez-Vous. À
185 leur vue, les femmes se levèrent épouvantées, jetèrent des cris de terreur et s'enfuirent éperdues dans toutes les directions qui se trouvaient ouvertes devant elles. Sir William jugea d'un coup d'œil tout le parti que sa haine contre les Saxons pouvait tirer de l'abandon et de la faiblesse de leurs craintives compagnes ; il
190 résolut de s'emparer d'elles et de se venger par leur mort du mauvais succès de sa première attaque contre Robin Hood.

    Sur l'ordre de leur chef, les soldats firent halte, et sir William suivit de l'œil pendant une seconde les mouvements tumultueux des pauvres effrayées. Une d'elles courait en avant, et ses com-
195 pagnes tentaient à la fois de la rejoindre et de protéger sa fuite. Cette visible sollicitude fit comprendre au Normand la supériorité de celle qui dirigeait la marche : il pensa aussitôt qu'il serait de bonne guerre[1] de la frapper la première : il prit son arc ; y mit une flèche et visa froidement. Le chevalier était bon tireur ; la
200 malheureuse femme, atteinte entre les deux épaules, tomba ensanglantée au milieu de ses compagnes, qui, sans songer à leur propre salut, s'agenouillèrent autour d'elle en poussant des cris déchirants.

---

1. ***De bonne guerre*** : habile, sur un plan tactique. L'homme raisonne comme un soldat dépourvu de toute pitié.

Un homme avait vu le geste homicide[1] du misérable Nor-
205 mand, un homme avait, espérant prévenir le coup funeste, visé
le chevalier au front. La flèche de cet homme atteignit son but,
mais trop tard ; car sir William avait tiré sur Marianne avant de
mourir de la main de Robin Hood.

«Lady Marianne a été frappée ! mortellement frappée ! »

210 Cette terrible nouvelle vola de bouche en bouche ; elle fit
monter les larmes aux yeux de tous ces braves Saxons qui
aimaient leur jeune reine avec une tendresse sans bornes. Quant
à Robin, sa douleur tenait du délire ; il ne parlait pas, il ne pleurait pas, il se battait, Petit-Jean et lui bondissaient comme des
215 tigres altérés[2] de carnage autour des Normands, et ils semaient
la mort dans leurs rangs sans jeter un cri, sans desserrer leurs
lèvres pâles ; leurs bras agiles semblaient doués d'une force surhumaine : ils vengeaient Marianne, et ils la vengeaient cruellement !

220 Ce sanglant combat dura deux heures ; les Normands furent
taillés en pièces et n'obtinrent ni grâce ni merci ; un soldat parvint seul à fuir, et alla raconter au frère de sir William de Gray le
dénouement fatal de l'expédition.

Marianne avait été transportée dans une clairière éloignée du
225 champ de bataille, et Robin trouva Maude tout en pleurs
essayant, mais en vain, d'arrêter le sang qui s'échappait à flots
d'une affreuse blessure.

Robin se jeta à genoux auprès de Marianne ; le cœur du jeune
homme était gonflé d'angoisse ; il ne pouvait ni parler ni faire un
230 mouvement, et une sorte de râle soulevait sa poitrine ; il étouffait.

À l'approche de Robin, Marianne avait ouvert les yeux et
avait tourné vers lui un tendre regard.

---

1. *Homicide* : meurtrier.
2. *Altérés* : assoiffés.

«Tu n'es pas blessé, n'est-ce pas, mon ami? demanda la jeune femme d'une voix faible et après une seconde de muette contemplation.

– Non, non, murmura Robin, qui pouvait à peine desserrer les dents.

– Que la sainte Vierge soit bénie! ajouta Marianne en souriant; j'ai prié pour toi Notre chère Dame[1] et elle a exaucé ma prière. Ce terrible combat est-il terminé, cher Robin?

– Oui, chère Marianne; nos ennemis ont disparu, ils ne reviendront plus… Mais parlons de toi, pensons à toi, tu es… je… sainte mère de Dieu! s'écria Robin, cette douleur est au-dessus de mes forces!

– Allons! du courage, mon cher, mon bien-aimé Robin; lève la tête, regarde-moi, dit Marianne en essayant encore de sourire; ma blessure est peu profonde, elle guérira; la flèche a été retirée. Tu sais bien, mon ami, que si j'avais quelque chose à craindre, je serais la première à m'apercevoir que mon heure est venue… Voyons, regarde-moi, cher Robin.»

En parlant ainsi, Marianne essayait d'attirer à elle la tête de Robin; mais cet effort épuisa ses dernières forces, et, lorsque le jeune homme leva ses yeux en pleurs sur la pauvre blessée, elle était évanouie.

Marianne revint bientôt à elle, et après avoir doucement consolé son mari, elle manifesta le désir de prendre quelques instants de repos, et tomba bientôt dans un profond sommeil.

Dès que Marianne fut endormie sur le lit de mousse ombragé de feuillage, qui lui avait été arrangé par ses compagnes, Robin Hood alla s'informer de l'état de sa troupe. Il trouva Jean, Will l'Écarlate et Much occupés à soigner les blessés et à faire enterrer les morts. Le nombre des blessés était peu considérable, car il se

---

1. *Notre chère Dame* : la Vierge Marie, mère du Christ.

réduisait à une dizaine d'hommes dangereusement atteints, et il n'y avait pas une seule mort à déplorer parmi les outlaws. Quant aux Normands, comme on le sait, ils avaient vécu[1], et plusieurs grandes fosses creusées aux coins de la clairière devaient leur servir de sépulcre[2].

En se réveillant, après trois heures d'un profond sommeil, Marianne trouva son mari auprès d'elle, et l'angélique créature, voulant encore donner quelque espoir consolateur à celui qui l'aimait d'un si tendre amour, se prit doucement à dire qu'elle ne ressentait aucune faiblesse, et que sa guérison était prochaine.

Marianne souffrait, Marianne éprouvait un accablement[3] mortel, et elle savait qu'il n'y avait plus rien à espérer ; mais l'angoisse de Robin déchirait son âme, et elle cherchait à adoucir, autant qu'il était en son pouvoir de le faire, le coup funeste dont il allait bientôt être frappé.

Dès le lendemain, le mal empira, l'inflammation se mit dans la plaie, et tout espoir de guérison dut s'évanouir même dans le cœur de Robin.

«Cher Robin, dit Marianne en posant ses mains brûlantes dans les mains de son mari, ma dernière heure approche, le moment de notre séparation sera cruel, mais non impossible à supporter pour deux êtres qui ont foi en la toute-puissance d'un Dieu de miséricorde et de bonté.

– Ô Marianne, ma bien-aimée Marianne ! s'écria Robin en éclatant en sanglots ; la sainte Vierge nous a-t-elle donc abandonnés à ce point qu'elle puisse permettre l'anéantissement de nos cœurs ; je mourrai de ta mort, Marianne, car il me sera impossible de vivre sans toi.

---

1. Ils avaient vécu : ils étaient morts.
2. Sépulcre : tombe.
3. Accablement : épuisement, grande faiblesse.

– La religion et le devoir seront les appuis de ta faiblesse, mon bien-aimé Robin, reprit tendrement la jeune femme ; tu te résigneras à subir le malheur qui nous accable, parce qu'il t'aura été imposé par un décret du ciel, et tu vivras, sinon heureux, du
295 moins calme et fort au milieu des hommes dont le bonheur repose sur ta vie. Je vais donc te quitter, ami ; mais, avant de fermer mes regards à la lumière du jour, laisse-moi te dire combien je t'aime, combien je t'ai aimé. Si la reconnaissance qui remplit tout mon être pouvait revêtir une forme visible, tu com-
300 prendrais la force et l'étendue d'un sentiment qui n'a d'égal que mon amour. Je t'ai aimé, Robin, avec le confiant abandon d'un cœur dévoué ; je t'ai consacré ma vie en demandant à Dieu de m'accorder le don de toujours te plaire.

– Et Dieu t'a accordé ce don, chère Marianne, dit Robin en
305 essayant de modérer l'effervescence[1] de sa douleur ; car je puis te dire à mon tour que, seule, tu as occupé mon cœur, que, présente à mes côtés ou éloignée de moi, tu as toujours été mon unique espérance, ma plus douce consolation.

– Si le ciel nous avait permis de vieillir l'un auprès de l'autre,
310 cher Robin, reprit Marianne ; s'il nous avait accordé une longue suite de jours heureux, la séparation serait plus cruelle encore, puisque tu aurais moins de force pour en supporter la poignante douleur. Mais nous sommes jeunes tous deux, et je te laisse seul à une époque de la vie où la solitude se comble par les souvenirs,
315 peut-être aussi par l'espérance… Prends-moi dans tes bras, cher Robin ; c'est cela… laisse-moi appuyer maintenant ma tête contre la tienne. Je veux caresser ton oreille de mes dernières paroles ; je veux que mon âme s'envole légère et souriante ; je veux exhaler sur ton cœur mon dernier soupir…
320 – Ma bien-aimée Marianne, ne parle pas ainsi ! s'écria Robin d'une voix déchirante. Je ne puis entendre prononcer par tes

---

1. *Effervescence* : manifestation violente.

lèvres ce mot funeste de séparation. Ô sainte mère de Dieu! sainte protectrice des affligés! Toi qui as toujours exaucé mes humbles prières! Accorde-moi la vie de celle que j'aime, accorde-
325 moi la vie de ma femme; je t'en prie, je t'en supplie les mains jointes et à deux genoux!»

Et Robin, le visage couvert de larmes, étendait vers le ciel ses mains suppliantes.

«Tu adresses à la divine mère du Sauveur[1] des hommes une
330 inutile prière, cher bien-aimé, dit Marianne en appuyant son front pâli sur l'épaule de Robin. Mes jours, que dis-je, mes heures sont comptées.» [...]

«Je dois te quitter pour de longues années, sans doute, mais non pour toujours; Dieu nous réunira dans la bienheureuse
335 éternité de l'autre monde.

– Chère, chère Marianne!

– Mon bien-aimé, continua la jeune femme, je sens que mes dernières forces s'épuisent; laisse reposer ma tête sur ton cœur, entoure-moi de tes bras et, semblable à un enfant fatigué qui
340 s'endort sur le sein de sa mère, je m'endormirai du dernier sommeil.»

Robin embrassa fiévreusement la mourante et des larmes de feu tombèrent sur le front de Marianne.

«Que Dieu te bénisse, mon bien-aimé, reprit la jeune femme
345 d'une voix de plus en plus faible; que Dieu te bénisse, dans le présent et dans l'avenir, qu'il répande sur toi et sur ceux que tu aimes sa divine bénédiction. Tout devient obscur autour de moi, et cependant je voudrais encore te voir sourire, je voudrais encore lire dans tes yeux combien je te suis chère. Robin,
350 j'entends la voix de ma mère; elle m'appelle, adieu!...

– Marianne! Marianne! s'écria Robin en tombant à genoux auprès du lit de la jeune femme; parle-moi! parle-moi! Je ne veux

---

1. Sauveur : Jésus-Christ.

pas que tu meures! non, je ne le veux pas. Dieu puissant! venez à mon aide! Vierge sainte, prenez pitié de nous!

355 – Cher Robin, murmura Marianne, je désire être enterrée sous l'arbre du Rendez-Vous… Je désire que ma tombe soit couverte de fleurs…

– Oui, ma très chère Marianne, oui, mon doux ange, tu dormiras sous un tapis de verdure embaumée, et quand ma dernière 360 heure sera venue, je l'appelle de tous mes vœux, je demanderai une place auprès de toi à celui qui me fermera les yeux…

– Merci, mon bien-aimé; le dernier battement de mon cœur est pour toi, et je meurs heureuse, puisque je meurs dans tes bras… Adieu, ad…»

365 Un soupir tomba avec un baiser des lèvres de Marianne; ses mains pressèrent faiblement le cou de Robin autour duquel elles étaient enlacées, puis elle resta immobile.

Robin demeura longtemps penché sur ce doux visage; longtemps il espéra voir s'ouvrir les yeux qui s'étaient fermés; longtemps 370 il attendit une parole de ces lèvres pâles, un tressaillement de cet être si cher; mais, hélas! il attendit en vain, Marianne était morte!

«Sainte mère de Dieu! s'écria Robin en reposant sur le lit le corps inerte de la pauvre jeune femme; elle est partie! Partie pour toujours, ma bien-aimée, mon seul bonheur, ma femme!»

375 Et, fou de douleur, le malheureux s'élança hors de la tente en criant:

«Marianne est morte! Marianne est morte!»

XIV. [Mort de Robin]

Robin Hood accomplit religieusement la dernière volonté de sa femme; il fit creuser une fosse sous l'arbre du Rendez-Vous, et les dépouilles mortelles de l'ange qui avait été l'égide[1] et le consolateur de sa vie furent ensevelies sous une couche de fleurs.

5 Les jeunes filles du comté, accourues en foule pour assister à la funèbre cérémonie de l'enterrement, couvrirent de guirlandes de roses la tombe de Marianne, et mêlèrent leurs larmes aux sanglots du malheureux Robin.

Allan et Christabel, avertis par message du fatal événement, 10 arrivèrent aux premières heures du jour ; tous deux étaient au désespoir, et ils pleurèrent amèrement la perte irréparable de leur bien-aimée sœur.

Lorsque tout fut achevé, lorsque le corps de Marianne eut disparu à tous les regards, Robin Hood, qui avait présidé 15 aux navrants détails de l'inhumation, jeta un cri déchirant, tressaillit de la tête aux pieds comme le fait un homme atteint en pleine poitrine par une flèche meurtrière, et sans écouter Allan, sans répondre à Christabel, tout effrayés de ce désespoir furieux, il s'échappa de leurs mains et disparut dans le bois. Le 20 pauvre Robin voulait être seul, seul avec sa douleur, seul avec Dieu.

Le temps, qui calme et adoucit les plus grandes blessures, n'eut aucune influence sur celle qui faisait une plaie vive du cœur de Robin Hood. Il pleura sans cesse, il pleura toujours la femme 25 qui avait éclairé de son doux visage la demeure du vieux bois, celle qui avait trouvé le bonheur dans son amour, qui avait été la seule joie de son existence. […]

De longues années s'écoulèrent sans amener de changement dans la situation des outlaws ; mais, avant de fermer ce livre, 30 nous devons faire connaître aux lecteurs la destinée de quelques-uns de nos personnages.

---

1. *Égide* : protection, sauvegarde.

Sir Guy de Gamwell et sa femme étaient morts dans un âge très avancé, laissant leurs fils au hall de Barnsdale, où ils s'étaient retirés [...].

35 Will l'Écarlate avait suivi l'exemple donné par ses frères; il habitait une charmante maison avec sa chère Maude, déjà mère de plusieurs enfants, et toujours aussi tendrement aimée de son mari qu'aux premiers jours de leur union. [...] Jean aimait trop tendrement Robin pour avoir jamais eu, même un seul instant,
40 la pensée de le quitter, et les deux compagnons vivaient l'un auprès de l'autre intimement convaincus que la mort seule aurait la puissance de séparer leurs cœurs.

N'oublions pas de dire quelques mots du brave Tuck, le pieux chapelain qui a béni tant de mariages. Tuck était resté fidèle à
45 Robin; il était toujours le consolateur spirituel de la bande, et il n'avait rien perdu de ses remarquables qualités : il était toujours le digne moine ivrogne, bruyant et hâbleur.

Halbert Lindsay, le frère de lait de Maude, nommé maréchal[1] du château de Nottingham par Richard Cœur de Lion, avait si
50 bien rempli les devoirs de sa charge qu'il était parvenu à la conserver. La femme de Hal, la jolie Grâce May, était restée charmante en dépit de la marche du temps, et sa petite Maude promettait toujours d'être dans l'avenir le vivant portrait de sa mère.

Sir Richard de la Plaine vivait tranquille et heureux auprès de
55 sa femme et de ses deux enfants Herbert et Lilas. L'honnête Saxon gardait à Robin Hood une reconnaissance et une affection qui ne devaient s'éteindre qu'avec les derniers battements de son cœur, et c'était fête au château lorsque Robin, attiré par cet aimant de tendresse, y venait avec Petit-Jean se reposer de ses
60 fatigues. [...]

La suspension subite de toute activité physique et morale jeta Robin Hood dans l'abattement et amoindrit ses forces. Il est vrai

---

1. Maréchal : responsable des écuries et du logement des troupes.

que notre héros n'était plus jeune ; il avait atteint sa cinquante-cinquième année et Petit-Jean venait tout doucement de gagner
65 l'âge respectable de soixante-six ans. Comme nous l'avons dit, le temps ne devait apporter aucun soulagement à la douleur de Robin Hood et le souvenir de Marianne, aussi frais et aussi vivace qu'au lendemain de la séparation, avait fermé à tout autre amour le cœur de Robin.

70 La tombe de Marianne, pieusement soignée par les joyeux hommes, se couvrait tous les ans de nouvelles fleurs et bien des fois, depuis le retour de la paix, les forestiers avaient surpris leur chef, pâle et sombre, agenouillé sur la pelouse de gazon qui s'étendait comme une ceinture d'émeraude autour de l'arbre du
75 Rendez-Vous.

De jour en jour, la tristesse de Robin devint plus lourde et plus accablante, de jour en jour son visage prit une expression plus morne[1], le sourire disparut de ses lèvres et Jean, le patient et dévoué Jean, ne parvenait pas toujours à obtenir de son ami
80 une réponse à ses inquiètes questions.

Il arriva cependant que Robin se laissa toucher par les soins de son compagnon et qu'il consentit, à sa prière, à aller demander des consolations religieuses à une abbesse dont le couvent était peu éloigné de la forêt de Sherwood.

85 L'abbesse, qui avait déjà vu Robin Hood et qui connaissait toutes les particularités de sa vie, le reçut avec beaucoup d'empressement et lui offrit tous les secours qu'il était en son pouvoir de lui donner.

Robin Hood se montra sensible au bienveillant accueil de la
90 religieuse et lui demanda si elle voulait avoir la complaisance de lui ôter à l'instant même quelques palettes de sang[2].

---

1. *Morne* : triste.
2. *Lui ôter quelques palettes de sang* : pratiquer sur lui une saignée, c'est-à-dire lui prélever du sang.

L'abbesse y consentit ; elle emmena le malade dans une cellule et, avec une adresse merveilleuse, elle fit l'opération demandée ; puis, toujours aussi légèrement qu'eût pu le faire un habile
95 médecin, elle entoura de bandages le bras du malade et le laissa, à demi épuisé, étendu sur un lit.

Un sourire étrangement cruel desserra les lèvres de la religieuse lorsque, en sortant de la cellule, elle ferma la porte à double tour et en emporta la clef.
100 Disons quelques mots sur cette religieuse.

Elle était parente de sir Guy de Gisborne, le chevalier normand qui, dans une expédition tentée de concert avec lord Fitz-Alwine contre les joyeux hommes, avait eu la mauvaise chance de mourir de la mort qu'il préméditait de donner à Robin Hood.
105 Cependant, il ne serait pas venu à l'esprit de cette femme de venger son cousin, si le frère de ce dernier, trop lâche pour exposer sa vie dans un combat loyal, ne lui eût persuadé qu'elle accomplirait à la fois un acte de justice et une bonne action en débarrassant le royaume d'Angleterre du trop célèbre proscrit.
110 La faible abbesse se soumit à la volonté du misérable Normand : elle accomplit le meurtre et coupa l'artère radiale[1] du confiant Robin Hood.

Après avoir abandonné le malade pendant une heure à l'invincible sommeil qui devait résulter d'une très grande perte
115 de sang, la religieuse remonta silencieusement auprès de lui, enleva le bandage qui fermait la veine et, lorsque le sang eut recommencé à couler, elle s'éloigna sur la pointe des pieds.

Robin Hood dormit jusqu'au matin, sans ressentir aucun malaise ; mais, en ouvrant les yeux, en essayant de se lever, il
120 éprouva une si grande faiblesse qu'il se crut arrivé à sa dernière heure. Le sang, qui n'avait cessé de se répandre par l'ouverture

---

1. *Radiale* : de l'avant-bras.

faite à l'artère, inondait le lit et Robin Hood comprit alors le danger mortel de sa situation. À l'aide d'une volonté presque surhumaine, il parvint à se traîner jusqu'à la porte ; il essaya de
125 l'ouvrir, s'aperçut qu'elle était fermée et, toujours soutenu par la force de son caractère, force si puissante qu'elle parvenait à raviver l'épuisement de tout son être, il arriva à la fenêtre, l'ouvrit, se pencha pour essayer d'en franchir les bords ; puis, ne pouvant le faire, il jeta vers le ciel un suprême appel et, comme inspiré par
130 son bon ange, il prit son cor de chasse, le porta à ses lèvres et en tira péniblement quelques faibles sons.

Petit-Jean, qui n'avait pu se séparer sans douleur de son bien-aimé compagnon, avait passé la nuit sous les murs du couvent. Il venait de se réveiller et il se préparait à tenter une démarche
135 pour voir Robin Hood, lorsque les mourantes intonations du cor de chasse vinrent frapper son oreille.

«Trahison ! trahison !» cria Jean en courant comme un fou vers un petit bois où une partie des joyeux hommes avaient établi leur camp pour passer la nuit. «À l'abbaye ! mes garçons, à
140 l'abbaye ! Robin Hood nous appelle, Robin Hood est en danger !»

Les forestiers furent debout en un instant et s'élancèrent à la suite de Petit-Jean, qui vint frapper à coups redoublés à la porte de l'abbaye. La tourière[1] refusa d'ouvrir ; Jean ne perdit pas une
145 seconde à lui adresser des prières qu'il savait inutiles, il enfonça la porte à l'aide d'un bloc de granit qui se trouvait là et, guidé par les sons du cor, il gagna la cellule où gisait dans une mare de sang le pauvre Robin Hood. À la vue de Robin expirant, le vigoureux forestier se sentit défaillir ; deux larmes de douleur et
150 d'indignation roulèrent sur son visage bronzé ; il tomba sur ses genoux et, prenant son vieil ami dans ses bras, il lui dit en sanglotant :

---

1. *Tourière* : religieuse qui exerce la fonction de portier.

«Maître, cher maître bien-aimé, qui a commis le crime infâme de frapper un malade ? quelle est la main impie qui a tenté un meurtre dans une pieuse maison ? Répondez, de grâce, répondez ! »

Robin secoua doucement la tête.

« Qu'importe, dit-il, maintenant que tout est fini pour moi, maintenant que j'ai perdu jusqu'à la dernière goutte tout le sang de mes veines…

– Robin, reprit Jean, dis-moi la vérité ; je dois la savoir, il faut que je sache ; c'est à la trahison que je dois demander compte de ce lâche assassinat ? »

Robin Hood fit un signe affirmatif.

« Cher bien-aimé, continua Jean, accorde-moi la suprême consolation de venger ta mort, permets-moi de porter à mon tour le meurtre et la douleur là où a été commis un meurtre, là où naît pour moi la plus cruelle douleur. Dis un mot, fais un signe et demain il n'existera pas un vestige de cette odieuse maison : je l'aurai démolie pierre à pierre ; je me sens encore la force d'un géant et j'ai cinq cents braves pour me venir en aide.

– Non, Jean, non, je ne veux pas que tu portes tes mains pures et honnêtes sur des femmes vouées à Dieu, ce serait un sacrilège[1]. Celle qui m'a tué a sans doute obéi à une volonté plus forte que ne le sont ses sentiments religieux. Elle souffrira les tortures du remords dans cette vie si elle se repent et elle sera punie dans l'autre si elle n'obtient pas du ciel le pardon que je lui accorde. Tu le sais, Jean, je n'ai jamais fait ni laissé faire de mal à une femme et pour moi une religieuse est doublement sacrée et respectable. Ne parlons plus de cela, mon ami ; donne-moi mon arc et une flèche, porte-moi à la fenêtre, je veux aller rendre mon dernier soupir là où ira tomber ma dernière flèche. »

---

1. *Sacrilège* : non-respect du caractère sacré d'une personne ou d'un lieu.

Robin Hood, soutenu par Petit-Jean, visa au loin, tira la corde de l'arc et la flèche, rasant comme un oiseau la cime des 185 arbres, alla tomber à une distance considérable.

«Adieu, mon bel arc; adieu, mes flèches fidèles, murmura Robin d'une voix attendrie en les laissant glisser de ses mains. Jean, mon ami, ajouta-t-il d'un ton plus calme, porte-moi à la place où j'ai dit que je voulais mourir.»

190 Petit-Jean prit Robin entre ses bras et descendit, chargé de ce précieux fardeau, dans la cour du couvent, où, par ses ordres, les joyeux hommes s'étaient paisiblement rassemblés; mais, à la vue de leur chef couché comme un enfant sur la robuste épaule de Jean, à l'aspect de son visage livide, ils jetèrent un cri de fureur et 195 voulurent sur l'heure même punir celles qui avaient frappé Robin.

«Paix, mes garçons! dit Jean; laissez à Dieu le soin de faire justice; pour le moment, la situation de notre bien-aimé maître doit seule nous occuper. Suivez-moi tous jusqu'à l'endroit où nous trouverons la dernière flèche tirée par Robin.»

200 La troupe se divisa en deux rangs afin d'ouvrir au vieillard un passage au milieu d'elle et Jean le traversa d'un pas ferme, puis il gagna rapidement la place où était fichée en terre la flèche de Robin Hood.

Là, Jean étendit sur le gazon des vêtements apportés par les 205 joyeux hommes et y coucha avec des précautions infinies le pauvre agonisant.

«Maintenant, dit Robin d'une voix faible, appelle tous mes joyeux hommes; je veux une fois encore être entouré des braves cœurs qui m'ont servi avec tant d'affection et de fidélité. Je veux 210 rendre mon dernier soupir au milieu des vaillants compagnons de ma vie.»

Jean sonna du cor à trois reprises différentes, parce que l'appel ainsi formulé, en prévenant les outlaws d'un danger imminent, activait encore la vélocité[1] de leur marche.

---

1. *Vélocité* : rapidité.

215 Parmi les hommes qui répondirent à l'appel de Jean, se trouvait Will l'Écarlate ; car, tout en cessant de faire partie de la
bande, Will lui prodiguait ses visites et passait rarement une
semaine sans venir abattre quelque cerf, serrer la main de ses
amis et partager avec eux les produits de sa chasse.

220 Nous n'essayerons pas de dépeindre la stupeur et le désespoir
du bon William lorsqu'il apprit l'état de Robin Hood, lorsqu'il
vit le visage décomposé de cet ami si cher et si digne de la tendresse qu'il inspirait.

«Sainte Vierge ! dit Will, qu'est-il arrivé, ô mon pauvre ami,
225 mon pauvre frère, mon cher Robin ? Fais-moi connaître ton mal,
es-tu blessé ? Celui qui a porté sur toi sa main maudite existe-t-il
encore ? Dis-le-moi, dis-le-moi et demain il aura expié son
crime.»

Robin Hood souleva sa tête endolorie du bras de Jean sur
230 lequel elle s'appuyait, regarda Will avec une expression de vive
tendresse et lui dit en souriant d'un pâle et triste sourire :

«Merci, mon bon Will, je ne veux pas être vengé ; éloigne de
ton cœur tout sentiment de haine contre le meurtrier de celui qui
meurt, sinon sans regret, du moins sans souffrance. J'étais arrivé
235 au terme de ma vie, sans doute, puisque la divine mère du Sauveur, ma sainte protectrice, m'a abandonné à ce moment fatal.
J'ai vécu longtemps, Will, et j'ai vécu aimé et honoré de tous
ceux qui m'ont connu. Quoi qu'il me soit pénible de me séparer
de vous, bons et chers amis, continua Robin en enveloppant
240 d'un regard de tendresse Petit-Jean et Will, cette douleur est
adoucie par une pensée chrétienne, par la certitude que notre
séparation ne sera pas éternelle et que Dieu nous réunira dans
un monde meilleur. Ta présence à mon lit de mort est une grande
consolation pour moi, cher Will, cher frère, car nous avons été
245 l'un pour l'autre un bon et tendre frère. Je te remercie de tous les
témoignages d'affection dont tu m'as entouré ; je te bénis du

cœur et des lèvres et je prie la sainte Mère de te rendre aussi heureux que tu mérites de l'être. Tu diras de ma part à Maude, ta très chère femme, que je ne l'ai point oubliée en faisant des vœux
250 pour ton bonheur et tu l'embrasseras de la part de son frère Robin Hood. »

William sanglotait convulsivement.

« Ne pleure pas ainsi, Will, reprit Robin après un instant de silence ; tu me fais trop de mal ; ton cœur est donc devenu faible
255 comme celui d'une femme, que tu ne peux supporter courageusement la douleur ? »

William ne répondit pas ; il était à demi suffoqué par les larmes.

« Mes vieux camarades, chers amis de mon cœur, continua
260 Robin en s'adressant aux joyeux hommes silencieusement groupés autour de lui, vous qui avez partagé mes travaux et mes dangers, mes joies et mes chagrins avec un dévouement et une fidélité au-dessus de tout éloge, recevez mes derniers remerciements et ma bénédiction. Adieu, mes frères, adieu, braves
265 Saxons ! Vous avez été la terreur des Normands ; vous avez conquis à jamais l'amour et la reconnaissance des pauvres : soyez heureux, soyez bénis et priez quelquefois notre chère protectrice, la mère du Sauveur des hommes, pour votre ami absent, pour votre cher Robin Hood. »

270 Quelques gémissements étouffés répondirent seuls aux paroles de Robin ; éperdus de douleur, les yeomen écoutaient ces adieux sans vouloir en comprendre la cruelle signification.

« Et toi, Petit-Jean, reprit le moribond d'une voix qui, de minute en minute, devenait plus lente et plus faible, toi le noble
275 cœur, toi que j'aime de toutes les forces de mon âme, que vas-tu devenir, à qui donneras-tu l'affection que tu avais pour moi ? Avec qui vivras-tu sous les grands arbres de la vieille forêt ? Ô mon Jean ! Tu vas être bien seul, bien isolé, bien malheureux ;

pardonne-moi de te quitter ainsi; j'avais espéré une mort plus
douce, j'avais espéré mourir avec toi, auprès de toi, les armes à
la main, pour la défense de mon pays. Dieu en a décidé autre-
ment, que son nom soit béni! Mon heure approche, Jean; mes
yeux se troublent; donne-moi ta main, je veux mourir en la
tenant serrée entre les miennes. Jean, tu connais mon désir, tu
connais la place où ma dépouille mortelle doit être déposée, sous
l'arbre du Rendez-Vous, auprès de celle qui m'attend, auprès
de Marianne.

– Oui, oui, soupira le pauvre Jean les yeux pleins de larmes,
tu seras…

– Merci, mon vieil ami, je meurs heureux. Je vais rejoindre
Marianne et pour toujours. Adieu, Jean…»

La mourante voix de l'illustre proscrit cessa de se faire
entendre, une tiède vapeur effleura le visage de Petit-Jean et l'âme
de celui qu'il avait tant aimé s'envola vers le ciel.

«À genoux, mes enfants! dit le vieillard en faisant le signe de
la croix; le noble et généreux Robin Hood a cessé de vivre!»

Tous les fronts s'inclinèrent et William prononça sur le corps
de Robin une courte mais ardente prière; puis, avec l'aide de
Petit-Jean, il emporta le corps à l'endroit où il devait trouver son
dernier lit de repos.

Deux forestiers creusèrent la fosse auprès de celle où reposait
Marianne et Robin y fut déposé sur une couche de fleurs et de
feuillage. Petit-Jean plaça auprès de Robin son arc, ses flèches;
et le chien favori du mort, qui ne devait plus servir aucun maître,
fut tué sur la tombe et enterré avec lui.

Ainsi se termina la carrière de celui qui a offert un des traits
les plus extraordinaires des annales[1] de ce pays. Paix à ses
mânes[2]!

---

1. Annales : ouvrages rapportant l'histoire d'un pays année par année,
chroniques.
2. Mânes : dans l'Antiquité, nom que les Romains donnaient à l'âme des morts.

Les biens de la bande furent loyalement partagés entre ses
310 membres par Petit-Jean, qui désirait finir dans quelque retraite les
derniers jours d'une existence désormais douloureuse. Les outlaws se séparèrent, les uns vécurent à Nottingham, les autres se
disséminèrent çà et là dans les comtés environnants, mais pas un
seul n'eut le courage de rester dans le vieux bois. La mort de
315 Robin Hood en avait rendu le séjour trop cruellement triste.

Petit-Jean, lui, ne pouvait se décider à sortir de la forêt ; il y
passa quelques jours, rôdant comme une âme en peine dans les
allées solitaires et appelant à grands cris celui qui ne pouvait plus
lui répondre. Il se décida enfin à aller demander un asile à Will
320 l'Écarlate. Will le reçut les bras ouverts et, quoique bien triste lui-
même, essaya d'apporter quelque soulagement à cette inconsolable douleur : mais Jean ne voulait pas être consolé.

Un matin, William, qui cherchait Petit-Jean, le trouva dans le
jardin, debout, le dos appuyé contre un vieux chêne et la tête
325 tournée vers la forêt. La figure de Jean était très pâle, ses yeux
ouverts et fixes paraissaient sans regard. Will, effrayé, prit le bras
de son cousin en l'appelant d'une voix tremblante ; mais le
vieillard ne répondit point, il était mort.

Ce coup inattendu fut une bien grande douleur pour le bon
330 William ; il emporta Petit-Jean dans sa maison et le lendemain
toute la famille Gamwell conduisit ce second frère bien-aimé au
cimetière d'Hathersage, situé à six milles de Castleton, dans le
Derbyshire.

Le tombeau qui recouvre les restes du brave Petit-Jean existe
335 encore et il se fait remarquer par l'extraordinaire longueur de la
pierre qui le recouvre. Cette pierre présente aux regards investi-
gateurs des curieux deux initiales, J.N.[1], très artistement creusées
dans le cœur du granit.

---

1. *J.N.* : initiales de Jean Naylor, véritable nom de Petit-Jean (on trouve aussi John
Baylot, p. 96).

Une légende rapporte qu'un certain antiquaire, grand ama-
340 teur du merveilleux, fit ouvrir la gigantesque tombe, enleva les
ossements qu'elle recouvrait et les emporta comme une chose
digne de prendre rang dans son cabinet de curiosités anatomiques[1]. Par malheur pour le digne savant, dès que ces débris
humains furent dans sa maison, il ne connut plus de repos ; la
345 ruine, la maladie et la mort se firent les hôtes de la demeure et
le fossoyeur qui avait pris part à la profanation du tombeau fut
également frappé dans ses affections les plus chères. Les deux
hommes comprirent alors qu'ils avaient offensé le ciel en violant
le secret d'une tombe et ils replacèrent pieusement en Terre
350 sainte les restes du vieux forestier.

Depuis cette époque, l'antiquaire et le fossoyeur vivent heureux et tranquilles ; Dieu, qui fait au repentir la remise de toute
faute[2], avait accordé son pardon aux deux sacrilèges.

Fin de la seconde partie.

---

1. *Cabinet de curiosités anatomiques* : lieu dans lequel on exposait les
dépouilles d'êtres vivants atteint de difformités.
2. *Qui fait au repentir la remise de toute faute* : qui pardonne à celui qui
exprime des regrets sincères.

Fin de la seconde partie.

Répertoire des personnages

CHRISTABEL : fille de lord FITZ-ALWINE, amoureuse puis épouse d'ALLAN CLARE.

CLARE, ALLAN : chevalier, frère de MARIANNE et amoureux de lady CHRISTABEL.

PÈRE ELDRED : moine compagnon de frère TUCK.

FITZ-ALWINE : shérif et baron de Nottingham, père de lady CHRISTABEL.

FITZOOTH, PHILIPPE : baron de Beasant, oncle de ROBERT FITZOOTH et premier usurpateur du comté de Huntingdon.

FITZOOTH, ROBERT : défunt comte de Huntingdon, mari de LAURA GAMWELL et père de ROBIN HOOD.

FITZOOTH, WILLIAM (ou abbé de RAMSEY, baron de Broughton) : riche homme d'Église, second usurpateur du comté de Huntingdon.

GAMWELL, GUY DE (ou sir Guy de Gamwell-Hall) : seigneur modeste, allié de ROBIN HOOD, père de nombreux enfants dont les six frères Gamwell.

GAMWELL, BARBARA : fille de sir GUY DE GAMWELL et sœur de WILLIAM GAMWELL.

GAMWELL, LAURA (ou miss Laura) : défunte fille de sir GUY DE GAMWELL, femme de ROBERT FITZOOTH et mère de ROBIN HOOD.

GAMWELL, WILLIAM (ou Will l'Écarlate) : fils de sir GUY DE GAMWELL, compagnon de ROBIN HOOD.

GAMWELL, WINIFRED : fille de sir GUY DE GAMWELL et sœur de WILLIAM GAMWELL.

GISBORNE, GUY DE : chevalier normand ennemi de ROBIN HOOD.

GOLDSBOROUGH, TRISTRAM DE : riche seigneur auquel lord FITZ-ALWINE veut marier sa fille.

GOWER, HERBERT : fils de sir RICHARD GOWER DE LA PLAINE.

GOWER DE LA PLAINE, RICHARD : chevalier allié de ROBIN HOOD, père de HERBERT GOWER.

GRAY, WILLIAM DE : officier du roi JEAN SANS TERRE, commandant une troupe du roi contre ROBIN HOOD.

HEAD, ANNETTE : défunte sœur de GILBERT HEAD et fiancée de ROLAND RITSON.

HEAD, GILBERT : garde forestier de la forêt de Sherwood, père adoptif de ROBIN HOOD et mari de MARGUERITE HEAD.

HEAD, MARGUERITE (OU MAGGIE, OU MARGARET) : femme de GILBERT HEAD, sœur de ROLAND RITSON et mère adoptive de ROBIN HOOD.

HENRI II : roi d'Angleterre (de 1154 à 1189), hostile à ROBIN HOOD.

HOOD, ROBIN : orphelin et archer virtuose, amoureux de MARIANNE, chef de la bande des joyeux compagnons et roi de la forêt de Sherwood.

LAMBIC : sergent de lord FITZ-ALWINE.

LANCE : chien de GILBERT et MARGUERITE HEAD.

LINCOLN : domestique de GILBERT et MARGUERITE HEAD.

LINDSAY, HALBERT : frère de lait de MAUDE LINDSAY.

LINDSAY, HERBERT : gardien des portes du château de Nottingham, père de MAUDE LINDSAY.

LINDSAY, MAUDE : jeune habitante du château de Nottingham, fille de HERBERT LINDSAY et épouse de WILLIAM GAMWELL.

JEAN SANS TERRE (ou prince Jean) : fils de HENRI II, adversaire de son frère RICHARD CŒUR DE LION et roi d'Angleterre (de 1199 à 1216).

MARIANNE : sœur d'ALLAN CLARE, amoureuse puis épouse de ROBIN HOOD.

MAY, GRÂCE : jeune femme courtisée par HALBERT LINDSAY.

PETIT-JEAN (ou John Baylot, ou Jean Naylor) : neveu de sir GUY DE GAMWELL, compagnon de ROBIN HOOD.

PIERRE LE NOIR : assassin à la solde de lord FITZ-ALWINE.

ABBÉ DE RAMSEY : voir FITZOOTH WILLIAM.

RICHARD CŒUR DE LION : roi d'Angleterre (de 1189 à 1199), en guerre contre son frère, le prince Jean.

RITSON, ROLAND (ou TAILLEFER) : frère de MARGUERITE HEAD et fiancé d'ANNETTE, d'abord soldat au service de PHILIPPE FITZOOTH puis brigand à la solde de FITZ-ALWINE.

STEINKOFF, GASPARD : soldat de lord FITZ-ALWINE.

TAILLEFER : voir RITSON ROLAND.

FRÈRE TUCK (ou Gilles Sherbowne) : moine gaillard de l'abbaye de Linton, compagnon de ROBIN HOOD.

WALTER, HUBERT : archevêque de Canterbury (de 1193 à 1205), grand justicier du royaume d'Angleterre pendant le règne du prince JEAN.

DOSSIER

Avez-vous bien lu?

Alexandre Dumas et la légende de Robin des Bois

Après avoir lu la présentation (p. 5-20), répondez aux questions suivantes.

1. Indiquez les dates de naissance et de mort d'Alexandre Dumas.

2. Quelles sont les dates de publication du *Prince des voleurs* et de *Robin Hood le proscrit*?

3. D'une œuvre parue après la mort de son auteur, on dit qu'elle est :
– illégitime
– posthume
– anachronique

4. À quel grand mouvement artistique du XIXe siècle l'œuvre de Dumas peut-elle être associée?

5. Quel autre grand écrivain français est considéré comme le chef de file de ce mouvement?

6. Quel écrivain écossais fait apparaître Robin dans un de ses romans? Sous quel nom?

7. Quelle est la nationalité de Robin des Bois?

8. À quelle époque se situent ses aventures?

9. Quel est le surnom de Guillaume II, duc de Normandie?
– Guillaume l'Intrépide
– Guillaume le Grand
– Guillaume le Conquérant

10. Quel roi d'Angleterre est le père de Richard Cœur de Lion et de Jean sans Terre?

11. Dans les ballades médiévales, Robin est-il noble?

12. Quel est le sens du mot «proscription»?

13. Pourquoi Robin n'aime-t-il pas les Normands?

«Le Prince des voleurs»

Le mystère des origines

Après avoir lu le chapitre I (p. 35-43), répondez aux questions suivantes.

1. À quelle époque se situe cette histoire?
2. D'où viennent Ritson et son maître?
3. Que viennent-ils faire dans le Nottinghamshire?
4. Qui sont Maggie et Gilbert Head? Où vivent-ils?
5. Quel âge a l'enfant que Roland Ritson confie à Maggie?
6. D'après le maître de Ritson, quelle est l'histoire de cet enfant? Dit-il la vérité?
7. Que propose-t-il à Gilbert et Maggie?
8. Acceptent-ils? Qui prend la décision?
9. Pourquoi Gilbert nomme-t-il l'enfant Robin?
10. Que signifie le mot «outlaw»?

Après avoir lu les chapitres III et IV (p. 56-68), répondez aux questions suivantes.

1. Quel trait de caractère de Robin est mis en évidence au début du chapitre?
2. Pourquoi ne parvient-il pas à chanter?
3. Qui sont l'homme et la femme à qui Robin a porté assistance? Quel projet les amène à Nottingham?
4. Comment s'appelle la fille du baron de Nottingham?
5. Quel est le nom du baron de Nottingham?
6. Comment Allan Clare réagit-il au récit des origines de Robin?
7. Qui frappe à la porte à l'heure du dîner?
8. Au début du chapitre IV, quelle impression se dégage du portrait du jeune moine?
9. Comment Robin se débarrasse-t-il du bandit Taillefer?

Après avoir lu le chapitre V (p. 69-92), répondez aux questions suivantes.

1. Qu'attend Gilbert de Ritson?
2. Qui sont les vrais parents de Robin?

3. Quel est le titre de noblesse auquel Robin peut prétendre ? Qui le détient ?

4. Gilbert fait une promesse à Ritson : laquelle ?

5. Qui a engagé Ritson pour attaquer Allan Clare et Marianne ?

6. Quel est le nom du jeune moine qui accompagne Robin et Allan ? Comment le surnomme-t-on ? Pourquoi ?

Les loups de Sherwood

Après avoir lu le chapitre XIV (p. 115-127), répondez aux questions suivantes.

1. Pourquoi le baron Fitz-Alwine perd-il le contrôle de son cheval ?

2. Comment se termine la course du baron ?

3. Par quel moyen parvient-il à terrasser le loup ?

4. Dans quel état Robin et Christabel retrouvent-ils le baron ?

5. Pourquoi Robin ne peut-il pas s'enfuir ?

6. Que dit le sergent Lambic en arrivant auprès du baron ?

7. Comment Robin réagit-il à cette nouvelle ?

8. À la fin du chapitre, quel serment Robin fait-il ?

« Robin Hood le proscrit »

L'ultime défi

Après avoir lu le chapitre XI (p. 168-186), répondez aux questions suivantes.

1. Pourquoi le baron Fitz-Alwine organise-t-il un concours de tir à l'arc ?

2. Robin comprend-il qu'il s'agit d'un piège ?

3. Quelles dispositions prend-il pour assurer sa sécurité ?

4. Quel trait de caractère de Robin est mis en évidence ici ?

5. Lors du concours, les adversaires de Robin sont-ils de mauvais tireurs ?

6. Robin porte-t-il son habituel habit vert ? Pourquoi ?

7. Comment ses adversaires devinent-ils son identité? Pourquoi faut-il plus de temps au baron pour reconnaître Robin?

8. Après avoir reçu le premier prix des mains du baron, Robin conserve-t-il son anonymat? Pourquoi?

9. Quelle circonstance retarde Robin et ses compagnons dans leur fuite?

10. De quelle qualité font-ils preuve à cette occasion?

11. Qui leur offre un refuge? Pourquoi?

12. Le baron renonce-t-il à capturer Robin?

13. Le baron meurt-il de la main de Robin?

Richard Cœur de Lion à Sherwood

Après avoir lu le chapitre XII (p. 186-200), répondez aux questions suivantes.

1. Que fait Richard lorsqu'il accède au trône?

2. Quand revient-il en Angleterre?

3. Pourquoi assiège-t-il le château de Nottingham?

4. Que font Robin et ses compagnons à cette occasion?

5. Quel conseil le garde forestier donne-t-il au roi?

6. Le roi suit-il ce conseil? avec quel résultat?

7. Robin reconnaît-il le roi immédiatement?

8. Finalement, qui le reconnaît?

9. Quelle promesse le roi fait-il à Robin?

La mort de Marianne

Après avoir lu le chapitre XIII (p. 200-213), répondez aux questions suivantes.

1. Qui règne sur l'Angleterre à la mort de Richard?

2. Quelles en sont les conséquences pour Robin?

3. Qui est l'abbé de Ramsey? Pourquoi le roi Jean lui accorde-t-il ce qu'il demande?

4. Qui mène l'attaque contre Robin et ses compagnons?

5. Pourquoi les soldats du roi se retrouvent-ils en présence du groupe des femmes?

6. Pourquoi William de Gray choisit-il de prendre Marianne pour cible?

7. Que dit Marianne pour aider Robin à supporter l'idée de sa mort prochaine?

8. Où désire-t-elle être enterrée?

La mort de Robin

Après avoir lu le chapitre XIV (p. 213-225), répondez aux questions suivantes.

1. Robin et ses compagnons reprennent-ils leur vie aventureuse?

2. Qui assassine Robin? Comment?

3. Comment Robin désigne-t-il l'endroit où il souhaite rendre son dernier souffle?

4. Autorise-t-il ses compagnons à le venger? Pourquoi?

5. Où est-il enterré?

Parcours de lecture

Parcours de lecture n° 1 : les ressorts du comique

Relisez le chapitre XIV, de «Mais tout à coup, au milieu de ces rêves enchanteurs» à «couché côte à côte avec un loup trépassé» (p. 117-119).

Comme de nombreux autres épisodes du récit, ce passage semble pouvoir être lu isolément du reste de l'œuvre. Mêlant humains et animaux dans un enchaînement de péripéties digne du *Roman de Renart*, il ressemble aux **fabliaux** du Moyen Âge dont le but est essentiellement de faire rire le public et dont on peut tirer une «morale». L'extrait met aux prises le baron de Nottingham avec un cheval indiscipliné et un loup solitaire. Ce combat dérisoire, dont l'homme ne sort victorieux qu'au détriment de sa dignité, s'apparente à une **satire** des prouesses et faits d'armes chevaleresques dans lesquels s'illustrent les héros des chansons de geste. Le portrait du baron qui se dessine dans cet épisode est celui d'un homme seul, opportuniste[1] et couard[2]; la démonstration de ses qualités physiques se réduit à une «gymnastique» grotesque.

L'intention parodique s'y manifeste sous la forme de différents types de comique :

— le **comique de mots**, qui résulte du contraste entre la dignité du personnage du baron et le vocabulaire trivial employé pour le désigner;

— le **comique de situation**, qui donne à voir le personnage dans une posture ridicule, sous l'effet d'une situation qu'il ne maîtrise pas.

Le rire est enfin renforcé par la fin inattendue et bouffonne de cet épisode.

Le comique de mots

Classez ces mots ou expressions dans le tableau ci-après en fonction de leur catégorie d'emploi : «course au clocher», «gymnastique», «à califourchon», «cette friandise de bête féroce», «comme un pavé», «un si lourd morceau».

---

1. *Opportuniste* : qui doit sa réussite au hasard, à la chance, plus qu'à ses talents personnels.
2. *Couard* : peureux.

Choix d'un mot aux consonances amusantes	Emploi d'un mot inattendu dans ce contexte	Comparaison dégradante pour l'image du baron

Le comique de situation

1. « Secoue frénétiquement le vieux guerrier » ; « cette course désordonnée, folle » : dans ces expressions, quels mots soulignent le comique de situation ?

2. « Le cheval et les illusions du baron prennent le mors aux dents » : connaissez-vous l'expression « prendre le mors aux dents » ? Peut-elle s'appliquer aux illusions du baron ?

3. Relevez un passage qui décrit la « gymnastique » à laquelle se livre le baron pour échapper au loup. Cette attitude est-elle digne d'un chevalier ?

Le retournement de situation

La fin inattendue et bouffonne de cet épisode provoque le rire qui résulte de l'effet de surprise : « il tomba comme un pavé sur la tête du loup, qui ne s'attendait pas à un si lourd morceau, et, en tombant, le poids de son corps, qui se présentait par l'endroit où il a le plus d'ampleur, luxa les vertèbres cervicales du loup et lui rompit la moelle épinière ». Avec quelle partie de son corps le baron assomme-t-il le loup ?

Sujet d'écriture

Imaginez le baron aux prises avec un autre animal : sanglier, cheval récalcitrant, chien(s) de chasse. Racontez de quelle façon, ridicule ou humiliante, le baron se tire de cette situation.

Parcours de lecture n° 2 :
Robin, le héros aux mille ruses

Relisez le chapitre II de la deuxième partie, de «En arrivant au pied de la hideuse potence qui avait été dressée» à «les soldats, entraînés par la terreur de cette panique générale, se sauvèrent au triple galop» (p. 148-152), ainsi que le chapitre III, de «On faisait de grands préparatifs à l'abbaye de Linton» à «"Robin Hood!" cria le baron» (p. 160-163), puis répondez aux questions suivantes.

Un héros rusé

1. Quelle ruse emploie Robin dans ces deux extraits?
2. Le lecteur est-il informé de la véritable identité du pèlerin et du harpiste? Pourquoi?
3. Par quels mots le narrateur désigne-t-il le pèlerin et le harpiste pour éviter de nommer Robin? Classez-les dans le tableau suivant en fonction de leur nature.

	Autre nom (ou synonyme)	Périphrase
Le pèlerin		
Le harpiste		

4. Proposez d'autres synonymes ou périphrases pour désigner le harpiste et le pèlerin.

Sujet d'écriture

Pour transmettre un message d'Allan Clare à lady Christabel, Robin se déguise en paysanne. Imaginez la scène. Votre récit pourra notamment respecter les étapes suivantes : Robin éprouve tout d'abord l'efficacité de son stratagème sur ses propres compagnons, puis il tente de convaincre les gardes de Nottingham de le laisser entrer dans le château. Enfin, toujours déguisé, il frappe à la porte de lady Christabel qui vient lui ouvrir. Utilisez de préférence des synonymes, périphrases et pronoms de reprise pour désigner «la paysanne», de façon à préserver l'anonymat de Robin.

Groupement de textes : le type littéraire du chevalier furieux

Les grands écrivains sont aussi de grands lecteurs. Volontairement ou non, ils créent des personnages qui ressemblent à d'autres, issus de leurs propres lectures. C'est ainsi que, d'un texte à l'autre, la ressemblance des personnages laisse penser qu'ils sont inspirés d'un même modèle, plus ancien : un **archétype** – mot construit à partir des éléments grecs *arkhaios* («ancien») et *tupos* («modèle»).

Ce phénomène semble être à l'œuvre dans *Robin des Bois* : dans sa colère excessive, le shérif de Nottingham (Fitz-Alwine) s'inscrit dans une tradition de personnages pittoresques, dont la conduite est guidée par un tempérament enflammé. Parmi eux, citons Roland, le chevalier du *Roland furieux* de l'Arioste, poète italien du XVIe siècle, ou encore Raoul de Cambrai, héros d'une chanson de geste anonyme du XIIe siècle.

Évidemment, les motivations des chevaliers Roland et Raoul, ainsi que celles du baron, diffèrent, mais la portée de leurs actes témoigne de la même démesure. Ils appartiennent tous les trois à une époque où, dans leur extension, les droits du seigneur confinent à la tyrannie et où l'autorité revient à celui qui fera le plus de morts sur le champ de bataille. Toutefois, le tableau que dressent les auteurs de la férocité de ces personnages a souvent une dimension morale : le shérif de Nottingham et Raoul de Cambrai subiront la vengeance de ceux qu'ils ont offensés, et Roland sombrera dans la folie.

La folie apparente du baron de Nottingham : «Mais sortez donc, vous dis-je, chiens de plomb, escargots de milice, sortez!»

Relisez le chapitre v de la première partie, de «Après avoir traversé d'immenses galeries» à «le fougueux et bizarre seigneur du château de Nottingham» (p. 85-87).

Ce passage relate les circonstances de la première rencontre entre Robin et le shérif de Nottingham. Après avoir salué la jolie Maude dans les cuisines du château, Robin et frère Tuck sont conduits par le sergent Simon auprès du baron Fitz-Alwine. Celui-ci est affligé d'une crise de rhumatismes qui le fait terriblement souffrir et le plonge dans une rage folle. Dans ce passage, le shérif de Nottingham apparaît comme un grand seigneur furibond, dont la colère permanente terrorise ses subalternes. Toutefois, le regard extérieur de Robin offre une sorte de contrepoint comique qui souligne l'intention parodique de l'auteur.

Les marques de la colère et de l'autorité dans le discours

1. La liste ci-dessous présente les injures que le baron adresse aux autres personnages : «traître», «sacripants», «bandits», «gibiers de potence», «coquins», «scélérat», «fripon», «chien», «insolent esclave», «misérables», «chiens de plomb»,

«escargots de milice», «brutes», «mécréant», «imbécile».
Classez-les dans le tableau suivant en fonction de leurs sens
(de ce qu'elles désignent).

Une personnalité malhonnête, voire criminelle	Un enfant indiscipliné	Un rang subalterne	Un manque d'intelligence	Autre (précisez-en le sens)

2. Quel type de phrase le baron emploie-t-il le plus souvent
(déclarative, interrogative, injonctive)? Quel sentiment inspire-
t-il à ses soldats? Robin partage-t-il ce sentiment?

3. Récrivez le passage allant de «Coquins, ajouta-t-il en s'adressant aux soldats ébahis» jusqu'à la fin du chapitre sous la forme
d'un dialogue de théâtre, et jouez-le de façon à rendre visible la
colère du baron et la soumission craintive de ses soldats.

L'Arioste, *Roland furieux*, chant XXIV (1516)

Roland furieux (*Orlando furioso* en italien) est un poème épique
de Ludovico Ariosto (dit l'Arioste, 1474-1533), auteur italien du
début de la Renaissance. Composé de quarante-six chants et
librement inspiré de *La Chanson de Roland*[1], ce récit est une

---

1. *La Chanson de Roland* : chanson de geste de la fin du XIᵉ siècle, évoquant les
faits d'armes de Charlemagne et de son neveu Roland de Roncevaux contre les
armées de Marsile, le roi des Maures.

épopée à la fois guerrière et amoureuse dont l'un des héros, Roland de Roncevaux, neveu de Charlemagne, s'illustre par ses exploits sur les champs de bataille et par l'amour dont il poursuit Angélique, insaisissable princesse d'Orient. Au terme d'une succession de prouesses invraisemblables, Roland découvre l'amour d'Angélique pour Médor, un soldat de l'armée adverse. Il sombre dans une folie meurtrière. Ses forces décuplées par la jalousie, il s'en prend indistinctement aux arbres, aux humains, aux animaux. Finalement, il en vient à ressembler aux monstres terrifiants de la mythologie, cyclopes et autres minotaures.

L'extrait suivant est traversé par de nombreux procédés stylistiques d'exagération caractéristiques de l'épopée : dans ce genre de récit, accumulation, emphase, hyperbole[1] soulignent la valeur exceptionnelle du héros ou la grandeur de ses actes. Toutefois, l'auteur semble parodier le style épique en prêtant au personnage des capacités et des attitudes dont le caractère irréel ne peut pas échapper au lecteur. En effet, l'exagération est telle qu'elle fait basculer le récit dans le registre fantastique ou merveilleux.

Seigneur, je vous disais, dans l'autre chant, que le furieux et forcené Roland, après avoir arraché ses armes et déchiré ses vêtements, les avait dispersés dans la campagne ; qu'il avait jeté son épée sur le chemin, déraciné les arbres, et qu'il faisait retentir de ses cris les cavernes et les forêts profondes, lorsque, attirés par la rumeur, de nombreux pasteurs accoururent, conduits en ces lieux par leur mauvaise étoile ou en punition de quelque péché.

Dès qu'ils se sont approchés d'assez près pour voir les incroyables prouesses d'un tel fou et sa force terrible, ils font volte-face pour fuir ;

---

1. Voir *infra*, p. 244.

mais ils ne savent plus par où, comme il advient dans une peur soudaine. Le fou se précipite sur leurs pas. Il en saisit un et lui arrache la tête avec la même facilité qu'on cueille une pomme sur l'arbre ou une fleur épanouie sur le buisson.

Il prend par une jambe le tronc pesant et s'en sert comme d'une massue contre les autres. Il en jette deux par terre et les endort d'un sommeil dont ils ne se réveilleront probablement qu'au jour du jugement dernier. Leurs compagnons s'empressent de fuir le pays, et bien leur sert d'avoir le pied leste. Le fou les aurait eu néanmoins bientôt rejoints, s'il ne s'était pas jeté sur leurs troupeaux.

Les laboureurs, rendus prudents par l'exemple, abandonnent, dans les champs, charrues, houes et faux. Les uns montent sur les toits des maisons, les autres sur les églises, car les ormes ni les saules ne seraient point un abri sûr. De là, ils contemplent l'horrible furie de Roland, qui, des poings, des épaules, des dents, des ongles, des pieds, déchire, met en pièces, anéantit bœufs et chevaux. Ceux d'entre eux qui lui échappent peuvent se dire bons coureurs.

Vous auriez pu entendre retentir jusque dans les villes prochaines l'immense rumeur des hurlements, des cornets et des trompettes rustiques, et, par-dessus tout, le bruit incessant des cloches ; vous auriez pu voir mille paysans descendre des montagnes, avec des piques, des arcs, des épieux et des frondes, et tout autant se diriger de la plaine vers les hauteurs, afin de livrer au fou un assaut de leur façon.

Ainsi, sur la rive salée, la vague poussée par le vent du midi s'en vient tout d'abord comme en se jouant ; mais la deuxième est plus haute que la première, et la troisième suit avec plus de force encore : à chaque vague nouvelle, l'onde croît en intensité et déferle plus avant sur la grève. De même, autour de Roland, s'accroît la tourbe[1] impitoyable qui descend des hauteurs ou surgit des vallées.

Il en tue dix, puis dix encore, qui lui tombent au hasard sous la main ; cette expérience démontre clairement aux autres qu'ils seront

---

1. *La tourbe* : ici, la foule.

beaucoup plus en sûreté en se tenant au loin. C'est en vain qu'ils le frappent ; le fer ne peut répandre le sang de son corps. Le roi du ciel a accordé une telle faveur au comte, afin de le conserver pour la défense de la sainte Foi.

Roland aurait été en danger de mort, s'il avait pu mourir. Il aurait appris combien il avait été imprudent en jetant son épée et en restant sans armes. Enfin la populace se retire, voyant que ses coups restaient sans effet. Roland, n'ayant plus personne devant lui, prend le chemin d'un bourg composé de quelques maisons.

Il n'y trouve personne ; petits et grands, tous les habitants, pris de peur, avaient abandonné le village. En revanche, il y avait une grande quantité de provisions, d'une nature grossière et appropriée à la vie des champs. Sans distinguer le pain d'avec les glands, Roland, poussé par un long jeûne et par sa furie, porte gloutonnement les mains et les dents sur les premiers objets qu'il rencontre, crus ou cuits.

Puis il erre par tout le pays, donnant la chasse aux hommes et aux bêtes, et courant à travers les bois. Tantôt il attrape les chevreuils alertes et les daims légers ; tantôt il lutte avec les ours et les sangliers, et les terrasse de ses mains nues ; le plus souvent, il dévore avec une avidité bestiale leur chair et toutes leurs dépouilles.

L'Arioste, *Roland furieux*, trad. Francisque Reynard, Paris, Alphonse Lemerre, 1880, t. II, chant XXIV, p. 274-277.

Étudier les figures de style de l'exagération

Les figures de l'accumulation : simple énumération ou gradation ?

1. « Des poings, des épaules, des dents, des ongles, des pieds » est un exemple d'accumulation. Relevez-en d'autres dans le texte.

2. Dans certains cas, l'énumération respecte un ordre de grandeur ou d'intensité (« du plus petit au plus grand », « du plus

bénin au plus grave», «du plus simple au plus complexe») : on parle alors de gradation. Observez la citation suivante : «déchire, met en pièces, anéantit bœufs et chevaux». Pouvez-vous expliquer l'organisation de cette gradation ?

L'emphase, l'hyperbole

1. Montrez qu'au fil du texte le nombre des adversaires de Roland ne cesse de croître.

2. Paragraphe 6 : à quoi est comparée la foule des adversaires de Roland ? Quel effet produit cette comparaison ?

3. Relevez des mots ou passages du texte qui soulignent la force surhumaine de Roland.

4. Paragraphe 7 : d'après le narrateur, d'où vient l'invulnérabilité de Roland ?

5. Dernier paragraphe : quelle image de Roland se dégage de ce passage ?

Raoul de Cambrai, chanson de geste du XIIᵉ siècle (anonyme)

Furieux de l'injustice que lui fait subir le roi en le privant de son héritage, Raoul de Cambrai s'apprête à faire le siège de l'abbaye d'Origny. Mais par peur de commettre un sacrilège, les hommes du comte Raoul ont installé leur campement à l'extérieur de la ville. Pourtant Raoul avait ordonné : «Dressez ma tente au milieu de l'abbaye...»

Au pied d'Origny, il y avait un agréable lieu boisé; là-bas les vaillants chevaliers installèrent leur camp jusqu'au matin, quand parut l'aube. Raoul y arriva vers l'heure de prime et se mit à tancer vertement ses compagnons :

«Fils de p…, minables gredins! Que vous avez l'esprit pervers et traître d'avoir osé désobéir à mes ordres!

– De grâce, seigneur, par Dieu le Rédempteur ! Nous ne sommes ni juifs ni infidèles pour aller profaner les saintes reliques. »

Le comte Raoul avait perdu toute mesure.

« Fils de p…, dit l'insensé, j'ai donné l'ordre que ma tente, surmontée de pommeaux dorés, soit dressée à l'intérieur de l'abbaye. Qui en a donné le contrordre ?

– Certes, dit Guerri[1], tu as perdu toute mesure ! Voilà peu de temps que tu es chevalier, et si Dieu te prend en haine, tu seras bientôt mort. » […]

Raoul s'écria :

« Aux armes chevaliers ! Allons vite démolir Origny ! Celui qui hésite ne sera plus jamais mon compagnon. »

Les barons se mirent en selle, car ils n'osaient pas refuser, en tout il y en avait plus de trois mille qui avançaient vers Origny. Ils attaquèrent la ville et se mirent à lancer des projectiles. […]

Les nonnes[2], qui étaient toutes de haute naissance, sortirent de l'abbaye avec leurs psautiers[3] et récitèrent le service divin. Parmi elles se trouvait Marsent, la mère de Bernier. […]

« Seigneur Raoul, est-ce que ma prière pourrait vous persuader de vous retirer un peu en arrière ? Par les saints de Bavière, nous ne sommes que des nonnes et ne porterons jamais ni lance ni enseigne. Aucun homme ne sera jamais mis en bière[4] par nos bras.

– Certes, dit Raoul, vous êtes menteuse. Je n'ai rien à faire d'une p… de chambrière, d'une garce, d'une coureuse qui s'est vendue à tout venant : je vous savais la prostituée du comte Ybert. Votre chair n'était jamais bien chère ! Par saint Pierre, si quelqu'un en voulait, il pouvait vous mener à l'écart pour presque rien !

– Dieu ! dit la dame, quelles paroles insensées ! J'entends des calomnies étranges. Je n'ai jamais été ni garce ni coureuse. Si un

---

1. *Guerri* : oncle de Raoul.
2. *Nonnes* : religieuses.
3. *Psautiers* : livres de prières.
4. *Bière* : cercueil.

noble seigneur a fait de moi sa maîtresse, j'ai de lui un fils dont je me vante toujours. Grâce à Dieu, je n'ai pas à me cacher : Dieu montre son visage à celui qui le sert loyalement.»

[Dame Marsent échoue à apitoyer Raoul qui massacre la population d'Origny et incendie l'abbaye. Quelque temps après, Bernier, le fils de Marsent, vient demander des comptes à Raoul.]

«Seigneur Raoul, vous avez commis un péché grave. Vous avez brûlé vive ma mère et j'en ai le cœur plein de colère ; que Dieu me laisse vivre assez pour m'en venger !

– Fils de p…, l'appela-t-il, renégat, si Dieu et la compassion ne m'en empêchaient, je te mettrais en pièces ! Qui m'empêche de t'anéantir à présent ?»

Et Bernier de dire :

«Quel manque d'amitié ! Je vous ai servi, aimé et soutenu ; je reçois une bien mauvaise récompense pour un fidèle service ! Si j'avais sur la tête le heaume bruni[1], je serais prêt à faire face, à cheval ou à pied, à un noble adversaire armé de toutes ses armes. […] Vous-même, avec toute votre outrecuidance[2], ne pourriez pas me frapper alors !»

À ces mots Raoul leva la tête ; il saisit un grand tronçon d'épieu que des chasseurs avaient abandonné. Plein de rage, il le brandit, se précipita sur Bernier et le frappa d'une telle force qu'il lui ouvrit la tête et ensanglanta sa pelisse de fine hermine.

Raoul de Cambrai, chanson de geste du XIIe siècle, trad. William Kibler,
© Librairie Générale Française-Le Livre de Poche,
coll. «Lettres gothiques», 1996, p. 101-107 et 127-129.

---

1. *Heaume bruni* : casque d'acier poli, brillant.
2. *Outrecuidance* : prétention, arrogance.

Observer les manifestations de la «démesure»

1. «Certes, dit Guerri, tu as perdu toute mesure!» : comment Raoul réagit-il à la remarque de son oncle? Pourquoi les autres chevaliers lui obéissent-ils?

2. «Seigneur Raoul, est-ce que ma prière pourrait vous persuader de vous retirer un peu en arrière?» : comment Raoul répond-il à la supplication de dame Marsent?

3. À la fin du texte, comment Raoul traite-t-il Bernier?

4. Expliquez en quoi le comportement de Raoul est démesuré.

Comparer les manifestations de la colère

5. En quoi Raoul ressemble-t-il au baron de Nottingham? et à Roland?

6. Le comportement de Raoul prête-t-il à rire? Pourquoi?

Sujet d'écriture

Poussé à bout par l'indiscipline de ses élèves, un professeur perd totalement son calme. Racontez la scène en soulignant les manifestations de la colère du professeur à l'aide des procédés observés *supra* :

– invectives variées (en évitant la grossièreté!);

– figures de l'exagération : énumérations, gradations.

Vous pouvez donner à votre récit un tour comique en vous inspirant du personnage du baron de Nottingham; ou encore créer une atmosphère fantastique en décrivant les agissements extraordinaires du professeur sous l'emprise de la colère. Enfin, pensez à rendre compte des réactions des élèves, stupéfiés par le comportement de l'enseignant.

Étude de l'image :
Robin des Bois au cinéma

Au XXᵉ siècle, parallèlement à de très nombreuses récritures sous forme de romans pour la jeunesse, bandes dessinées, albums, on assiste à la transposition des grands mythes et légendes littéraires au cinéma. À cette occasion, Robin investit les salles obscures grâce à des productions qui rencontrent toujours un immense succès populaire.

Comme l'était l'affiche de théâtre au siècle précédent, l'affiche de cinéma devient un support obligatoire pour la promotion des films : à l'origine, elle est conçue comme une véritable œuvre d'art éphémère, et certains grands peintres comme Toulouse-Lautrec (1864-1901) et Pierre Bonnard (1867-1947) ont été aussi de célèbres affichistes. Toutefois, liée à l'actualité de la diffusion d'un film, la durée de vie de l'affiche ne dépasse pas quelques jours ou semaines. Par ailleurs, l'essor de l'industrie cinématographique a entraîné une évolution des techniques de fabrication favorisant la production d'affiches en grand nombre. Ainsi, de l'imprimerie lithographique à l'impression numérique, la conception de l'affiche n'a cessé d'évoluer, reflétant toujours les moyens techniques et les valeurs esthétiques de son époque.

Néanmoins, l'enjeu de l'affichage reste le même : il s'agit de véhiculer un message simple, immédiatement perceptible et propre à susciter l'envie du public. Comme pour toute œuvre picturale, étudier une affiche de cinéma consiste à en observer la composition, à en distinguer les motifs principaux des motifs secondaires, et à s'interroger sur l'intention qui a présidé à son élaboration.

Robin Hood, d'Allan Dwan (1922), cahier photos, p. 6

Description

1. Décrivez le décor de l'affiche (premier plan, deuxième plan, arrière-plan).

2. Observez la position des personnages : sont-ils sur le même plan ? sur des plans différents ?

3. Comment sont-ils vêtus ? Détaillez notamment la forme et la couleur de leurs costumes. Comment s'intègrent-ils dans le décor ?

Interprétation

1. Quel sentiment les personnages semblent-ils éprouver l'un pour l'autre ?

2. Quel sens donnez-vous à la posture des personnages ? Lequel des deux semble dominer l'autre ? Pourquoi ?

3. Sur quel aspect de la légende cette affiche insiste-t-elle (reconstitution historique, récit d'aventures, romance) ?

Conclusion

Cette affiche donne-t-elle envie d'aller voir le film ? Pourquoi ?

Les Aventures de Robin des Bois, de Michael Curtiz (1938), cahier photos, p. 7

1. Comparez cette affiche avec la précédente : quels sont leurs points communs ? Quelles sont leurs différences ?

2. Laquelle des deux est la plus fidèle à l'image que vous vous faites de Robin des Bois ? Pourquoi ?

Robin Hood, long métrage animé de Wolfgang Reitherman (1973), cahier photos, p. 7

1. Retrouvez les personnages de l'histoire présents sur l'affiche. Quels animaux représentent le roi Jean sans Terre, Petit-Jean et Marianne ?
2. Qui est le blaireau (en bas à gauche) ?
3. Quels traits de caractère (qualités ou défauts) sont en général associés aux animaux suivants : le renard, le loup, le lion ?
4. À votre avis, le serpent est-il un allié ou un adversaire de Robin ? Pourquoi ?
5. D'après vous, quelle catégorie de public cette affiche vise-t-elle ?

Robin des Bois, Prince des voleurs, de Kevin Reynolds (1991), et *Sacré Robin des Bois,* de Mel Brooks (1993), cahier photos, p. 8

1. Quels sont les points communs et les différences de ces affiches ?
2. Le personnage de Marianne apparaît-il dans la première affiche ? Est-il mis en valeur ?
3. Quel élément de la seconde affiche vise à créer un effet comique ? Qu'en déduisez-vous à propos de la nature du film de Mel Brooks ?

Histoire des arts :
les représentations picturales
des légendes médiévales
au XIXe siècle

Cette partie vous propose de traiter un sujet qui répond aux exigences de l'enseignement de l'histoire des arts au collège. Les thèmes abordés s'inscrivent dans le respect du programme de français de la classe de cinquième. À partir des œuvres réunies dans le cahier photos de votre édition (p. 3-5) – dont vous trouverez aisément des visuels sur Internet pour les insérer dans votre classeur ou porte-vue dédié à l'histoire des arts –, vous pourrez développer un exposé écrit ou oral sur le thème suivant : les représentations picturales des légendes médiévales au XIXe siècle. La forme de votre exposé répondra à une méthode simple que vous pourrez appliquer à l'ensemble de vos travaux à venir, jusqu'à l'épreuve orale d'histoire des arts du brevet (voir fiche méthode, p. 252).

Observez les tableaux présentés p. 3-5 du cahier photos et répondez aux questions suivantes, en menant au préalable des recherches au CDI et/ou sur Internet.

Daniel Mac Lise, *Robin des Bois divertissant Richard Cœur de Lion dans la forêt de Sherwood* (1839), cahier photos, p. 3

Ce tableau illustre l'une des scènes les plus célèbres de la légende de Robin des Bois : la venue de Richard Cœur de Lion

Fiche méthode

Étape n° 1 : rechercher des informations
Présenter en un bref paragraphe le mouvement des peintres préraphaélites anglais.

> 1. Qui sont les fondateurs du mouvement ?
> 2. Quels sont leurs sujets de prédilection ?
> 3. Ont-ils inspiré d'autres artistes ?

Étape n° 2 : décrire des documents
Élaborez les notices des tableaux contenant les informations suivantes :

> 1. Le nom de l'artiste, ses dates de naissance et de mort, son appartenance éventuelle à un mouvement artistique.
> 2. Le titre du tableau, ses dimensions, la technique utilisée, le lieu où il est visible.
> 3. Le sujet du tableau (souvent indiqué par le titre) et son rapport avec le sujet de l'exposé (ici, l'illustration des récits et légendes médiévales par les artistes du XIXe siècle).
> 4. La composition du tableau (plan par plan).
> 5. La description des divers motifs du tableau (leur mise en valeur par leur position, la lumière...).

Étape n° 3 : rédiger un commentaire d'analyse des tableaux
Rassemblez vos connaissances issues des textes étudiés en classe, de vos propres lectures ou de recherches complémentaires pour mettre en relation chaque tableau avec l'épisode de la légende qu'il illustre.

> 1. Situez cet épisode dans l'ordre du récit : que se passe-t-il avant et après ?
> 2. Résumez l'épisode, mettez en valeur son importance.
> 4. Interrogez-vous sur la démarche du peintre : se contente-t-il d'illustrer l'action ou apporte-t-il des éléments qui relèvent de sa propre interprétation ?

en personne, dans la forêt de Sherwood dont on peut lire la description suivante dans le roman de Walter Scott, *Ivanhoé*.

«Donc, Votre Grâce, ajouta Robin, veut encore honorer de sa présence un des lieux de rendez-vous de Robin Hood. La venaison[1] ne fera pas défaut; il y aura encore une cruche d'ale[2], et peut-être une bouteille de vin passable.»

En conséquence, l'outlaw prit les devants, suivi du joyeux monarque, plus heureux probablement de cette rencontre fortuite avec Robin Hood et ses forestiers qu'il ne l'eût été de reprendre sa place sur son siège royal et de présider une assemblée splendide de pairs[3] et de seigneurs […].

Le repas champêtre fut disposé à la hâte sous un grand chêne, où le roi d'Angleterre s'assit environné d'hommes proscrits par son gouvernement et qui formaient maintenant sa cour et sa garde. Quand la cruche eut circulé à la ronde, les rudes forestiers oublièrent bientôt ce respect auguste qu'impose la présence de la majesté royale.

La chanson et les quolibets passèrent de bouche en bouche, chacun raconta les histoires de ses hauts faits; puis enfin, tandis que tous se vantaient de quelque heureuse infraction aux lois, personne ne se souvint qu'il parlait en présence de leur gardien naturel.

Le roi débonnaire, se souciant aussi peu de sa dignité que ses compagnons de table, riait, buvait et badinait au milieu de la bande joyeuse.

Walter Scott, *Ivanhoé*, trad. Alexandre Dumas,
Paris, Michel Lévy, 1882, t. II, chapitre XLI.

---

1. *Venaison* : plat de gibier cuisiné.
2. *Ale* : bière anglaise.
3. *Pairs* : ici, nobles.

1. Saurez-vous identifier les différents personnages : Robin (sa tunique n'est pas verte), Petit-Jean (c'est un géant), frère Tuck (il fait la sieste), Marianne (elle est la seule à porter un arc), Richard ?
2. Où se trouve le trésor de Robin ?
3. La représentation de la nature vous semble-t-elle réaliste ?
4. Le tableau est-il fidèle au texte de Walter Scott ?

Edmund Blair Leighton, *Tristan et Iseult* (1902), cahier photos, p. 4

Connaissez-vous la légende de Tristan et Iseult ? Le tableau d'Edmund Blair Leighton illustre un épisode célèbre, intitulé *Le Rendez-vous de la fontaine* (ou *Le Rendez-vous épié*). Faites une recherche au CDI et/ou sur Internet pour répondre aux questions suivantes.
1. Qui sont les personnages au premier plan ?
2. Qui est le personnage à l'arrière-plan ?
3. Quel sentiment a-t-il l'air d'éprouver ?
4. Comment se nomme l'instrument que tient le jeune homme ?
5. Que représente cet instrument ?
6. Quel sens général peut-on donner à ce tableau ?

James Archer, *La Mort du roi Arthur* (1861), cahier photos, p. 5

Le roi Arthur est une figure légendaire de l'histoire de l'Angleterre, à qui l'on attribue l'unification des diverses tribus bretonnes dans leur lutte contre l'envahisseur saxon au Vᵉ ou VIᵉ siècle. À partir du XIIᵉ siècle, le mythe prend une extension remarquable à travers de nombreux récits qui connaissent un grand succès, comme les fameux *Romans de la Table ronde* de Chrétien de Troyes.

1. Que savez-vous de la légende du roi Arthur ? Connaissez-vous les conditions de sa mort ?

2. Pourquoi le tableau de James Archer représente-t-il un rivage ? Qui sont les femmes qui entourent Arthur ?

Filmographie

1908 : *Robin Hood and His Merry Men*, court métrage muet de Percy Stow.

1922 : *Robin Hood*, film muet d'Allan Dwan, avec Douglas Fairbanks et Enid Bennett.

1938 : *The Adventures of Robin Hood* (titre français : *Les Aventures de Robin des Bois*), de Michael Curtiz et William Keighley, avec Errol Flynn et Olivia de Havilland.

1946 : *The Bandit of Sherwood Forest* (titre français : *Le Fils de Robin des Bois*), de George Sherman et Henry Levin, avec Russell Hicks et Cornel Wilde.

1973 : *Robin Hood* (titre français : *Robin des Bois*), long métrage animé de Wolfgang Reitherman, produit par Walt Disney Pictures.

1976 : *Robin and Marian* (titre français : *La Rose et la Flèche*), de Richard Lester, avec Sean Connery et Audrey Hepburn.

1990 : *Robin Hood no daibôken*, dessin animé japonais de Kochi Mashimo, Tatsunoko Productions.

1991 : *Robin Hood, Prince of Thieves* (titre français : *Robin des Bois, Prince des voleurs*, de Kevin Reynolds, avec Kevin Costner et Mary Elizabeth Mastrantonio.

1993 : *Robin Hood, Men in Tights* (titre français : *Sacré Robin des Bois*), film parodique de Mel Brooks, avec Cary Elwes et Amy Yasbeck.

1997 : *The New Adventures of Robin Hood* (titre français : *Les Nouvelles Aventures de Robin des Bois*), série télévisée de Tom Kuhn, avec Mathew Porretta et Anna Galvin.

2001 : *Princess of Thieves* (titre français : *La Princesse des voleurs*), de Peter Hewitt, avec Stuart Wilson et Keira Knightley.

2006 : *Robin Hood* (titre français : *Robin des Bois*), série télévisée britannique de Dominic Minghella et Foz Allan, avec Jonas Armstrong et Lucy Griffiths.

2010 : *Robin Hood* (titre français : *Robin des Bois*), de Ridley Scott, avec Russell Crowe et Cate Blanchett.

Mise en page par Meta-systems - 59100 Roubaix

N° d'édition : L.01EHRN000279.C002
Dépôt légal : janvier 2013
Imprimé en Espagne par Novoprint (Barcelone)